너의 목소리를 보여 줘

1

표시 설명

해가 떠오르는 바다와 하늘을 배경으로 한 소녀가 그림 한가운데에 서 있다. 수평선과 이어진 바다에는 파란색과 보라색, 하늘에는 하늘빛과 분홍빛 그리고 떠오르는 해의 노랑과 주황이 뒤섞여 있다. 소녀는 정강이까지 내려오는 하얀 드레스를 입고 맨발로 모래사장 위에 서 있다. 치마는 노랑, 분홍, 파랑 등 바다와 하늘의 색이 비쳐 물들어 있고 소녀 주변으로 노란빛이 작은 별처럼 흩뿌려져 있다. 소녀의 왼 발치에는 작은 새끼 고양이 한 마리가 앉아 있고, 오른쪽 발치에는 분홍색 소라가 놓여 있다. 소녀는 오른손을 오른쪽 관자놀이 옆에서 모아 쥐고 있다. 이는 '기억'을 뜻하는 한국수어다. 소중한 추억들이 사라지지 않게 꼭 붙잡는 듯하다. 기억, 꿈 혹은 상상에 잠긴 듯 눈을 감은 그의 얼굴과 머리카락이 금빛 햇살로 물들어 빛나고 있다.

너의 목소리를 보여 줘

1 수어의 섬, 마서스비니어드

앤 클레어 르조트 지음 | 조응주 옮김

곰곰

나의 오빠

피터 조지 르조트(1968~2016)를 추모하며,

오빠와 나의 청춘 시절

함께 꿈을 꾸고 모험을 즐겼던

친구들에게

이 책을 바친다.

청각이 없는 자들은 …… 어디에나 있다…….

그들은 우리가 그들을 입에 올리고

눈으로 보기 전부터 존재했다.

로랑 클레르

(프랑스 출신의 미국 최초 청각장애인 교사)

일러두기

- 한국 사회에서 '수화'라는 단어가 널리 쓰여 왔으나, 2016년 〈한국수화언어법〉이 제정되며 '한국수화언어(약어로 한국수어)'가 공식 명칭으로 채택되었다. 이에 따라 이 책에서는 '수어'를 주로 사용했다.
- '청각장애인(deaf)'은 청각의 손실 또는 상실이라는 의학적 진단에 초점을 맞춘 용어이며, '농인(Deaf)'은 음성언어가 아닌 수화언어(수어)를 사용하며 고유한 문화를 형성 및 공유하는 이들을 지칭하는 사회문화적 용어다. 본문에서는 주로 '농인'을 사용했고, 부록에서는 맥락에 따라 두 용어를 혼용했다.
- 현재형 시제를 주로 사용하는 원서의 문체를 그대로 살려 옮겼다.
- 주석은 모두 옮긴이 주다.

차례

프롤로그

이 책을 읽다 보면 당신은 내가 사는 마을이 궁금해질 것이다. 그리고 지난해에 내 목숨을 앗아갈 뻔했던 끔찍한 일들에 대해서도 더 알고 싶을 테다.

모든 작은 마을은 자기 마을이 다른 곳과 완전히 다른 고유함을 지녔다고 믿을 것이다. 그리고 이제 나는 안다. 1805년의 우리 마을과 비슷한 마을은 미국 그 어디에도 없음을. 소리를 듣고 말을 하는 것을 당연하게 여기는 사람에게는 우리 마을의 생활 방식이 이해하기 어려울 수 있다.

당신은 보스턴 남부 마서스비니어드섬에 있는 칠마크라는 작은 마을이 내 상상 속에나 존재한다고 착각할지도 모른다. 아니면 오래전 이 섬에 자기 딸의 이름을 붙인 영국 선장이 찾아 헤맸던 '잃어버린 낙원'이라고 생각할지도 모르겠다.

나는 이 이야기의 모든 상세한 내용을 진실하게 전하고 내 가족과 친구들뿐만 아니라 적들에 관해서도 있는 그대로 묘사하려고 노력했다. 나의 관점을 돌이킬 수 없이 변화시킨 것은 우리 섬으로 초대된 한 외지인이었다.

미리 경고하건대, 이 책 속에는 희망에 관한 이야기와 함께 엄청난 사악함에 관한 진술도 담겼다.

영어라는 언어에 내가 능통하다는 점이 의아하다면, 모든 작가가 영어를 똑같은 방향에서 접근하지는 않는다는 점을 돌이켜 보기 바란다.

나는 이야기를 집을 짓듯 벽돌과 회반죽으로 쌓아 올리는 것이 아니라 적절한 단어를 찾고 사건을 실감 나게 묘사함으로써 전달하고자 한다. 나의 이야기를 궁전에 비유하자면, 이 궁전에는 수없이 많은 창과 문이 있을 것이다. 당신이 유리에 비친 자기 모습을 바라보기도 하고 안을 들여다볼 수도 있게 해 주는 창, 그리고 안으로 들어갈 수 있게 해 주는 문 말이다. 바라건대 당신에게 궁전 안으로 들어올 용기가 있기를 바란다.

메리 엘리자베스 램버트

1부

1장

나는 아침 일찍 집안일을 시작하기 전에 산책하기를 좋아한다. 오늘 같은 11월의 쌀쌀한 날씨여도 좋다. 걷다가 자작나무의 가지로 두더지 굴 같은 신기한 것들을 쑤셔 보기도 한다. 두더지는 굴을 어찌나 깊게 파는지 흙 아래쪽의 모래까지 땅 위로 퍼 올린다.

조금 더 일찍 집을 나서는 날이면 게이헤드 등대의 환한 불빛이 깜박이는 것도 볼 수 있다. 하지만 오늘은 해가 이미 떴다.

나는 큰길을 따라 세워진 이끼 덮인 돌담을 나뭇가지로 그으면서 바다를 바라본다. 우리 마을 집들의 박공지붕과 비탈진 마당 너머로 반짝이는 바다가 펼쳐진다. 바닷가의 모래와 경계를 맞댄 풀들이 시원한 바람에 가볍게 일렁인다. 꽃게들이 바다 기슭의 펄을 파고들며 겨울 날 준비를 한다.

바닷가에는 나흘 전 하나님께서 뭍으로 쓸려 오게 하신 혹등 고래의 사체가 흔적만 조금 남은 채 누워 있다.

고래를 발견한 건 내 가장 친한 친구인 낸시 스키프와 나였다. 우리가 바닷가에서 놀다가 고래를 발견했을 때 고래는 이미 죽었지만 아직 썩은 내는 나지 않는 상태였다. 작은 바닷새들이 고래 사체를 쪼아 먹고 있었다. 바닷물에 닳고 얼룩진 고래의 검은 가죽은 혹으로 뒤덮여 울퉁불퉁했다. 우리는 고래의 어마어마한 덩치에 압도되었다.

낸시와 나는 고래 주위를 한 바퀴 돌았다. 나는 가리비, 구슬우렁이, 백합의 껍데기를 주어다 인간 친구가 바치는 마지막 제물처럼 고래 옆에 놓았다. 낸시는 망토에서 리코더를 꺼내 삶의 끝을 향해 고래를 인도해 줄 노래를 연주했다.

우리가 마을로 달려가 소식을 전하자 낸시 아빠와 우리 아빠가 마을의 다른 아저씨들과 함께 삽, 칼, 밧줄, 손수레 따위를 가지고 바닷가로 모여들었다.

아저씨들이 고래를 어떻게 처리할지 계획하는 동안, 내가 슬퍼하는 것을 눈치챈 아빠가 나를 안심시키려고 수어로 말했다.
"단 한 부위도 버려지지 않고 쓰일 거란다. 고기는 마을 사람 모두에게 양식이 되고, 기름은 등불을 밝히고, 입속의 수염•은 붓과 빗의 재료가 될 거야."

나는 아저씨들이 우리가 발견한 보물의 가죽을 벗기고 기름을 떼어 내고 살을 썰어서 한 덩어리씩 가져가는 광경을 차마 볼 수가 없었다.

나는 걸음을 멈추고 나뭇가지로 모래 위에 'whale(고래)'이라고 쓴다. 나는 글이 참 좋다. 하지만 글은 나를 당혹스럽게 만들기도 한다. 나는 생각을 할 때 수어나 영어의 단어와 문장뿐만 아니라 형상과 감정의 흐름이 마음속에 떠오른다. 그 감정의 흐름은 내가 한 번도 들어 본 적 없는 음악을 닮았을 것 같다.

나는 바닷물이 모래밭을 향해 달려들었다가 뒷걸음치는 모습을 지켜본다.

큰길의 한 구간에 다다르자 나는 마치 신성한 땅을 대하듯 그곳을 에둘러 집으로 향한다. 이제는 그러는 게 버릇이 되었다. 낙엽이 바람에 튀어 오르고 빙그르르 돌며 내 앞길을 수놓는다. 마치 바람이 저 앞에 있는 작은 묘지로 나를 이끄는 듯하다. 나는 바람의 소리 없는 속삭임을 외면하기로 마음먹는다.

- 수염고래류의 입천장에 빗살 모양으로 나란히 있는 섬유성의 각질판. 먹이를 여과하는 데 쓰인다.

2장

우리 집 부엌에서 따뜻한 온기와 맛있는 냄새가 뿜어져 나온다. 커다랗고 깨끗한 벽돌 난로가 천장에 박힌 고리에 걸린 솥과 함께 집 안에서 가장 눈에 잘 띄는 곳에 자리 잡고 있다. 나는 바닥을 비추는 아름다운 햇빛 한 조각을 지나 엄마의 등에 손을 댄다.

"아침." 엄마가 한 손은 해처럼 둥글게 오므리고 다른 팔은 떠오르는 해를 지평선처럼 받쳐 주는 수어로 인사를 건넨다.

"아침. 요리?" 내가 솥을 젓는 시늉을 하며 묻는다.

엄마가 수어로 대답한다. "저녁."

엄마는 식탁 위에 있는 고기파이를 가리킨다. 이틀 전 파이를 만들 때 나도 도왔었다. 오늘 저녁으로 남은 파이를 끝내려는 모양이다. 엄마가 물 항아리를 내 옆 식탁 위에 내려놓는다.

마당에 있는 얕은 우물에서 물을 길어 항아리를 채워 오라는 뜻이다. "먼저. 파이. 먹어."

엄마가 이마에 맺힌 땀방울을 손등으로 우아하게 닦는다. 엄마의 얼굴은 숯검정이 묻었는데도 아름답다. 뺨은 난롯불 때문에 발그레하다. 검은 머리카락은 숯을, 푸른 눈은 하늘을 닮았다. 조지 오빠의 머리카락과 눈도 같은 색이었다. 엄마는 오빠가 앉던 식탁 의자에 눈길을 주다가 눈물이 흐르지 못하게 눈을 깜빡인다. 그러다가 커다란 솥에 든 수프를 국자로 저으며 다시 요리에 집중한다.

나는 엄마가 시킨 대로 고기파이의 마지막 조각을 먹고 항아리를 집어 든다. 엄마가 내 어깨를 톡톡 친다. 나는 몸을 돌려 엄마를 바라본다.

"셋." 엄마가 손가락 세 개를 펴 보이는 수어로 지시한다. 항아리에 물을 세 번 채워 와서 두 번째까지는 솥에 부으라는 뜻이다. 마지막으로 길어 온 물은 늘 청소하는 데 쓰인다.

물 긷는 일은 쉬운 편이다. 우물이 집 바로 옆에 있기 때문이다. 배나무와 사과나무 언저리에 아빠가 파 놓은 얕은 우물이다. 섬에서는 우물을 너무 깊게 파면 짠물을 마시고 짠물로 음식을 만들어야 한다.

물 긷기를 마친 나는 부엌으로 돌아와 텃밭에서 딴 옥수수,

콩, 호박을 씻는다. 이런 채소는 사시사철 풍성하게 자란다. 우리 섬의 원주민 부족인 왐파노아그족은 이 채소를 '세 자매'라고 부른다. 세 자매는 협력하며 서로의 생장을 돕는다. 키 큰 옥수수는 콩 줄기가 감고 오를 말뚝이 되고, 호박은 뿌리 덮개가 되며, 콩은 세 작물이 자라는 흙에 유익한 기체를 더해 준다.

왐파노아그족과 우리 사이의 갈등이 엄마 아빠에게 큰 걱정거리라는 것은 나도 알고 있다. 양쪽이 같은 토지에 대해 소유권을 주장하는데 매사추세츠주가 판결을 자꾸 뒤집어서 문제라는 게 아빠의 설명이다. 왐파노아그족은 토지는 개인의 사유재산이 아니라 집단의 공동재산이어야 한다고 믿는다. 그게 어떻게 가능한 걸까?

아빠는 왐파노아그족의 주장에 동조한다. 어쩌면 우리 목장에서 그들과 나란히 땀 흘리며 일하기 때문일지도 모르겠다. 엄마는 영국인 아주머니들하고만 어울린다. 그리고 우리 섬으로 왔던 초대 선교사들이 많은 왐파노아그족을 기독교화하는데 성공했던 게 얼마나 다행인지 모른다고 말한다. 나도 엄마와 같은 신념을 받아들이도록 길러졌다. 하지만 오빠가 너무 어린 나이에 아무런 정당한 명분도 없이 죽은 뒤로 나는 모든 것에 의문을 품기 시작했다.

음식을 다 만들고 나면 원래는 식탁을 닦아야 하지만, 나는 일을 멈추고 접시를 닦는 엄마를 바라본다. 매일 하는 집안일에도 만족감을 느끼는 엄마가 신기하다. 엄마는 늘 꼼꼼하고 아주 차분하게 집안일을 한다. 얼마 전 내가 설거지 당번이었을 때는 접시를 쌓다가 접시 두 개에 이가 나갔다. 나는 집안일보다 이야기를 지어내는 게 더 좋다.

나는 수어로 또 이야기를 시작한다. "나 오늘 바닷가에서 사자 봤어."

엄마는 갓 구운 크랜베리 머핀이 담긴 팬을 냄비 받침 위에 조심스럽게 내려놓으며 눈살을 찌푸린다.

그러고 나서 고개를 저으며 수어로 말한다. "그런 말도 안 되는 얘기 하면 못써."

"진짠데." 나는 입술을 다물고 검지로 입술을 톡 두들기며 대꾸한다.

"말해 봐." 엄마가 수어로 말하고는 앞치마를 풀며 아빠가 만든 나무 식탁 앞에 앉는다.

나는 눈앞을 가리던 머리카락을 옆으로 쓸어 낸다. 이야기를 하려면 내 얼굴을 상대방이 잘 볼 수 있도록 하는 게 중요하다. 보잘것없는 얼굴이지만. 나는 조지 오빠처럼 엄마의 섬세한 이목구비를 물려받지 못했다. 엄마가 햇빛을 닮았다고 하는 내 숱 많은 머리카락은 다른 여자아이들처럼 얌전하게 말리지 않고 제멋대로 뻗친다. 땋으면 울퉁불퉁하고, 둥그렇게 말아 올림 머리를 하기에는 내 나이에 어울리지 않는다. 나는 주로 머리를 묶지 않고 귀 뒤로 넘긴다. 그러면 머리는 가슴 중간쯤까지 내려온다.

나는 손만이 아니라 온몸으로 표현하려고 선 채로 이야기를 시작한다.

"오늘 파도가 으르렁대는 것처럼 밀려들 때 사자를 봤어."

엄마는 인상을 쓰면서 단호하게 손을 움직인다. "마서스비니어드섬에는 사자가 살지 않아. 너 또 에즈라 브루어 아저씨한테 엉뚱한 이야기를 들었구나."

"아니. 해먼드 선생님한테 들은 이야기야. 난 선생님이 해 주시는 이야기가 참 좋아. 선생님 형부가 배를 타시는데 그분께 들은 이야기를 우리한테 해 주시거든. 그분은 인어를 본 적도 있으시대. 그리고 해먼드 선생님은 사자가 '밀림의 왕'이라고 하셨어."

"메리, 우리 섬에는 밀림이 없어. 사자도 없고."

엄마의 눈가가 촉촉해지고 어깨가 내려앉는다.

"파도가 엄청 높게 치는데 파도는 검고 물거품은 하얬어." 나는 경외심을 표현하려고 눈을 크게 뜨고 입도 크게 벌리면서 손을 바쁘게 움직인다. "난 뒤로 물러나 있었어. 그때 파도 하나가 점점 더 커지는 거야. 그러다가 바위를 덮치면서 부서지기 전까지 포효하는 사자의 머리랑 똑같아 보였어."

"그건 허상이잖아. 현실이 아니라." 엄마가 수어로 말한다.

"나한테는 사자처럼 보였다니까." 내가 대꾸한다.

나는 한숨을 쉬는 엄마를 바라본다. 엄마는 상상 속 이야기에 관심이 없다. 아빠는 내가 이야기를 지어내면 재미있게 들어 준다. 내가 상상의 날개를 펼치면 언제나 조지 오빠가 제일 즐거워했다. 오빠가 내 이야기를 재미있게 들어 줄수록 나는 더 신이 나서 열연하곤 했다. 가끔은 엄마도 내 몸짓에 피식 웃을 때가 있었다.

엄마는 다시 일어나 머핀을 팬에서 그릇으로 옮겨 담기 시작한다. 나는 엄마를 거든 뒤 머핀 두 개를 천에 싼다.

"바닷가. 산책. 에즈라 브루어. 주려고." 내가 말한다.

엄마는 고개를 끄덕이지만, 살짝 못마땅하다는 표정을 짓는다. 칠마크 마을 사람들을 엄마가 좋아하는 순으로 줄을 세우면 에즈라 아저씨는 맨 끝일 것이다. 엄마가 왜 그렇게 아저씨를 싫어하는지 모르겠다. 아빠는 아저씨와 같이 있으면 즐겁고 아저씨의 이야기가 재미있다고 한다. 나는 가끔 농부인 아빠가 혹시 먼바다의 박진감을 꿈꾸는 건 아닐까 상상한다.

"이따가 돌아와서 엄마 도와줄게. 약속." 나는 한 손으로 수어

를 하며 등 뒤로 감춘 다른 손의 손가락을 꼰다.•

문을 나서는데 엄마가 나를 부르는 게 곁눈질로 보이는 것 같다. 오빠는 엄마처럼 청인이었다. 나는 아빠처럼 농인이다. 아무리 고함을 질러도 우리 부녀의 주의를 끌 수 없다.

고백하자면 나는 돌아보지 않는다.

• 서구 문화에는 어쩔 수 없는 거짓말을 할 때 손가락을 꼬면 천벌을 면할 수 있다는 오랜 관습이 있는데, 기독교 초기에 생긴 것으로 추정된다.

3장

우리 집은 섬 서쪽에 있다. 나는 에즈라 브루어 아저씨네로 가려고 큰길을 따라 우리 목초지가 있는 쪽으로 걸어 내려간다. 아빠나 우리 양치기 개 샘은 보이지 않는다. 이미 헛간으로 돌아간 모양이다.

우리 양 목장은 돌담으로 둘러싸인 완만한 언덕 위 초원에 자리 잡고 있다. 큰길에서 대서양 해안까지 칠마크 마을에는 언덕이 많다. 나는 양 떼에게 수어로 인사한다. "양들아, 좋은 아침." 양들은 올려다보는 둥 마는 둥 한다.

우리가 양 떼를 방목하는 목초지는 우리 목장보다 훨씬 넓은 앨런 농장의 일부다. 섬에 살던 원주민 부족의 족장이 1762년에 식민지 정부•의 허가를 받아 앨런 가문에 땅을 팔았다고 한다. 앨런 가문은 대대손손 그 땅을 램버트 가문에 임대하고 있다.

나는 할아버지가 지으신 목제 헛간을 지난다. 헛간 안에는 양을 약물로 목욕시킬 때 쓰는 커다란 통 몇 개와 양털 깎는 공간이 있다. 헛간 옆에는 작은 건축물이 두 개 더 있다. 하나는 말린 옥수수를 저장하는 아주 오래된 창고이고, 다른 하나는 퇴비를 저장하는 흙돌집이다.

큰길의 그 신성한 구간에 다다르자 추억이 먹구름처럼 몰려든다.

조지 오빠와 내가 큰길 위에서 장난치며 놀고 있다. 우리 둘 다 웃고 있다. 오빠는 내가 들고 있는 연장을 뺏으려고 나를 좇고 있다.

하늘에는 구름이 해 옆을 지나간다. 나는 한 손으로 햇빛을 가리며 하늘을 올려다본다. 그 순간, 오빠가 내 손에서 연장을 낚아챈다. 오빠와 눈이 마주친다. 오빠는 웃고 있다.

그런데 그다음 순간, 오빠가 나를 세게 밀친다. 나는 오빠의 거친 공격에 놀라며 흙바닥에 철퍼덕 엎어진다. 그제야 획획 도는 바퀴가 눈에 들어온다.

금테를 두른 검은색의 고급스러운 바퀴다. 바퀴가 아주 빨리 돌아간다. 오빠를 향해. 오빠가 미처 움직이기도 전에 바퀴 하나가 쪼

- 1783년 파리조약을 통해 독립을 인정받기 전까지 미국은 영국의 식민지였으며, 주마다 각자의 정부가 있었다.

개지고, 오빠는 바퀴 밑으로 빨려 들어가듯 사라져 버린다. 나는 내 귀에는 들리지 않는 비명을 지른다.

고개를 들어보니 말의 겁먹은 눈이 보인다. 공포에 사로잡혀 고개를 치켜든 말은 재갈이 물려 있는데도 비명을 지르는 것처럼 보인다. 오빠는 어디 있지?

마차는 방향을 홱 틀었다가 멈춘다. 그제야 오빠가 보인다. 나는 허겁지겁 오빠에게 달려간다.

마차를 몰던 사람도 운전석에서 뛰어내려 오빠에게 달려간다.

오빠는 눈을 뜨고 있다. 입술에는 피가 묻어 있다. 가슴은 미동도 없다.

누군가 내 어깨에 손을 얹는 게 느껴지자 나는 그 손을 뿌리친다. 고개를 들어보니 낸시의 삼촌 제러마이아 스키프의 얼굴이 보인다. 제러마이아 아저씨는 보통 성인 남자보다 덩치가 두 배는 더 크다. 아저씨가 조지 오빠를 뚫어지게 바라본다. 아저씨는 꼼짝도 하지 않는다. 아저씨의 마차였을까?

나는 가까스로 몸을 일으킨 뒤 비틀거리며 집으로 뛰어간다. 발목이 찌릿하다. 오빠가 나를 밀쳤을 때 발목을 삐었나 보다.

엄마가 집에서 뛰어나와 나를 향해 달려오고 있다. 내 비명을 들은 걸까? 나를 본 걸까? 나는 엄마에게 쓰러지듯 안긴다. 나는 수어로 "조지"라고만 말한다. 오빠와 내가 어쩌다 큰길에 있게 되었는지는 말하지 않는다.

삯꾼 한 명이 아빠에게 소란과 비명이 들린다고 알려 준 모양이다. 아빠가 큰길로 뛰어가고 있다.

제러마이아 아저씨는 쓰러진 오빠 옆에 쭈그려 앉아 있다가 아빠가 뛰어오자 일어선다. 어색하게 수어로 말한다. 나는 아저씨의 손짓을 읽을 수 없다. 아빠는 아무 대꾸도 하지 않는다.

나는 아빠가 오빠를 안아 올리는 것을 바라본다. 아빠는 오빠를 안고 헛간으로 가다가 진흙에 발이 미끄러진다. 제러마이아 아저씨가 아빠를 뒤따라가며 어떻게든 거들려고 한다.

엄마가 나를 놓고 아빠와 아저씨 쪽으로 달려가서 아들을 만지다가 휘청거린다. 제러마이아 아저씨가 엄마의 어깨를 붙잡아 조심스럽게 부축한다. 엄마는 몸을 돌려 아저씨의 가슴을 주먹으로 치기 시작한다.

나는 현재로 돌아오려고 팔을 꼬집는다. 8개월 전, 이른 봄에 일어났던 일이다. 그런데 내 마음속에는 오늘 새벽에 본 이슬처럼 생생하다.

나는 힐먼네 집으로 시선을 돌린다. 봄과 여름이 되면 힐먼네 마당에는 잔디가 무성하고 담벼락과 아치 모양의 울타리는 온갖 빛깔과 향기의 장미꽃으로 뒤덮인다. 지금은 그 풍성함이 사그라진 자리에 성에가 서려 있다.

나는 힐먼네 막내딸 세라와 같은 학교에 다닌다. 친한 사이는 아니다. 세라는 외모에 지나치게 연연하고 다른 여자아이들과 무리 지어 다닐 때도 자기만 돋보이고 싶어 한다. 그리고 여학생들이 일 년 내내 학교에 다니지 않고, 공부하는 과목도 남학생보다 적은 것에 불만이 없다. 나는 그게 부당하다는 생각에 분통이 터지는데 말이다. 나는 계절마다 마을을 바꿔가며 이동식 수업을 하는 우리 학교가 좋긴 하지만, 조지 오빠처럼 몇 주씩 기숙사에서 지내며 수업을 듣는 에드거타운 아카데미에 다니는 게 소원이다. 오빠는 라틴어도 배우고 대학 진학을 준비하고 있었다. 나도 오빠처럼 학교에서 책을 한 아름 빌려와 책 속의 비밀을 파헤치고 알아갈 수 있다면 얼마나 좋을까?

그래도 진짜 멋진 해먼드 선생님 덕분에 내가 견뎌야 하는 부당함을 조금이나마 보상받는 것 같다. 선생님은 우리 마을 대장장이 매슈 파이와 연애 중이다. 나는 매슈 아저씨의 대장간을 지나간다. 대장간에서 석탄불 연기가 피어올라 내 코를 메운다. 망치가 모루를 내리치는 소리가 진동으로 느껴진다. 나는 해먼드 선생님이 매슈 아저씨와 결혼하지 않기를 남몰래 빌고 있다. 그래야 계속 내 선생님으로 남을 수 있으니까.

조금 더 걷다 보니 아이제이아 버틀러 아저씨가 작은 망원경을 들고 돌담 위에 올라서 있는 모습이 보인다. 망원경의 양쪽 끝에 달린 구멍 중 더 좁은 구멍을 들여다보면 아주 먼 곳의 풍경이나 사물이 확대되어 보인다. 나도 아빠의 망원경을 빌려 고래를 찾거나 별을 관찰하곤 한다.

아이제이아 아저씨가 망원경으로 누굴 지켜보고 있는지 궁금해진 나는 수어로 말을 건다. "누구?"

"존 스키프." 아저씨가 손가락으로 철자한다. 키가 작고 통통한 아이제이아 아저씨는 남의 이야기를 하는 걸 좋아하기로 소문난 사람이다.

마서스비니어드 사람들이 망원경으로 멀리 떨어진 이웃과 대화하는 건 흔한 일상이다. 청인끼리는 커다란 뿔피리를 불어서 신호를 보낸다. 그런 다음 양쪽이 서로의 수어를 망원경으로 보는 것이다. 상대방이 존 스키프 아저씨처럼 농인이면 시간을 정해 놓고 망원경으로 대화한다.

아이제이아 아저씨가 내게 수어로 말한다. "소식 들었어? 젊은 과학자가 우리 마을에 온대! 에드거타운 항구에 먼저 들렀다가. 바닷가로 가는 거면 그 사람 스쿠너•가 있는지 찾아보렴. 디파이언스호래."

• schooner. 돛대가 두 개 이상인 범선.

나는 한 번도 과학자를 만난 적이 없다. 교역 말고 다른 목적으로 우리 섬을 찾는 사람은 아주 드물다.

"왜 온대요?" 내가 묻는다.

아이제이아 아저씨가 대답한다. "난 모르지. 리 목사님의 지인이고, 우리 섬에 일 때문에 왔다는 것만 알아."

"알려 줘서 고마워요. 즐거운 하루 보내세요." 나는 얼른 에즈라 아저씨에게 소식을 전하고 싶어 발걸음을 재촉한다.

외지인이 우리에게 찾아오다니 이 얼마나 설레는 일인가!

우리 섬의 작은 공동체는 대체로 외지인에게 관대하지 않다. 외지인은 우리에게 물품 또는 식량을 팔거나 우리가 생산하는 고래기름 또는 양털과 바꾸려고 섬 동쪽 에드거타운 항구에 정박하는 상인들과는 다르다. 섬에 친척이 살거나 도민의 보증 또는 소개로 온 사람이 아닌 이상, 우리는 외지인을 수상한 사람처럼 대한다.

나는 걸으면서 재미 삼아 이야기를 지어내기 시작한다. 내가 기억할 수 있는 가장 오랜 과거부터 있었던 버릇이다. 이야기 짓기는 잠자리에 누워 뒤척일 때 잠이 오게 해 준다. 심심할 때는 오락거리가 된다. 때로는 이해할 수 없는 상황을 이해하는 데 도움이 되기도 한다.

해먼드 선생님은 내가 상상력이 풍부하고 진실과 거짓을 구분할 줄 안다고 하신다. 내가 타고난 이야기꾼이라고도 하신다. 내 꿈은 언젠가 해먼드 선생님 같은 교사가 되는 것이다. 교사가 되면 책을 많이 가져도 되고, 밥하고 청소하는 것보다 글을 읽고 쓰는 것을 더 좋아하는 내 본성을 애써 해명하지 않아도 된다.

혼자 허공에 대고 수어를 하며 걷는 내 모습이 우스꽝스러워 보일 것 같다. 그런데 엄마는 이런 내 행동이 청인이 혼잣말하는 것과 다를 바 없다고 한다.

나는 위대한 발견에 몰두한 과학자와 그의 조수인 소녀를 상상한다. 둘은 샘을 찾고 있다. 그들이 찾는 건 흔한 샘이 아니다. 천연 탄산수가 나오는 샘인데, 그 샘물을 마시면 영원히 살 수 있다. 그 샘의 위치가 표시된 지도는 여러 개다. 둘은 방방곡곡 샘을 찾아다닌다. 때로는 왔던 길을 되밟아 가기도 한다. 산을 오르기도 하고 석양 아래 계곡으로 내려가기도 한다.

마침내 둘은 샘을 찾아낸다. 과학자는 표본을 채취하기도 전에 바로 엎드려 샘물을 들이켠다. 그런데 소녀는 샘물을 마실지 말지 망설인다. 사랑하는 사람들을 모두 떠나보내고도 혼자 오래오래 살고 싶은지 잘 모르겠다.

목적지가 가까워지자 이야기를 지어내던 내 손이 서서히 잦아든다. 나는 누군가 내 그림자에 숨어 내 눈에 띄지 않게 몰래 나를 지켜보고 있음을 눈치챈다.

4장

에즈라 브루어 아저씨는 바닷가 맨 위쪽에 산다. 아저씨네는 소나무로 뼈대를 세운 일 층짜리 집이다. 커다란 벽돌 굴뚝이 있고 마당에는 가재 잡는 덫이 여기저기 널브러졌다. 아저씨는 텃밭을 가꾸지 않는다. 애꾸눈 검은 고양이 스미시 말고는 키우는 동물도 없다.

이제는 나이가 지긋해진 에즈라 아저씨는 영락없는 뱃사람이다. 평생 맞은 바닷바람이 온몸에 스며들어 관절이 뻣뻣하고 숨결에 바다 냄새가 묻어난다. 아저씨가 낡은 커터• 블랙도그호를 몰고 보스턴 너머 바다를 항해하면서 겪은 일들은 그 어떤 옛날이야기보다 재미있다. 아저씨는 거센 북동풍에 맞서 배

• cutter. 소형 쾌속정.

를 몰면서 선원을 단 한 명도 잃은 적이 없었다고 한다. 지금도 낚싯줄 하나만 가지고도 그날의 낚시꾼 중 물고기를 가장 잘 잡는다.

아저씨가 멀리서 걸어오는 나를 보고는 손을 머리 위로 들어 흔든다. 오늘도 여느 때처럼 현관 앞 낡은 고리버들 의자에 앉아 있다.

내가 아저씨를 알고 지낸 세월 동안, 아저씨는 나를 집 안쪽으로 들인 적이 거의 없다. 엄마는 아저씨가 몸도 씻지 않고 집도 청소하지 않아서라고 했다. "경건 다음은 청결"이라는 격언을 덧붙이면서. 나는 에즈라 아저씨에게는 집을 제대로 가꿔줄 아내가 없을 뿐이라고 대꾸했다.

오빠가 죽은 뒤로는 에즈라 아저씨의 약간 미개한 생활 방식이 그리 나쁘지만은 않다는 생각이 든다. 바닷가 오막살이 은둔자로 사는 게 우리 집의 적막한 비애를 견디는 것보다는 쉬울 듯하다.

아저씨 집이 가까워지자 아저씨의 옷차림이 눈에 들어온다. 아저씨는 사시사철 똑같은 옷을 입는다. 해진 리넨 셔츠, 파란 털 조끼, 양복지로 만든 바지, 머리에 딱 붙는 털모자, 낡은 물개 가죽 외투. 아저씨의 눈동자는 내가 본 색 중 가장 짙은 파란색이다. 희끗희끗한 머리카락은 귓불을 덮을 만큼 길다. 귀는

뚫은 흔적이 있지만 아저씨가 귀걸이를 한 모습은 한 번도 본 적이 없다.

나는 아저씨의 무릎에 놓인 럼주 병을 보고 떫은 표정을 짓는다. 엄마는 술을 마시지 않는다. 기분 좋아지려고 마시는 술을 절대 집에 두지 않는 것은 물론이다. 우리 집에 있는 술은 요리나 치료에만 쓰인다. 꽤 많은 사람이 물 대신 맥주를 마시는 게 건강에 더 좋다고 믿는다는 사실을 얼마 전 해먼드 선생님에게 배웠다. 내가 감히 엄마의 신념에 반기를 들 수 있을까?

에즈라 아저씨가 나를 나무란다. "날 재단하지 마셔, 꼬마 아가씨. 넌 내 입장이 되어 본 적이 없잖아."

난 아저씨의 말이 옳다는 것을 안다. 리 목사님은 늘 우리에게 이웃의 행동을 재단하기보다는 연민으로 대하라고 가르치신다. 나는 웃으면서 아저씨에게 머핀을 건넨 뒤 수어로 대꾸한다. "연민으로 대하는 건데요."

아저씨가 고개를 젖히며 껄껄 웃는다. 얼마나 크게 웃는지 아저씨의 몸뿐 아니라 내 몸도 흔들리는 듯하다. 아저씨는 만족스러운 표정으로 머핀을 단숨에 먹어 치운 뒤, 머핀을 싸 온 천을 내게 돌려주고 스미시가 손가락을 핥게 해 준다.

나는 화제를 돌리려고 다시 수어로 말한다. "아이제이아 아저씨가 그러는데 칠마크에 젊은 과학자가 온대요. 리 목사님 손님으로. 우리 마을에서 어떤 연구를 하려는 걸까요?"

아저씨도 수어로 응한다. "연구만 하면 내버려 둬도 되지. 마을 사람들 등쳐 먹지만 않으면."

"과학자가 뭐 하러 그러겠어요?" 내가 묻는다.

아저씨가 수어로 대답한다. "외지인은 말이야, 처음부터 믿으면 안 돼. 자기가 믿을 만한 사람이라고 증명한 다음에 받아 줘도 늦지 않아."

"그건 너무 불친절하잖아요."

"난 내가 친절하다고 말한 적 없다."

나는 고개를 저으며 수어를 이어간다. "우리가 어디서 왔는지 이야기해 주세요."

아저씨가 수어로 대꾸한다. "그 이야기는 스무 번도 넘게 해 줬는데." 아저씨는 술병에 마개를 다시 끼워 의자 옆에 내려놓는다. 스미시가 아저씨의 무릎에 다시 올라와 앉는다.

"이야기라……." 아저씨가 말끝을 흐리며 생각에 잠긴다.

나는 아저씨가 이야기를 시작하도록 재촉한다. "우리 중에 왜 누구는 귀가 들리고 누구는 안 들리는지 얘기해 주세요."

"얘야, 그 답은 너도 이미 알잖니. 왜 그런지는 아무도 모른단다."

"어떻게 모를 수 있죠? 우리가 섬으로 들어올 때부터 아저씨나 우리 아빠나 너 같은 농인은 있었잖아요."

"그래, 메리, 그건 맞아." 아저씨가 수어로 대답한다.

아저씨는 고개를 확 앞으로 숙이면서 왼손 손가락을 꼼지락거리는 동작으로 "그래."라고 말한다. 아저씨의 손은 늙고 옹이가 졌지만 수어 실력은 여전히 훌륭하다.

아저씨가 턱을 움직인다. 아저씨는 수어로 옛날이야기를 시작하기 전에 잠깐 입을 움직이는 버릇이 있다. 청인들이 말하는 모습을 많이 봐서 생긴 버릇 같다. 나도 가끔 똑같은 행동을 한다.

아저씨가 이야기를 시작한다. "영국 켄트에는 태어날 때부터 귀가 안 들리는 사람이 특히 많이 사는 지방이 있었어. 윌드라고 불렸지."

내가 끼어든다. "이름이 이상해요."

에즈라 아저씨는 나를 바다 저 밑으로 가라앉힐 만큼 무시무시한 눈빛으로 째려본다. 그 순간 나는 아저씨한테 혼날 줄 알았는데, 아저씨는 그냥 주먹을 쥐었다 펴기를 반복한다. 마치 허공에서 단어를 끌어모으는 것 같다.

아저씨는 곧 이야기를 이어간다. "그래. 윌드는 삼림지대를 뜻하지. 우거진 숲과 높은 석회암 절벽 때문에 생활하기에는 험한 곳이었어. 그래서 사람들은 그곳을 떠나 영국의 식민지로 가기로 결심했지. 그들과 함께 청각 장애도 딸려 온 거야."

"그러니까 왜 딸려 온 거죠?" 내가 묻는다.

"말했잖아. 확실한 이유는 아무도 모른다고. 그런데 아저씨 생각엔 말이야, 우리 피에 귀를 못 쓰게 만드는 뭔가가 흐르는 것 같아."

나는 계속 묻는다. "어떻게 그럴 수가 있냐고요? 엄마는 귀가 들리고, 조지 오빠도 그랬고, 아빠랑 나는 안 들리는데, 우린 같은 핏줄이잖아요." 이 섬에 사는 영국 출신 정착민들은 핏줄을 중시한다. 핏줄은 우리가 누구이며 어디서 왔는지를 말해 준다.

에즈라 아저씨는 팔짱을 끼고 코를 벌름거리며 일부러 나와 눈을 마주치지 않는다. 내가 아저씨의 이야기를 너무 자주 끊었기 때문이다.

나는 모자를 벗어서 모자에 달린 리본을 스미시 앞에 흔든다. 스미시가 리본을 툭툭 친다.

고양이와 놀아 주는 내 모습에 마음이 풀렸는지 아저씨는 다시 손을 움직이기 시작한다. 나는 조용히 듣기만 하겠다고 다짐한다.

엄마와 아빠도 우리 선조들이 이 섬에 정착하던 초창기의 역사를 알고 있지만, 이야기하기를 꺼린다. 엄마는 늘 "새는 앞을 보고 난다."라고 말한다. 그러나 에즈라 아저씨의 머릿속에는 과거와 현재와 미래가 뒤섞여 있는 듯하다.

아저씨가 나를 바라보면서 내가 읽는 속도만큼 빠르게 손을 움직이며 말을 쏟아 낸다.

"너의 고조부 조너선 램버트는 이 섬에 정착한 최초의 농인으로 기록되어 있어. 1692년에 도착했는데, 영국에서 쓰던 수어를 사용하셨지."

내가 웃으며 또 끼어든다. "그런데 그 수어가 지금은 많이 변했죠."

아저씨가 이야기를 계속한다. "네 말이 맞아. 지금 섬사람들이 쓰는 언어는 더는 순수 영국 수어가 아니야. 우린 우리만의 규칙이 있고 거의 모든 단어에 대응하는 수어가 있는 데다, 알파벳도 양손의 손가락을 다 써서 철자하니까. 정확한 수어를 아는 것만큼 중요한 게 표정과 몸짓이고. 게다가 친족 간에는 수어 몇 마디나 표정 하나로도 하려는 말을 서로 이해할 수 있지." 그러면서 아저씨는 곁눈질로 나를 째려본다. 그만 끼어들라는 신호다.

"조너선 램버트는 훌륭한 목수이자 농부셨단다. 그분은 1694년에 조시아스 웜파투크 족장에게 7파운드를 내고 땅을 사셨어. 난 그 거래가 그분에게 훨씬 이득이었다고 본다. 그 땅은 오늘날도 램버츠 코브(Lambert's Cove)로 불리지. 크리스천타운에 있고. 너도 가 봤지?"

나는 고개와 오른손 주먹을 동시에 끄덕인다. 나 말고 다른 누군가가 에즈라 아저씨가 해 주는 우리 가족사 이야기를 지켜보고 있다. 아저씨 집 외벽에 붙어서 빼꼼히 고개만 내민 그림자가 내 시야에 걸린다.

"조너선은 청인과 결혼하셨어. 자녀를 일곱 명 낳았는데, 그 중 한 명이 네 증조부 에드워드였지. 일곱 자녀 모두 역시 윌드에서 이주해 온 집안과 결혼해서 청인과 농인 자녀를 골고루 낳았단다. 네 조상들이지. 조너선 램버트는 여든에 별세하셨어. 넓은 땅과 좋은 집, 높은 덕망을 남기시고."

나는 미소를 짓는다. 언제 들어도 기분 좋은 이야기다.

에즈라 아저씨가 내 표정을 읽으며 수어로 말한다. "그래. 넌 그분의 후손인 걸 자랑스러워해야 한다."

"근데 아저씨는 아저씨 조상 이야기는 안 하시잖아요." 내가 대꾸한다.

아저씨의 얼굴에 묘한 표정이 스친다. 아저씨가 술병을 다시 집어 들어 마개를 뽑는다. 오늘 해 줄 이야기는 다 한 것이다. 나는 꽤 오래전부터 아저씨가 어떤 비밀을 숨기고 있다고 짐작해 왔다. 아빠에게 물어본 적이 있지만, 아빠는 아무 말도 해 주지 않았다. 나는 독립 전쟁• 당시 아저씨의 행적과 관련이 있다고 추측만 하고 있다.

나는 일어나서 오른손 손바닥을 펼쳐 턱에 댔다가 내린다.

"고맙습니다."

아저씨는 윙크하더니 술을 한 모금 마신다.

나는 큰길을 따라 집을 향해 걷기 시작한다.

나를 따라다니던 그림자도 같이 귀갓길에 오른다. 나는 무섭지 않다. 추적자가 누군지 잘 아니까.

- 미국 독립 전쟁 또는 미국 독립 혁명. 1775년 영국의 식민 지배에 반발하며 북미의 영국령 식민지가 일으킨 전쟁. 1783년 독립을 인정받아 미합중국이 수립되었다.

5장

큰길을 따라 집으로 걸어가는 동안 나는 내 고조부 조너선 램버트가 처음 섬에 상륙했을 때 어땠을지 상상해 본다. 다른 영국 출신 정착민이나 왐파노아그족과 어떻게 소통하셨을까? 세상이 하루아침에 뒤집어져서 모든 사람이 소리 내서 말하고 수어는 하지 않는다면 어떻게 될까?

그림자가 더 가까이 다가온다. 나는 청각이 없어서 시각에 아주 많이 의존한다. 내 눈은 아주 사소한 것도 놓치는 일이 거의 없다. 내가 돌아보자 낸시는 나무 뒤로 몸을 숨긴다. 팔을 뻣뻣하게 옆구리에 붙인 채.

낸시도 열한 살이다. 떡 벌어진 몸집, 곧게 편 검은 곱슬머리, 초롱초롱한 갈색 눈, 똑 부러지고 명랑한 성격의 친구다. 낸시네 집도 큰길에서 조금 벗어난 곳에 있는데, 우리 집에서 한 참 더 오르막길을 올라가야 나온다. 낸시네로 가는 길은 하도 많이 다녀서 캄캄한 밤에도 얼마든지 갈 수 있다. 우리 둘은 내 기억이 닿는 한 세상에서 제일 친한 사이로 지내 왔다.

낸시가 돌담 아래 쪼그려 앉는 게 보인다. 나는 걸음을 멈추고 신발에 들어간 조약돌을 털어 낸다.

"우!" 낸시가 산울타리 뒤에서 튀어나와 내 코앞에서 맞잡았던 손을 펼쳐 보인다.

내가 비명을 지르지도 움찔하지도 않자 낸시는 얼굴을 찡그리더니 땅에서 뽑은 갈대로 나를 장난스럽게 때린다.

"오늘은 어떤 스파이야?" 내가 수어로 묻는다.

낸시가 손가락으로 스파이의 이름을 철자한다. "미스 제니. 누군지 알아?"

나는 두 손으로 알파벳 O 자 모양을 만든다. 전혀 모른다는 뜻이다.

낸시가 수어로 설명한다. "미스 제니는 영국 충성파였어. 우리가 영국으로부터 독립하는 걸 원하지 않았지. 그래서 우리 편인 프랑스군을 염탐해서 뉴욕시에 있는 영국군 사령부에 보고했대."

낸시가 걸음을 멈춘다.

"제러마이아 삼촌이 그러는데, 미스 제니는 당시 갓 성인이

된 나이였는데도 아주 용맹했대. 워싱턴 장군 앞에 끌려가 심문받다가 머리카락이 잘렸는데…….” 낸시가 모자와 실내용 모자를 벗어 버리고는 가위로 자기 머리카락을 자르는 시늉을 한다.

낸시가 삼촌을 이야기할 때마다 조지 오빠의 사고를 떠올리지 않을 수 없다. 물론 제러마이아 아저씨가 오빠를 죽인 건 낸시 잘못이 아니다. 오빠와 내가 애초에 큰길 한복판에서 놀고 있지 말았어야 했다.

그런데 낸시 아빠가 마을 의회나 리 목사님이 제러마이아 아저씨와 면담하는 것을 막는 바람에 상황은 더 나빠졌다. 덕분에 제러마이아 아저씨는 섬을 빠져나가 보스턴 근처 자기 집으로 도망가 버렸다. 두 사람이 우리 엄마 아빠를 존중하지 않은 게 못내 아쉽다.

두 사람의 행동을 생각하다 보면 내게도 죄가 있음을 떠올리게 된다. 나 역시 오빠의 죽음에 관한 온전한 진실을 엄마 아빠에게 숨기고 있으니까.

낸시는 스파이 이야기에 여념이 없다. “공개적으로 망신을 주려고 머리카락을 자른 거지. 그런데 아무리 설득해도 미스 제니는 자백을 거부했어.”

낸시가 손바닥을 입 앞에 가져다 대면서 고집스럽게 고개를 젓는 동작으로 미스 제니의 저항을 표현한다.

나는 낸시에게 사실을 상기시킨다. "미스 제니는 반역자였잖아."

낸시는 어깨를 으쓱하더니 한쪽 손바닥을 다른 쪽 손바닥에 엎는 동작을 반복한다. "그렇기는 하지만"을 뜻하는 수어다.

낸시가 갑자기 돌담 뒤로 나를 끌어다 주저앉힌다. 그리고 돌담 앞으로 누가 지나가는지 들키지 않고 보라고 손짓한다.

리 목사님이 처음 보는 젊은 남자와 함께 바닷가에서 걸어 올라오고 있다. 과학자인가 보다! 나는 낸시에게 설명하려고 하지만, 낸시는 내 손을 조용히 시킨다.

리 목사님은 융단으로 만든 여행 가방을 들고 있고, 젊은 남자는 검은 책가방을 메고 있다. 한동안 섬에 머무르려는 걸까?

두 사람이 우리가 숨은 곳을 지나간다. 나는 외지인의 얼굴이 조지 오빠와 똑 닮아서 어안이 벙벙해진다. 낸시가 내 입을 틀어막은 걸 보니 내가 헉 소리를 낸 모양이다. 나는 낸시가 손을 떼게 하려고 낸시 손을 핥는다. 낸시는 바로 손을 떼어 치맛자락에 닦는다.

흙바닥에 쪼그려 앉아 있는 게 불편하다. 나는 두 사람이 멀어지길 기다렸다가 일어나서 옷에 묻은 먼지를 털어 낸다.

낸시가 수어로 말한다. "너도 언젠간 내 훌륭한 첩보 실력이 얼마나 쓸모 있는지 인정하게 될 거야."

나는 낸시 쪽으로 돌멩이를 찬다. 낸시가 돌멩이를 다시 내게로 찬다. 우리는 다시 길을 걷는다. 낸시는 청인이지만 부모인 존과 로라 스키프는 농인이다. 낸시는 구어보다 수어를 더 많이 쓰는 편이다.

"에즈라 아저씨가 오늘은 귀신 이야기를 해 줬다면 좋았을 텐데." 낸시가 수어로 말한다. 낸시가 스파이 이야기보다 좋아하는 게 있다면 그건 바로 귀신 이야기다. 안타깝게도 낸시 엄마는 낸시가 에즈라 아저씨네에 놀러 가지 못하게 한다. 우리 엄마처럼 낸시 엄마도 에즈라 아저씨를 못마땅해한다.

"고약한 노인네와 재수 없는 고양이!" 낸시가 내 주위를 팔짝 팔짝 돌면서 허공에 대고 '귀신 출몰'을 뜻하는 수어를 한다.

나는 낸시를 말린다. "그만해! 소름 돋게 하지 마. 조지 오빠 생각나잖아." 나는 오빠가 너무 급작스럽게 죽는 바람에 영면에 들지 못했을까 봐 걱정이다.

우리는 둘 다 손을 내리고 대화를 잠시 멈춘다.

낸시가 다시 수어로 말한다. "나 이 얘기 너한테도 처음 하는 건데, 이디스 할머니가 주무시다가 돌아가신 날 밤에 내 침대 발치에 나타나셨다. 할머니 몸이 면사포처럼 투명해 보였어. 할머니가 무덤에 들어간 것처럼 춥다고 하시는데 난 놀라지 않았거든? 근데 할머니는 그렇게 오래 지병을 앓았는데도 당신이 죽었다는 게 믿어지지 않는 눈치셨어."

나는 낸시의 눈이 장난기로 반짝이는 건 아닌지 유심히 살피지만, 나를 놀리려고 말을 지어내는 것 같지는 않아 보인다.

낸시가 말을 이어간다. "할머니는 찻주전자를 걱정하시더라고. 은으로 만든 건데 우리 집안 가보거든. 할머니는 엄마가 그거 팔지 못하게 하라고 당부하셨어. 할머니 방 책상 밑에 뒀으니까 찾아다가 내 얼굴이 비칠 만큼 반들반들 광을 내서 안전한 곳에 숨겨 두라고 일러 주시는 거야. 나 시집가서 내 집이 생기면 그때 꺼내서 쓰라고 하셨어."

"시킨 대로 했어?" 나는 등골이 서늘해지는 것을 느끼며 묻는다.

"할머니가 알려주신 바로 거기에 주전자가 있더라. 그래서 분부대로 했지. 그 후로 다시는 할머니의 유령이 나타나 잠을 방해하는 일은 없었어."

나는 또 묻는다. "주전자는 어디다 숨겼는데?"

낸시가 짓궂게 웃으며 대답한다. "에이, 너한테 말해 주면 할머니가 싫어하실 것 같은데?"

나는 너무 당황해서 얼어붙는다.

낸시가 수어를 이어간다. "나 좋은 생각이 났는데, 네가 좋아할지는 모르겠다."

나는 맥이 풀려 대꾸한다. "뭔데?"

낸시가 대답한다. "죽은 자를 위한 춤을 추는 거 어때?"

나는 바로 대꾸한다. "그건 신성모독이잖아."

낸시가 눈살을 잔뜩 찌푸리며 수어로 말한다. "네 엄마랑 똑같이 말하네. 아무도 모르게 우리 둘이서 하면 되지. 너 조지 오빠 장례식에 못 갔으니까 이번이 오빠를 위해 치르는 마지막 의식이 될 수도 있어. 오빠의 영혼이 편히 잠들 수 있게."

내 마음에 장면 하나가 순식간에 떠오른다. 시신 싸는 천에 덮인 오빠의 모습이다. 오빠의 장례를 치른 날, 나는 고열로 몸져누운 상태였다. 엄마 아빠가 오빠의 시신을 마차에 싣고 교회 묘지로 향하는 모습을 위층 내 방 창문에서 잠깐 내려다본 게 내 작별 인사의 전부였다.

낸시가 수어로 말한다. "우리 둘이서 펄럭이는 천을 뒤집어쓰고 습지 근처 숲을 뛰어다니는 거야."

나는 조지 오빠의 영혼을 달래 줄 의식이라는 말에 마음이 동한다. 내가 정말 오빠의 불안한 영혼을 진정시킬 수 있을까? 낸시가 할머니와 마지막으로 만났던 것처럼, 나도 오빠와 마지막으로 마음을 나눌 수 있을까? 그날 오빠를 큰길로 꾀어내서 미안하다고 사과하고 용서를 구할 수 있을까?

엄마가 알면 분명 불호령이 떨어질 게 뻔하다. 그런데 낸시가 우리 둘만의 의식이라고 한다. 나는 기대에 찬 친구의 얼굴을 바라본다. 조지 오빠라면 어떻게 했을까?

나는 불안한 마음으로 대답한다. "그러자."

"진짜지?" 낸시가 흥분해서 묻는다. 나는 두 손을 비비는 낸시를 보면서 잠깐 흔들린다.

"내일 오후에 하자." 너무 오래 기다리면 내가 마음이 바뀔지도 모른다.

낸시의 얼굴이 익살의 요정처럼 환해진다. "엄마한테는 우리 집에 놀러 간다고 해. 큰길에서 리틀우즈 길로 빠져. 숲이랑 습지 중간쯤에서 만나자. 난 그 길을 몇 번 가 봤거든. 근데 넌 위험한 구간을 피하려면 지도 보면서 경로를 짜 두는 게 좋을 거야."

"그걸 어떻게 하라고?" 내가 묻는다.

"조지 오빠의 지도를 찾으면 되지." 낸시가 대답한다.

아빠의 목장에 다다르자 우리는 커다란 사과나무에 오르려고 돌담 위에 올라선다. 치마와 스타킹 차림으로 나무를 오르는 게 쉽지는 않지만, 우리는 굵은 가지의 구부러진 곳에 걸터앉는 데 성공한다.

낸시가 망토 주머니에서 나무로 만든 작은 리코더를 꺼낸다. 리코더를 불기 시작하다가 멈춘다. "아빠는 내가 아빠랑 엄마 앞에서 연주하는 게 무례하다고 생각한대. 넌 괜찮아? 너에겐 들리지도 않는 음악을 내가 네 앞에서 연주해서 기분 상한 적 없어?"

나는 고개를 젓는다.

낸시의 아빠 존 스키프는 술고래에다 기분이 괜찮은 날보다 나쁜 날이 더 많은 사람이다. 음악에 대한 낸시의 흥미를 키워 준 건 삼촌 제러마이아 스키프다. 하지만 그 사람은 조지 오빠의 사고 이후 다시는 섬에 얼씬도 하지 않는다.

낸시는 눈을 감고 리코더의 구멍을 손가락으로 막았다 열었다 하면서 두 볼에 가득한 공기를 리코더에 불어 넣는다. 리 목사님은 낸시가 어떤 멜로디든 한 번만 듣고도 연주할 수 있다고 하신다.

나는 리코더를 부는 낸시를 바라보며 나만의 방식으로 음악을 감상한다. 하늘을 나는 새를 바라보면서 새소리를 상상하는 것과 비슷하다.

내가 이야기를 지어내는 것처럼 낸시도 음악을 지어냄으로써 자기 안의 감정을 드러내는 듯하다. 세라 힐먼이나 우리가 아는 다른 여자아이들은 오로지 살림하는 법을 배우는 데만 정신이 쏠렸다. 집에서 엄마를 도와 바느질을 익히고 동생을 돌보는 일에 열중한다. 걔들 눈에는 낸시와 내가 현실을 모르는 철부지로 보일 것이다. 걔들 생각이 맞는다고 해도, 우리는 공상이 더 좋다.

냅시가 눈을 다시 뜨고 리코더를 무릎에 내려놓는다. 그러고는 저 멀리 무언가가 보였는지 뚫어지게 바라본다.

나도 아빠의 목장 건너편 냅시의 시선이 꽂힌 곳을 바라본다. 우리 목장의 두 일꾼 중 한 명인 토머스 리처즈가 양 떼와 함께 천천히 우리 쪽으로 다가오고 있다. 떡 벌어진 어깨와 보폭이 큰 걸음걸이가 특징인 토머스는 노예• 출신이다. 오늘도 해진 작업복 차림이다.

냅시가 부리나케 나무에서 내려가기 시작한다. 나도 냅시를 따라 내려간다. 까다롭고 독실한 척하는 자기 엄마와 닮았다고 하면 냅시는 질색하겠지만, 지금 냅시의 행동은 딱 자기 엄마다. 나는 스키프 아주머니가 해방된 노예와 마주쳤을 때 몸을 움츠리는 것을 한두 번 본 게 아니다.

냅시는 땅에 발이 닿자마자 구겨진 치마를 손바닥으로 펴더니 마음이 급했는지 "내일 잊지 마."라는 수어도 겨우 하고는 큰길로 돌아가 집을 향해 걷기 시작한다.

• 16세기부터 19세기까지 1,100만 명에 달하는 아프리카인이 노예로 끌려와 신대륙 개발에 동원되었다. 소설의 배경인 1805년 매사추세츠주는 노예제가 폐지된 자유 주였다. 미국의 노예제가 완전히 폐지된 것은 1865년이다.

6장

토머스가 돌담 쪽으로 걸어온다. 양 몇 마리가 무리에서 벗어나자 토머스는 양의 궁둥이를 무릎으로 툭툭 건드려서 무리 쪽으로 몬다. 양들은 늘 제멋대로다. 나는 돌담을 넘어가 자작나무 가지로 양을 치는 것을 거든다.

"안녕." 내가 인사를 건네자 토머스도 정답게 고개를 끄덕인다. 나는 토머스의 아내 헬렌의 안부를 묻는다. "헬렌은 잘 지내요?" 헬렌은 낸시네 집에서 하녀로 일한다. "요즘엔 낸시네 집에서 헬렌을 통 못 봤어요."

토머스가 대답한다. "헬렌 어머니가 한동안 편찮으셨어. 헬렌은 어머니 곁을 지키려고 매일 친정을 걸어서 오가느라 바빠." 헬렌은 게이헤드 왐파노아그족 출신이다.

"샐리도 같이요?" 내가 묻는다.

샐리는 토머스와 헬렌의 열 살배기 딸이다. 엄마 일을 도울 때도 있고 우리 목장에서 아빠와 시간을 보낼 때도 있다. 귀엽고 웃음 많은 명랑한 아이다. 나는 화려한 구슬 세공으로 장식한 사슴 가죽 옷과 신발을 가진 샐리가 부럽다. 내가 입는 스테이스•와 치렁치렁한 치마보다 훨씬 편해 보인다. 하지만 엄마는 내가 샐리와 비슷한 옷을 절대 입지 못하게 한다.

"샐리도 목장 어딘가에 있을 거야." 토머스가 손을 사방으로 흔들며 수어로 대답한다.

토머스는 모든 양의 털을 한꺼번에 깎는 봄철에만 우리 목장에서 일했다. 그런데 조지 오빠가 없는 지금은 연중 내내 목장에서 일한다.

토머스가 노예였던 시절, 마지막 주인이 토머스에게 자유를 주었다. 엄마는 토머스가 부엌문으로 땔감이나 도살한 고기를 가져다줄 때만 잠깐씩 토머스와 마주친다. 그럴 때마다 엄마는 토머스를 다정하게 대하긴 하지만 집 안으로 초대하지는 않는다. 토머스와 함께 품삯을 받고 일하는 아일랜드 출신의 에이먼 라일리도 마찬가지다.

• stays. 여성의 체형을 보완하려고 드레스 안에 입는 몸통을 조이는 속옷. 18세기 말 프랑스의 코르셋이 세계적으로 전파되어 스테이스와 코르셋 두 명칭이 혼용되긴 했지만, 소설에서는 스테이스라는 명칭을 쓰기에 그대로 옮긴다.

우리 마을에서 아일랜드인은 영국인보다 열등하지만 해방된 노예보다는 우월한 인종으로 취급받는다. 아빠는 그런 관념에 아랑곳하지 않고 다들 꺼리는 두 사람을 일꾼으로 고집한다. 예전에는 이웃 사람들이 아빠가 급진적이라고 수군거리는 게 창피했다. 하지만 조지 오빠의 죽음으로 나는 새로운 사고방식에 눈을 뜨게 되었다.

"잠깐 따라다녀도 돼요?" 내가 토머스에게 묻는다.

토머스가 대꾸한다. "일을 멈출 순 없어. 그래도 같이 있는 건 괜찮아."

저 멀리 갈색 수망아지 베이어드의 우리 옆에 샐리가 보인다. 샐리는 울타리에 기댄 채 베이어드를 지켜보고 있다. 베이어드는 조지 오빠가 죽은 뒤로 그 누구에게도 길들기를 거부하고 있다. 샐리는 저 변덕스럽고 날쌘 짐승이 무섭지도 않나?

모든 양을 목초지에 들여놓은 뒤 우리는 헛간으로 향한다. 나는 토머스가 아빠처럼 양복지나 모직으로 만든 옷을 평소처럼 입고 있지만 사슴 가죽으로 만든 새 부츠를 신고 있는 것을 알아본다.

"왐파노아그족과 사는 거 낯설지 않아요?" 내가 묻는다.

"전혀. 왜 그런 걸 묻지?" 토머스가 수어로 말한다.

"토머스는 왐파노아그 출신이 아니고 그 사람들은 우리랑 사는 방식이 다르니까요." 내가 대답한다.

"칠마크와 아퀴나 간에는 다른 점이 많지. 하지만 왐파노아그족은 이제 내 가족이야." 토머스가 말한다.

"왜 게이헤드라고 안 하고 아퀴나라고 해요?" 내가 또 묻는다.

토머스가 대답한다. "이 섬을 마서스비니어드라고 안 부르고 노에페라고 부르는 이유와 같아. 모든 왐파노아그 사람은 우리 조상이 지은 지명을 그대로 사용하거든."

아빠가 해 준 말이 기억난다. 왐파노아그족은 땅을 구획해서 영국 정착민 개개인이 소유하고 통제하는 제도에 반대한다고, 그리고 칠마크가 한때는 왐파노아그족 공유지였다고 했다. 그 시절에는 어땠는지 궁금하다. 어쩌면 왐파노아그족은 조상이 지은 지명을 계속 쓰면 영국인들이 섬에 정착한 이래 거의 사라져 버린 그들의 언어 워파나크를 보존할 수 있다고 믿는지도 모르겠다.

"그런데 왐파노아그 조상이 토머스의 조상은 아니잖아요." 나는 '나무'를 뜻하는 수어 단어에 긴 가지를 덧붙여 '조상'으로 변형한다.

토머스는 조금 전 양을 도살한 작업대를 해면으로 박박 닦는다. 그리고 해면이 빨아들인 피를 나무통에 짜서 버린다.

토머스가 대답한다. "내 조상이야, 메리. 나는 아퀴나의 왐파노아그 부족에 속한 사람이야."

"하지만 토머스는 인디언 피가 없잖아요."

토머스가 나를 빤히 바라보면서 핏물을 구유에 붓고는 나무통을 내려놓고 수어로 설명을 이어간다. "왐파노아그족은 그렇게 생각하지 않아. 핏줄이 전부는 아니야. 나와 내 아내와 딸은 아퀴나 마을 소속이니까 마을 사람들과 똑같은 신앙과 풍습을 따르고 위대하신 존재 모셔프를 섬기는 의례에 참여하지. 우리는 우리의 작은 공동체를 지키려고 열심히 노력한단다."

나는 토머스의 설명이 이해되지 않는다. 어떤 인디언들은 우리 사회의 일원으로 산다. 우리의 이웃으로 살아가지만 여전히 우리와 다르고 분리된다.

나는 또 질문한다. "그럼 샐리는요? 샐리는 반은 인디언 반은 흑인이잖아요. 우리 엄마 말로는 그래서 샐리는 왐파노아그족의 땅에 대해 소유권이 없다는데요?"

"우리 딸은 엄마의 땅을 물려받을 거야. 그리고 아빠인 나의 역사도 샐리의 유산이지. 아퀴나 사람 중 일부는 내가 헬렌과 결혼한 것을 탐탁잖아 하지만, 그래도 샐리는 온전한 왐파노아그족이야."

내가 대꾸한다. "하지만 우리 엄마가 반은 프랑스 혈통이라서 나는 사분의 일만 프랑스인이거든요."

토머스는 대꾸 대신 미소만 짓고는 다시 일에 집중한다. 자기가 한 말 때문에 내 머릿속이 어지러워졌다는 것을 토머스도 눈치챈 것 같다.

헛간 밖에서는 샐리가 울타리를 넘어서 베이어드의 우리 안으로 들어가 있다. 불안해하는 망아지에게 샐리가 손을 내민다. 녀석은 코로 히이힝 숨을 내쉬면서 발을 굴러 먼지바람을 일으킨다. 샐리는 가만히 있는다. 베이어드는 샐리가 내민 간식을 받아먹지 않는다. 급기야 뒷발로 선다. 나는 숨이 멎은 상태로 속으로 20까지 센다.

샐리는 차분하게 울타리 밑으로 우리를 빠져나와 말린 옥수숫대를 우리 안으로 던지고는 그걸 먹는 베이어드를 지켜본다. 나는 그제야 참고 있던 숨을 내쉰다. 어떻게 저리도 겁이 없을까?

조지 오빠도 대담했었다. 오빠는 베이어드를 타기도 했다. 그리고 토머스와 함께 건초를 옮기거나 마구간에서 베이어드의 칸을 청소하면서 토머스에게 노예 시절에 대해 이야기해 달라고 졸랐고, 그렇게 들은 이야기를 내게 들려주곤 했다. 나는 아이를 노예로 팔아넘겨서 부모와 생이별을 시키는 이야기를 듣고 나면 악몽에 시달렸다.

나도 샐리와 조지 오빠처럼 용감해지고 싶다. 나는 토머스의 어깨를 가볍게 치고 묻는다. "토머스는 이 섬에 오기 전에 어떻게 살았어요?"

토머스는 허리를 굽혀 내 눈을 똑바로 들여다본다. "네 나이였을 때 나는 메릴랜드 식민지에서 노예로 살고 있었단다. 이 나라로 끌려온 여정이 얼마나 끔찍했는지, 내게 족쇄를 채우고 가족을 빼앗아 간 플랜테이션 생활이 어땠는지 너에게 말하지 않을 거야……." 토머스는 말끝을 흐리지만, 그의 말은 이미 내 뇌리에 낙인처럼 찍혀 버렸다.

토머스가 다시 허리를 펴는 동안 나는 시선을 떨군다. 토머스는 쇠갈퀴로 헛간 바닥에 깔린 더러운 건초를 걷어 내기 시작한다.

매사추세츠주는 내가 태어나기도 전인 1783년에 노예제를 폐지했다. 그런데 어른들은 그 시절을 이야기하고 싶어 하지 않는다. 우리가 추모하는 노예가 딱 한 명 있는데, 독립 전쟁 당시 우리 섬에서 발생한 유일한 사망자 샤퍼 마이클이다.

리 목사님도 옛날에는 노예 한 명을 부리셨다고 한다. 지금은 인간을 재산처럼 사고파는 것은 죄악이라고 설교하시지만. 어른들은 옛날은 지금과 달랐다고 한다. 하지만 리 목사님은 노예제가 애초에 하나님의 뜻에 반한다고 말씀하신다. 법이 바뀌면서 목사님의 마음도 바뀌었나 보다.

나는 토머스의 시선을 끌려고 손을 든다.

그리고 수어로 말한다. "미안해요." 더 적당한 말이 떠오르지 않는다.

토머스도 수어로 응한다. "나도 미안하다. 오빠 일은 안타깝구나. 사랑하는 사람을 잃는 게 제일 견디기 힘든 법이지."

토머스가 심장 위에 손을 얹고 주먹을 쥔다. 내가 매일 느끼는 아픔을 뜻하는 수어다.

"그때로 돌아가서 일어났던 일을 바꾸고 싶어요." 내가 털어놓는다.

"시간을 되돌리고 싶어 하는 사람은 많지. 우리는 지금 서 있는 자리에서 앞으로 나아가야 해. 태양은 매일 떠오르고 시간은 흐른단다." 토머스가 말을 마치더니 '대화'와 '일'을 뜻하는 수어 단어를 연달아 한다.

토머스를 너무 오래 붙잡아 두었다. 토머스에게는 아빠가 시킨 일이 줄줄이 있을 테고, 나도 엄마가 기다리고 있는 집으로 돌아갈 시간이다. 샐리가 긴장한 표정으로 내게 다가온다. 베이어드에게 접근했던 것을 자기 아빠한테 일렀는지 눈으로 묻고 있다. 나는 안심하라고 고개를 젓는다. 샐리가 방긋 웃는다.

나는 해를 올려다보며 집에서 나온 지 몇 시간이 훌쩍 지났음을 깨닫는다. 토머스와 샐리에게 손을 흔들고 집으로 터벅터벅 걸어간다.

집에 들어와 보니 거실에는 아무도 없다.

부엌에서 닭고기 수프 냄새와 장작 타는 냄새가 흘러나온다.

엄마의 발소리가 위층에서 느껴진다. 집 안에 활기가 넘칠 때는 나무 바닥으로 진동이 전해진다. 그 외의 시간에는 집에 적막이 흐르는 것처럼 느껴진다.

적막. 많은 청인, 특히 농인에 대해 잘 모르는 청인들은 우리가 적막 속에 산다고 짐작한다. 하지만 틀렸다. 내 안에 활력과 즐거움이 가득하고 앞날에 대한 기대로 흥분한 순간은 결코 적막에 싸여 있지 않다. 나는 기분이 좋은 때면 벌처럼 윙윙거린다. 기분이 안 좋은 날, 망연자실하거나 슬픔에 잠긴 때만 모든 것이 적막하게 느껴진다. 엄마와 나만 있는 우리 집처럼.

나는 천천히 계단을 오른다. 엄마는 분명 내가 들어오는 소리를 들었을 텐데도 방에서 나와 나를 반겨 주지 않는다. 나는 엄마가 있는 방을 슬며시 들여다본다. 엄마는 방문을 등진 채 베틀 앞에 앉아 있다. 손에는 털실 타래가 들렸고 고개는 숙이고 있다. 엄마는 베를 짜는 걸까, 울고 있는 걸까?

나는 다시 아래층으로 내려간다. 조지 오빠의 방은 엄마 아빠가 쓰는 안방 옆에 부엌을 마주 보고 있다. 나는 사고 이후 오빠 방에 들어간 적이 없다. 하지만 내일 습지를 찾아가려면 오빠의 지도가 필요하다.

7장

오빠 방의 모든 것은 8개월 전 오빠가 놓아둔 그대로 있다. 방은 모래 한 톨 없이 깨끗하다. 내가 집에 없을 때 엄마가 부지런히 오빠 방을 쓸고 닦는 모양이다.

나는 긴장해서 고양이 몇 마리가 담긴 자루처럼 떨고 있다. 내게 무척이나 익숙한 방이지만 허락 없이 들어오면 안 될 것 같은 기분이다. 하지만 나는 무언가를 훔치러 들어온 게 아니다. 내 물건을 되찾으려는 것뿐이다.

내 눈에 처음 들어온 물건은 오빠가 종이 누르개로 쓰던 소라 껍데기다. 소라 껍데기를 집어 들자 추억이 밀려든다.

내가 여섯 살이 되던 해의 8월 어느 날, 우리는 아빠와 몇 시간을 바다에서 헤엄치며 놀았다. 그날은 아빠가 내게 물 위에 누워서 떠 있는 법을 가르쳐 준 날이다. 바닷물은 겉은 따뜻하고 속은 차가웠다. 우리는 헤엄을 치다가 바닷가로 나와 조개 껍데기를 찾아다녔다. 굶주린 갈매기에게 쪼인 탓에 성한 껍데기가 거의 없었다. 그런데 오빠가 흠 하나 없이 완벽하고 큼직한 분홍빛 소라 껍데기를 발견했다.

아빠는 수어로 오빠에게 소라 껍데기를 귀에 대 보라고 했다.

오빠는 아빠가 시킨 대로 하더니 얼굴이 환해졌다.

"무엇이 들리니?" 아빠가 오빠에게 물었다.

"바다요!" 오빠가 손과 팔로 출렁이는 파도를 그리며 답했다.

아빠가 고개를 끄덕였다.

"아빠는 그걸 어떻게 알아요?" 내가 수어로 물었다.

"엄마랑 다른 사람들이 알려 줬지." 아빠는 내게 설명하고는 오빠에게 말했다. "우리 섬을 떠나 다른 곳으로 갈 때는 이걸 가지고 다니렴. 그럼 고향의 바닷소리를 언제든지 들을 수 있을 거야."

오빠가 미소를 지었다. 그러다가 표정이 왠지 모르게 바뀌면서 눈시울을 붉혔다.

"오빠, 왜 그래?" 나는 햇살 가득한 이 날을 망치기 싫다는 생각에 오빠에게 물었다.

오빠가 나와 아빠를 가리키며 대답했다. "너랑 아빠는 이 소릴 영원히 못 듣잖아."

"괜찮아." 아빠가 수어로 오빠를 안심시켰다.

지금도 여전히 괜찮은 건지 순간 의심이 든다. 그러다가 조너선 램버트가 우리 섬에 상륙한 이래 이어져 온 우리의 역사를 떠올린다. 아빠가 옳았다. 우리는 창조된 그대로 괜찮다.

나는 소라 껍데기를 쓰다듬다가 다른 의문이 든다. 들어줄 오빠가 없는 지금도 소라 껍데기에서는 바다의 소리가 날까? 아니면 그 마법은 사라진 걸까?

나는 소라 껍데기를 내려놓고 방을 가로질러 서랍장으로 간다. 지도 대신 올빼미 펠릿• 한 개가 들어 있는 작은 상자가 나온다. 오빠와 나는 작년 참나무 아래에서 올빼미 펠릿 두 개를 발견했다. 나는 처음에 짐승의 똥인 줄 알았다.

"이거 봐, 메리." 오빠가 펠릿을 한 손에 올려놓고 수어로 말했다.

자세히 보니 펠릿 겉이 솜털로 뒤덮여 있었다. 나는 펠릿에서 나는 고약한 냄새가 여전히 살짝 역겨웠지만 조심스럽게 펠릿을 쓰다듬었다.

오빠가 소리 내서 웃었다. 오빠 특유의 빠르지만 여유로운 웃음이었다.

• pellet. 올빼미과 조류가 먹이를 통째로 삼켰다가 새끼에게 먹이려고 토해 내거나 소화되지 않는 털이나 뼈 등을 게워 낸 덩어리.

"올빼미가 작은 동물을 잡아먹은 다음에 도로 토해 낸 거야." 오빠가 단어 몇 개는 수어 대신 철자로 표시하면서 설명했다. 오빠는 타고난 수어 실력자는 아니었다.

오빠가 '토하다'를 뜻하는 단어를 수어로 말하자 나는 펠릿을 쓰다듬던 손을 얼른 거뒀다. "징그러워!"

오빠가 또 웃으면서 따라오라고 손짓했다. 우리는 곧장 집으로 들어왔다. 오빠는 방에서 세숫대야를 꺼내 와 부엌 식탁에 내려놓고는 내게 깨끗한 물을 가져오라고 했다.

내가 물을 가져오자 오빠는 대야에 물을 붓고 올빼미 펠릿 한 개를 물에 담갔다. 물이 금세 구정물로 변했다. 나는 대야 위로 몸을 기울였다. 엄마도 하던 일을 멈추고 우리가 무슨 장난을 치는지 구경하려고 다가왔다.

오빠가 펠릿을 살살 풀어헤치고는 식탁에 천을 깔았다. 그리고 펠릿에서 떨어져 나온 작고 하얀 조각들을 천 위에 올려놓았다. 작은 이빨처럼 가느다랗고 구부러진 모양의 조각들이었다. 오빠는 계속 조각을 더 건져 내서 천 위에 놓고 맞추기 시작했다. 나는 오빠가 무엇을 하는 건지 감을 잡지 못했다. 오빠가 아주 조그만 해골을 건져 내기 전까지는. 내가 너무나 신기해하며 지켜보는 가운데 오빠는 쥐의 뼈대를 조립해 냈다! 엄마는 황홀한 듯 두 손을 꼭 맞잡았고, 오빠는 의기양양한 표정을 지었다. 자연의 신비는 참으로 무궁하다. 나는 올빼미가 어떻게 펠릿을 만들 줄 알게 되었는지 이해하고 싶었다. 더 자세히 알아보려고 오빠의 교과서를 뒤적였지만, 아무것도 찾지 못했다.

오빠의 책! 오빠가 혹시 지도를 안전하게 보관하려고 책 속에 끼워 놓지 않았을까?

오빠의 침대 옆 작은 선반에는 색스턴 목사님께 끝내 돌려드리지 않은 책들이 놓여 있다. 남의 물건을 돌려주지 않고 가지고 있는 건 엄마답지 않다. 어쩌면 엄마가 오빠의 방에 남은 물건은 차마 아무것도 없애지 못해서 아빠가 같은 책을 사서 돌려줬는지도 모른다.

나는 전설에 관한 책의 책장을 넘겨 본다. 아무것도 나오지 않는다. 그다음에는 라틴어 문법책을 뒤적여 보지만 여전히 아무것도 찾지 못한다. 국내 지리에 관한 책을 펼치자 지도가 떨어진다.

나는 지도를 펼쳐서 선들을 어루만진다. 오빠가 그린 선들이다. 오빠의 환함과 따스함이 내 마음속에 되살아난다. 나는 이 순간을 붙잡으려 하지만 소용이 없다.

낸시와 나는 칠마크 지도를 갖고 싶어 했다. 지도 제작자들이 만드는 평범한 지도 말고 우리한테 소중한 곳이 모두 표시

된 지도를 원했다. 재주가 참 많았던 오빠는 그림 실력도 출중해서 우리를 위해 직접 지도를 만들어 주었다. 큰길을 따라 걷는 낸시와 나의 모습과 대서양 옆에 스미시까지 그려 넣은 지도였다.

나는 지도에 그려진 것들을 쓰다듬는다. 우리 집과 낸시네 집, 우리가 자주 놀러 다니는 친구들의 집, 에즈라 브루어 아저씨네, 앨런 농장, 사과나무 몇 그루, 연기를 뿜어내는 매슈 아저씨의 대장간, 버틀러 아저씨가 문단속을 깜빡한 어느 밤 농장을 탈출한 소가 헤매던 밭…….

추억의 지도다.

오빠는 지도에 계속 무언가를 새로 그려 넣었다. 가장 최근에 그린 것은 성난 말벌 떼에 쫓겨 학교 운동장에서 샘터로 도망가는 세라 힐먼의 모습이었다. 그리고 사고를 당하기 전까지 오빠는 건초를 나르는 토머스를 그리고 있었다.

짠 눈물 한 방울이 지도 위에 떨어지면서 바다에 얼룩이 번진다.

나는 낸시가 내일 만나자고 한 곳으로 가는 길을 찾아본다. 그 길은 평소 나의 생활 반경에서 벗어난 곳에 있다. 리틀우즈 길은 은근히 위험하다. 높게 자란 늪지 식물에 가려져 잘 보이지 않는 웅덩이가 많다. 오빠는 해골과 뼈다귀 두 개를 교차시킨 그림으로 지도에 위험한 곳을 표시해 놓았다.

오빠는 단지 극적인 효과를 내려고 이렇게 세밀하게 지도를 그렸던 게 아니다. 우리는 그 오래된 늪이 지닌 영험함도, 늪에 빠져 서서히 가라앉아 죽음을 맞았던 수많은 새와 짐승의 운명도 절대 가벼이 여기지 않는다.

지금보다 더 어렸을 때, 우리는 친구들과 몰려다니다가 늪지대까지 내려갔던 적이 있다. 세라의 사촌 빌리 힐먼이 늪을 호수로 착각하고 걸어 들어갔다. 빌리는 순식간에 깊고 빽빽한 진창에 갇혀 버렸다.

"움직이지 마! 스스로 나오려고 하면 안 돼!" 조지 오빠가 큰 소리로 외치며 수어로도 말했다.

하지만 빌리는 몸부림을 쳤고 늪에 더 깊이 빨려 들어갔다.

조지 오빠의 지휘 아래 우리는 인간 사슬을 만들었다. 오빠가 빌리와 제일 가까운 쪽에 매달렸다. 오빠는 빌리의 손을 꽉 붙잡았고, 우리는 오빠와 빌리 둘 다 늪에 빠지지 않도록 줄다리기하듯 오빠를 잡아당겼다. 그날 빌리가 늪에 빼앗긴 건 신발 한 쪽밖에 없었다.

그 신발은 오빠가 만든 추억의 지도 위에 지형지물처럼 그려져 있다.

죽음을 물리친 그날 일을 부모님에게 발설한 친구는 아무도 없었다.

나는 내일 가야 할 경로를 짠다. 일단 리틀우즈 길로 접어들면 계속 오른쪽으로 붙어서 가다가 매슈 아저씨 대장간 북쪽 지점에서 늪지대로 접근하기로 한다.

나는 내일 계획에 골몰하다가 마룻바닥으로 진동이 느껴지자 현실로 돌아온다. 재빠르게 모든 물건을 제자리에 돌려놓고 부엌으로 간다.

엄마가 식탁 옆에 서 있다.

"소리가 들렸어." 놀란 표정을 한 엄마가 수어로 말한다.

"미안." 내가 수어로 사과한다.

엄마는 빨래 개던 일을 마저 하고, 나는 어쩔 수 없이 저녁 먹기 전까지 내 몫의 집안일을 해치운다.

나는 집안 대대로 물려받은 화려한 찬장을 닦는다. 그리고 아까 씻어 둔 접시와 잔을 찬장에 넣는다. 나는 조심해서 일하는 내 모습을 엄마가 칭찬해 주지 않을까 싶어 엄마를 보며 웃는다. 하지만 엄마는 여전히 생각에 잠겨 있다.

찬장을 계속 닦으려고 몸을 돌리는 순간, 내가 들고 있던 행주가 고리에 걸린 찻잔 하나를 스친다. 찻잔이 흔들거리다가 고리에서 빠져 나무 바닥으로 떨어지면서 산산조각이 난다. 찻잔이 깨지면서 크고 날카로운 소리가 났는지 엄마가 내 쪽으로 몸을 홱 돌린다. 나는 깨진 조각을 치우겠다고 수어로 얼른 엄마를 안심시킨다.

나는 눈썹에 잔뜩 힘을 준 성난 표정으로 입을 움직이는 엄마를 바라본다. 엄마는 찻잔 조각을 앞치마에 주워 담으면서 내게 수어 없이 소리를 지르고 있다. 설거지통으로 쿵쿵거리며 걸어가 찻잔 조각을 설거지통에 버리는 동안에도 엄마의 입술은 쉴 새 없이 움직인다.

나는 손으로 양쪽 귀를 덮는 동작으로 엄마의 야단치는 소리가 내 귀에는 들리지 않는다고 엄마에게 상기시키고 싶다. 하지만 눈 안쪽이 따끔거리면서 눈물이 차오르기 시작한다. 나는 짜증이 난듯 손목으로 눈가를 훔친다.

고맙게도 때마침 아빠가 집으로 들어온다. 아빠가 장화 신은 발을 구르자 집 안에 감돌던 긴장감이 풀어진다. 아빠는 난로에 손을 녹이고는 차를 한 잔 따른다.

"메리." 아빠가 오른손으로 볼을 부드럽게 쓸어내린다. 내가 태어나고 아빠가 처음으로 내 얼굴을 쓰다듬었을 때부터 아빠는 이 수어로 나를 부른다. 아빠가 내 머리를 쓰다듬는다. 아직도 내가 아빠의 아기라는 듯이.

어찌 보면 나는 아빠의 아기가 맞는다. 아빠와 나 사이에는 자연스러운 친밀감이 있다. 나는 아빠와 내가 친한 이유가 내가 아빠처럼 농인으로 태어나서가 아니라 영혼이 닮아서라고 믿고 있다. 게다가 내가 아빠의 어머니인 라일라 할머니를 닮은 것도 아빠가 나를 특별히 아끼는 데 한몫하는 것 같다. 할머니는 호리호리한 체형과 햇빛을 닮은 머리카락, 적갈색 눈동자를 내게 물려주셨다.

샘도 부엌으로 들어와 난로에 몸을 녹이고 있다. 샘은 하얀 털에 붉은 점무늬가 섞였고 눈은 갈색이다. 내가 속상함을 억누르고 "앉아."라고 수어로 지시하자 샘이 바로 앉는다. 아빠와 나는 샘에게 수어 단어 열댓 개를 가르쳤다. 에이먼이 평소에 샘의 털을 잘 빗어 주긴 하지만 지금은 까끌까끌한 씨앗이 털에 붙어 있다. 나는 씨앗을 살살 떼어 낸다.

평소 같으면 엄마는 샘을 집에 들이지 못하게 했겠지만, 지금 엄마는 신경이 온통 다른 데 쏠려 있다. 엄마의 애틋한 시선이 부엌을 가로질러 조지 오빠의 방에 머물러 있다.

아빠와 나는 엄마의 기분을 알아차린다. 아빠는 엄마의 손을 잡고 뺨에 입을 맞춘 뒤 손을 씻고 식탁 앞에 앉는다.

나는 닭고기 채소 수프를 접시에 담아 식탁에 올린 뒤 엄마 아빠와 함께 앉는다.

"버틀러 아저씨가 그러는데 젊은 과학자가 리 목사님 초대로 칠마크에 왔대요. 바닷가에서 우리 동네로 올라오는 거 나도 봤어요." 내가 수어로 대화를 시작한다.

아빠도 수어로 맞장구친다. "나도 들었다. 우리 집으로 초대해서 저녁 식사를 대접하면 어떨까 싶은데." 아빠는 엄마를 바라보지만, 엄마는 반응하지 않는다.

아빠가 화제를 바꿔 본다. "존 스키프가 화가 잔뜩 났던데. 식민지 정부가 왐파노아그족에게 영구적 소유권을 인정해 준 땅이 사실은 자기 조상 소유였다면서 반드시 되찾겠다고 벼르고 있더라고."

왐파노아그족이 토지는 공동재산이어야 한다고 믿는다면, 그들은 존 스키프 아저씨의 주장을 이해하지 못할 게 분명하다.

엄마가 관심을 보이기 시작한다. "버틀러네 농장 옆에 있는 땅 말인가요? 가축을 그 땅에 이미 방목하는 줄 알았는데."

아빠가 대답한다. "한동안 그랬지. 그런데 소유했던 게 아니라 무단으로 점유했던 모양이야."

"에드워드, 이웃을 무단 점유자라고 하면 어떡해요?" 엄마가 수어로 핀잔한다.

나는 존 스키프 아저씨에 대한 아빠의 무례한 태도에 키득거리고 싶은 것을 참는다.

아빠가 진지하게 대꾸한다. "클래리사, 당신 의견을 반박하고 싶진 않지만, 우리 다 처음에는 무단 점유자로 이 섬에 들어왔어. 이번 분쟁에서는 대법원이 게이헤드의 왐파노아그족 손을 들어 줬고."

"대법원이 판결을 뒤집을 때도 많잖아요." 엄마가 아빠에게 상기시킨다.

나는 엄마를 바라본다. 엄마의 눈에 걱정이 가득해 보인다. 파랗지만 먹구름이 낀 하늘 같다.

"그렇긴 하지." 아빠가 생각에 잠긴 듯이 대답한다.

엄마가 자기주장을 계속 펼친다. "왐파노아그족의 젊은 남자들이 우릴 위협하고 있다니까요! 영국 국교회 수호대가 세운 펜스를 뜯어내고 불법으로 자기네 가축 방목지로 사용하잖아요."

"우리를 해친 왐파노아그족은 한 명도 없었어. 그런 일은 내가 없게 할 거야." 아빠가 차분하게 수어로 말한다.

엄마는 왐파노아그족이라면 다 무서워하는 걸까? 설마 토머스도 무서워하나? 토머스는 우리 친구 아닌가?

엄마가 아빠에게 희미한 미소를 지으며 고개를 끄덕인다.

식사를 마친 뒤 엄마와 나는 식탁을 치우고 아빠는 난로에 땔감을 더 넣는다.

나는 설거지를 하면서 또 이야기를 지어서 스스로에게 해 준다. 한 소녀가 있다. 소녀는 만물이 빛나는 어느 먼 별에 성을 짓고 홀로 산다. 소녀가 다른 사람과 소통할 수 있는 유일한 수

단은 망원경뿐이다. 소녀는 수어로 말을 건 다음 망원경을 들여다보며 대답하는 사람이 있는지 살핀다. 밤에는 해가 멀어지니 망원경 너머에 누군가 있다고 해도 너무 어두워서 보이지 않는다. 소녀가 외로움을 느끼는 건 어쩔 수 없지 않을까?

8장

나는 몸을 떨며 잠에서 깬다.

집 안인데도 공기가 쌀쌀하다. 나는 초록색 모직 드레스를 입고 검정 스타킹을 신는다. 어깨를 숄로 꽁꽁 감싸고 귀까지 덮이도록 실내용 모자를 더 눌러 쓴다.

낸시의 계획을 실행하겠다고 다짐하던 어제의 자신감은 온데간데없다. 우리의 유령 소동이 엄마에게 발각되면, 엄마는 내가 조지 오빠를 큰길로 꾀어 낸 것만큼이나 용서받지 못할 짓을 했다고 생각할 것이다. 게다가 리 목사님은 내 신성모독죄에 대해 뭐라고 하실까?

오빠를 마지막으로 한 번만 더 만나 용서를 빌고 싶은 마음이야 간절하지만, 오빠가 나한테 화나 있으면 어떡하지? 오빠의 유령이 낸시의 할머니가 그러셨던 것처럼 나한테 무언가를 요구하면 어떡하지?

나는 사자처럼 하품하며 아래층으로 내려간다. 엄마는 빵을 구우려고 재료를 준비하고 있다. 빵 굽기는 내가 그나마 잘하는 집안일이다. 엄마가 드레스 앞에 핀으로 고정할 앞치마를 내게 건넨다. 우리는 물과 누룩과 소금을 섞기 시작한다. 나는 불안한 마음을 잠시나마 잊을 수 있어서 좋다. 그리고 엄마가 티스베리에 있는 제분소에서 밀가루를 사는 덕분에 우리가 직접 밀을 빻지 않아도 된다는 것에 감사한다.

우리는 맨손으로 반죽을 치대고 또 치댄다. 수없이 치댄 반죽을 둥근 그릇에 담고 젖은 수건으로 덮는다. 한 시간 정도 지나면 반죽이 부풀 것이다.

엄마는 난로 옆에 있는 하모니 할머니의 흔들의자에 앉아 아빠의 바지를 수선하기 시작한다. 나는 부엌 식탁의 나뭇결을 집게손가락으로 문지르면서 이야기를 지어 보려 하지만, 그러기에는 지금 머릿속이 너무 복잡하다. 대신 빗자루로 먼지를 쓸며 몸을 바쁘게 움직여 본다. 그러다가 문득 어떤 생각이 든다. 오빠가 나와 연락이 닿기를 바랄 거라는 생각. 오빠의 영혼이 일부라도 이 세상에 남았다면, 오빠는 지금 길을 잃고 무서워하고 있는지도 모른다.

빵 반죽의 마지막 발효가 드디어 끝난다. 우리는 반죽을 여러 덩어리로 나눠 식빵 모양으로 빚은 뒤 주철 팬에 넣고 난로 위에 얹는다.

몇 분 뒤 나는 빵을 확인한다. 엄마는 엄마의 엄마에게 배운 대로 내게 빵 굽는 법을 가르쳤다. "반죽이 부풀어서 갈라지고 벌어질 때까지 놔둬야 한다." 아직은 그 단계가 아니다.

엄마가 내 어깨를 톡 치는 바람에 나는 화들짝 놀란다.

엄마는 내 조바심을 느꼈는지 수어로 말한다. "이제 나가 봐. 낸시한테 오늘 저녁은 우리 집에서 먹는 거 잊지 말라고 얘기하고. 낸시 엄마가 사촌 병문안 다녀온대서 오늘 밤 낸시를 우리 집에서 재우라고 했어."

"고마워, 엄마." 내가 수어로 대답한다.

외투를 입고 모자를 쓰고 큰길 따라 리틀우즈 길로 빠지는 지점까지 걸어가는 동안, 내 심장은 미친 듯이 뛴다. 부슬비를 머금은 바람이 내 맨얼굴을 때린다. 콧물이 흐르기 시작한다. 다리는 이내 종아리까지 젖어 버린다. 공기는 마녀의 숨결처럼 차갑다. 나는 감각이 없어질까 봐 손가락과 발가락을 연신 꼼지락거린다. 강아지풀에 스타킹이 긁힌다. 물고기와 도롱뇽이 내 옆을 스칠 때마다 나는 놀라서 숨을 헉하고 들이쉰다. 나는 작은 개울을 뛰어넘는다.

내가 다가오는 게 보이자 낸시가 손을 흔든다. 나는 걸음을 재촉해 낸시에게 간다.

"휴. 너 안 오는 줄 알았어." 낸시가 이마를 훔치며 수어로 인사한다.

"나 준비됐어." 속이 울렁거리고 떨리는데도 나는 그렇게 대꾸한다.

"침대보 여기 있어." 낸시가 침대보를 들어 올리며 수어로 말한다.

나는 침대보가 어디서 났는지 궁금하지만 묻지 않는다. 침대보는 약간 해지고 때 탄 것처럼 보이지만, 상태가 엉망은 아니다. 엄마는 이 정도면 사용하는 데 아무 문제가 없다고 했을 것이다. 엄마는 늘 "낭비를 금하면 궁핍을 면한다."라고 말한다. 스키프네 빨래를 담당하는 헬렌이 불쌍하다. 스키프 아주머니는 여간 깐깐한 사람이 아니다. 이 침대보는 아주머니가 버리려던 건가 보다.

낸시는 모든 걸 집어삼키는 시커먼 늪에서 멀찍이 떨어진 나무에 망토와 모자를 걸어 놓는다.

나는 시체 싸매듯 낸시의 몸에 침대보를 감기 시작한다. 하지만 낸시는 수어로 재잘대느라 바쁘다. "나는 독립 전쟁 때 죽은 병사다. 나는 나를 죽인 영국 살인마들에게 복수하고 내 땅을 되찾으려고 돌아왔다!"

나는 낸시가 또 이야기를 지어낼 줄 알았다. 조지 오빠도 우리와 함께 산책할 때마다 낸시가 지어내는 이야기를 재미있게 들어 주었다.

"가만히 좀 있어." 내가 수어로 말한다.

나는 침대보를 낸시의 머리에 두른 뒤 어깨를 거쳐 팔다리에 둘둘 감는다. 얼굴이 가려진 채 천 자락을 휘날리며 팔을 올린 낸시의 옆모습이 괴이해 보인다.

내가 낸시를 침대보로 다 싸매고 나자 낸시는 지어내던 이야기를 이어간다. 손동작이 점점 요란해진다. "나는 무덤 속에서도 편하지 않다. 아무도 나를 애도하지 않는다." 낸시가 울부짖는 게 느껴질 만큼 우리는 서로 붙어 있다.

낸시가 다시 이야기를 멈추고 이번에는 나를 침대보로 싸매기 시작한다. 방금 내가 해 줬을 때보다는 손길이 세심하지 못하다.

나는 갑자기 숨이 쉬어지지 않는 듯한 기분이 든다.

"잠깐!" 내가 다급히 수어로 말한다.

"왜?" 낸시가 묻는다.

마차에 실려 묘지로 향하던 오빠의 마지막 모습이 머릿속에 떠오른다. 나는 손을 펴며 할 말을 찾다가 결국 아무 말도 하지 못하고 다시 손가락을 오므린다.

"괜찮아?" 낸시가 수어로 묻는다.

나는 눈을 감고 숨을 깊게 들이마시며 고개를 끄덕인다. 그리고 오빠의 잔상을 머릿속에서 지우려고 기를 쓴다.

낸시는 나를 침대보로 싸매는 일을 마무리한다. 귀신 분장을 마친 우리는 두 팔을 벌리고 미끄러지듯 몸을 움직인다. 처음에는 발을 떼는 동작조차 어색하다. 이렇게 어설픈 유령이 또 있을까? 그러다가 우리는 팔을 자유롭게 휘젓고 깡충깡충 뛰고 빙글빙글 돌며 늪 언저리에 잡목이 울타리처럼 자란 리틀우즈의 외곽까지 내달린다.

우리 섬에는 여러 귀신 이야기가 전해져 내려오는데, 대부분 전쟁이나 바다를 배경으로 한 이야기다. 늪에서 반짝이는 작은 불빛에 관한 이야기도 몇 개 있다. 에즈라 아저씨가 그 불빛이 도깨비불이라고 말해 주었다. 지나가는 사람을 홀려 길을 잃게 만드는 짓궂은 혼령들이라고 설명했다. 나는 지금 혼령 하나를 집으로 인도하려는 것이다.

"오빠를 위해." 나는 춤을 추면서 낸시에게 오빠를 상기시킨다. 오빠가 지금 잠깐이나마 가까이 있다고 상상하니 위로가 된다.

한번은 오빠가 마당에서 귀신을 봤다고 내게 말했었다. 내가 창밖을 살피는 동안, 오빠는 부엌문을 통해 밖으로 나가 집을 한 바퀴 돌았다. 그러다가 내가 내다보고 있던 창 앞에 불쑥 나타났다. 등불로 자기 얼굴을 턱 밑에서 비춰 제대로 귀신 꼴을 하고 말이다. 나는 겁먹은 고양이처럼 펄쩍 뛰었고, 오빠는 눈에 눈물이 맺힐 만큼 크게 웃었다. 나는 화가 나서 오빠에게 바보 멍청이라고 욕했다. 하지만 나도 금방 오빠만큼 크게 웃음보가 터지고 말았다. 혹시 지금도 오빠가 나를 보고 웃고 있지 않을까?

나는 나무 뒤로 지는 해를 배경으로 껑충거리며 다니는 낸시를 지켜본다. 요즘에는 밤이 너무 빨리 찾아온다. 땅거미가 내려앉는 가운데 이리저리 날뛰는 우리의 모습이 참으로 가관일 듯하다.

낸시의 입이 움직이는 게 보인다. 나는 낸시가 얼마나 크게 신음을 내는지 알 수 없다. 나도 입을 벌리고 울음소리를 낸다. 나는 평소에 목소리를 내는 것을 부끄러워한다. 내 목소리를 내가 들을 수 없기도 하거니와, 남들의 반응을 보면 내가 내는 소리가 듣기 좋지는 않음을 알 수 있기 때문이다. 그런데 지금은 천을 뒤집어쓴 사람이 나라는 사실을 아무도 모른다

나는 혼령이다. 나는 도깨비불이다. 나는 오빠의 영혼을 부르고 있다! 나는 오빠가 내게 신호를 보내기를 간절히 기도한다.

나는 울부짖는다. 팔다리를 비틀며.

낸시가 갑자기 내 팔을 붙잡더니 내 머리를 덮고 있던 침대보를 벗긴다.

"왜 그래?" 내가 묻는다.

"방금 마차가 지나갔어. 말 울음소리랑 운전하던 사람이 멈췄다가 다시 출발하는 소리도 들렸고. 우릴 봤나 봐. 우리가 미치광이처럼 소리 지르는 것도 들었겠지?" 낸시가 수어로 알려 준다.

"어떡하지? 누군지 봤어?" 내가 묻는다.

낸시가 고개를 끄덕인다. "리 목사님!"

"목사님 아니었다고 말해 줘, 제발." 내가 애원한다.

"목사님이 모는 마차랑 말이 틀림없어." 낸시가 대꾸한다.

우리는 수치심으로 어쩔 줄 모르다가 허겁지겁 침대보를 벗어 버린다.

"이건 어쩌지?" 내가 묻는다.

"늪에 묻어야지." 낸시가 대답한다.

오빠의 영혼이 우리 앞에 나타나지 않았으니, 그렇게 하는 것이 오빠의 영면에 좋을 것 같다.

내가 고개를 끄덕인다.

우리는 침대보를 접어서 늪으로 향한다. 용기가 허락하는 선에서 최대한 늪 가까이 간다.

냅시가 침대보를 늪에 던지고 긴 나뭇가지로 진창 속에 쑤셔 넣는다. 그리고 수어로 주문을 읊는다. "마침내 이곳에 잠드소서, 존 라이트 장군."

"아멘." 나도 냅시의 연극에 동참한다. 이 모든 게 그저 소꿉장난이라고 생각하니 마음이 조금 가벼워진다.

이제 내 침대보를 묻을 차례다.

나도 나뭇가지로 침대보를 진창 속으로 쑤셔 넣으려고 한다. 아까 냅시가 할 때는 쉬워 보였는데 내가 하려니 잘 안 된다. 침대보 안에 흙탕물과 공기가 차면서 쉽사리 가라앉지 않는다. 내가 연신 나뭇가지로 누르고 찔러도 침대보는 갈대에 엉키기만 한다.

냅시가 나를 도우려 한다. 빽빽한 진흙에 발이 빠지지 않게 조심하면서 침대보를 물웅덩이 쪽으로 다시 끌어다 놓는다.

내가 질문을 쏟아 낸다. "오빤 왜 안 가라앉는 거야? 그 정도로 영혼이 괴로운 거야? 오빠는 내가 미운 거야? 오빠, 미안해. 내가 잘못했어. 오빠를 큰길까지 나오게 할 생각은 없었어. 왜 날 밀쳐 낸 거야? 사고는 내가 당했어야 하는데……."

냅시의 얼굴이 귀신을 본 듯 하얗게 질린다. 나는 내 뒤에 오빠가 나타난 줄 알고 얼른 돌아본다. 아무도 없다. 그제야 나는 깨닫는다. 낸시는 몰랐었다. 딱 한 번 실수로 죽기 직전 오빠의 표정에 대해 말한 적은 있지만, 낸시는 오빠가 나 때문에 죽었다는 사실을 지금까지 상상도 하지 못했을 것이다.

낸시의 두뇌 회전이 눈에 보이는 것 같다. 내가 방금 뱉은 말을 듣고 진실을 유추하고 있는 걸까? 낸시는 곧 마음을 가다듬는다. 세상에서 제일 친한 친구답게.

낸시가 수어로 말한다. "메리, 그건 네 잘못이 아니야. 어차피 조지 오빠는 자기 목숨보다 널 구하는 게 우선이었을 거야."

나는 나뭇가지를 붙잡고 일어나서 침대보를 늪 속으로 완전히 가라앉히는 데 성공한다. 그리고 주문을 외우기 시작하지만 끝내지 못한다. "마침내 이곳에 잠……."

우리 둘은 고개를 숙인 채 잠시 침묵한다.

"아멘." 낸시가 수어로 말한다. 마치 내가 속으로 주문을 끝까지 외운 걸 들었다는 듯이.

눈을 감자 속눈썹에 눈물 몇 방울이 걸린다. 나는 손을 비벼 흙을 털어 낸 뒤 '끝'을 뜻하는 수어를 한다. "너무 늦었다. 돌아가야지."

낸시가 고개를 끄덕이고는 내 손을 잡는다. 우리는 말없이 걷는다. 나는 머릿속이 꽉 찬 것 같다.

나는 조금은 마음이 가벼워진 것을 알아차리고 놀란다. 마치 나를 짓누르던 무언가가 사라진 느낌이다.

오빠가 영면에 든 걸까? 아니면 내 가장 어두운 비밀을 낸시에게 털어놓으면서 드디어 마음의 짐을 스스로 내려놓은 걸까?

집에 가까워지자 집 앞에 세워진 리 목사님의 마차가 보인다. 우리는 겁에 질려 서로를 바라본다.

9장

집에 들어서면서 나는 낸시의 손을 꼭 잡는다. 목사님과 젊은 과학자가 엄마 아빠와 이야기를 나누고 있다. 나는 숨이 턱 막힌다. 가까이서 본 과학자가 조지 오빠와 너무나 똑같이 생긴 것이다! 낸시와 내가 오빠를 부활시킨 게 아닐까 하고 순간 의심이 들 정도다. 혹시 유령인가?

호리호리한 몸이 움직이자 순간의 환영은 깨진다.

식탁에 의자 여섯 개가 놓인 게 보인다. 오빠가 죽은 뒤로 저녁 식사에 손님을 초대한 적이 없었다.

나는 외투와 모자, 신발을 벗는다. 낸시도 똑같이 한다. 우리 둘 다 옷과 머리가 엉망이지만, 아무도 신경 쓰지 않는다. 엄마 아빠는 손님과의 대화에 집중하느라 우리가 어디에 있다 왔는지, 왜 이렇게 늦게 돌아왔는지 묻지 않는다.

리 목사님이 젊은 외지인을 위해 통역하고 계신다.

"안녕하십니까, 저는 앤드루 노블입니다." 그가 아빠에게 손을 내밀며 말한다.

아빠는 나와 낸시를 소개한다. 그가 우리에게 정중하게 허리를 굽혀 인사한다.

"앤드루의 부친 존과 저는 신학대학교에서 동문수학한 사이랍니다." 리 목사님이 수어와 구어를 동시에 하신다. 리 목사님은 자상한 분이다. 키가 아주 크고 마른 모습이 마치 강한 바람에 흔들리는 니사나무의 가지처럼 보인다. 정수리가 둥글고 등이 약간 굽은 모습도 니사나무를 연상시킨다.

"존은 앤도버를 떠나 고향 코네티컷 그리니치로 돌아갔지요. 그리고 저는 아시다시피 이곳으로 왔고요."

아빠가 리 목사님의 통역을 통해 앤드루에게 묻는다. "게이헤드의 석회 암벽을 연구하실 겁니까? 암벽의 장관을 보러 본토에서 많이들 오는데."

"아뇨." 앤드루가 소리 내서 웃으며 아빠한테서 고개를 돌려 엄마와 리 목사님을 바라보며 대답한다.

그건 우리 사회에서 무례한 행동에 속한다. 나는 그가 우리의 관습을 몰라서 그런 것 같아 봐주기로 한다. 그가 사는 곳에는 귀가 들리지 않는 사람이 여기보다 적은 모양이다.

"저는 예쁜 풍경보다는 과학적 사실에 더 관심이 있습니다." 앤드루 노블은 허리를 꼿꼿이 세우고 고개를 살짝 뒤로 젖혀 거드름을 피우는 자세를 취한다. 에즈라 아저씨가 봤다면 눈알을 위로 굴렸을 것이다.

엄마가 손님을 부엌 쪽으로 안내한다.

아빠가 낸시의 머리카락에서 늪지대에 자라는 풀 조각을 떼어 내는 게 보인다. 아빠는 떼어 낸 풀 조각과 낸시를 번갈아 쳐다본다. 낸시는 얼굴이 빨개진 채 수어로 말을 더듬는다. 아빠는 잠깐 더 낸시를 바라보다가 다른 사람들에게 시선을 돌린다. 나는 얼굴이 뜨거워지는 게 느껴진다. 우리는 아빠의 의심을 산 걸까?

광을 낸 은 촛대와 세탁한 냅킨이 놓인 부엌은 몇 달 만에 처음으로 화사해 보인다. 내가 엄마를 도와 식탁에 접시를 놓는 동안, 엄마는 의미심장한 눈빛으로 나와 식탁을 번갈아 바라본다.

나는 엄마가 내 도움 없이 혼자 저녁을 준비하고 은 식기를 닦게 했다는 죄책감에 시선을 떨군다. 다시 고개를 들어 엄마와 눈을 마주치려 하지만, 엄마는 이미 식사 기도를 하려고 고개를 숙이고 있다.

리 목사님의 축복 기도가 끝나자 엄마와 나는 바닷가재와 홍합, 옥수수를 개인 접시에 담는다. 우리 섬사람들의 상차림이 앤드루의 입맛에 맞을지 궁금하다. 오후 간식을 건너뛴 나는 배가 고프다.

나는 저녁을 먹으면서 앤드루를 관찰한다. 앤드루는 조지 오빠보다 나이가 많고 더 비쩍 말랐다. 허리가 엄마보다도 가는 것 같다. 눈동자는 파랗다. 엄마나 오빠만큼 옅은 파랑은 아니고, 에즈라 아저씨만큼 짙은 파랑도 아니다. 머리 모양은 멋있어 보인다. 매끄러운 이마가 드러나게 뒤로 빗어 넘긴 짙은 색의 곱슬머리다. 기다란 손가락에는 육체노동을 한 흔적이 없다.

"그러면 비니어드에는 무슨 일로 오셨습니까?" 아빠가 앤드루에게 묻는다.

엄마가 의자를 뒤로 빼서 식탁에서 떨어져 앉는다. 나와 아빠에게 구어를 수어로 통역하고 앤드루에게 수어를 구어로 통역하기 위해서다. 낸시와 리 목사님은 대화를 동시에 보고 듣는다.

리 목사님이 의자에 앉은 채 몸을 들썩이며 양손을 비트신다. 왜 저렇게 초조해 보이실까? 설마 낸시와 내가 한 짓을 아시는 걸까? 우리 부모님에게 알리실까?

앤드루가 대답한다. "이 섬에 다녀간 사람을 얼마 전에 우연히 만났는데, 그가 이곳에 대해 희한한 얘기를 하더군요. 저는 그 얘기가 사실인지 직접 보고 싶었고, 그래서 아버지가 동창

이신 리 목사님께 저를 소개하는 편지를 써 주셨지요. 여기까지는 스쿠너를 몰고 왔고요."

이번에도 앤드루는 아빠가 한 질문에 엄마를 보며 대답한다. 그는 왜 아빠와 직접 대화하지 않으려는 걸까?

"이 섬에 관한 이야기는 많아요. 전부 믿으시면 안 돼요." 엄마가 수어와 구어를 동시에 한다.

아빠와 낸시와 나는 호기심 어린 표정으로 앤드루를 바라본다.

앤드루가 말을 이어간다. "뉴헤이븐 여관에서 만난 그 선원의 말로는 여기 사람들의 상당수가 농아자라더군요. 직접 와서 보니 그 말은 맞네요."

낸시가 불쑥 끼어들어 나와 똑같은 생각을 말로 내뱉는다. "원래 그랬는데요. 적어도 메리의 고조부 조너선 램버트가 이 섬에 들어왔을 때부터는요."

낸시를 바라보는 앤드루의 눈빛에서 나는 아이들에 대한 그의 태도를 읽는다. 그는 아이들이란 어른의 시야에서 벗어나면 안 되지만 떠들어서도 안 되는 존재라고 생각하는 부류다. 그동안 엄마는 낸시가 버릇없이 군다고 지적한 적이 많았지만, 지금은 더 동정 어린 눈빛으로 낸시를 바라보고 있다.

"맞아요. 우리 마을이 이상한 게 아니에요." 엄마가 수어로 말한다.

"여러분 눈에는 이상하지 않을 수 있겠죠. 하지만 저는 이런 곳을 단 한 번도 본 적이 없습니다. 저는 이 섬에 만연한 청각 장애의 원인을 찾아낼 겁니다."

좋은 통역사는 청중을 생각해서 화자의 말을 검열하기보다는 청중이 스스로 판단하게 해 준다. 그런데 나는 엄마가 앤드루의 말을 통역하면서 거북하지 않은지 궁금해진다.

"농인은 분명 어디에나 있습니다." 리 목사님이 수어로 말한 뒤 〈로마서〉의 한 구절을 인용하신다. "깊도다 하나님의 지혜와 지식의 풍성함이여, 그의 판단은 헤아리지 못할 것이며 그의 길은 찾지 못할 것이로다."

앤드루는 자기주장을 굽히지 않는다. "이렇게 많은 수의 농아자가 모여 사는 곳은 다른 어디에도 없습니다. 대부분 농아자는 정신병원에 입원해 있거나 거리에서 구걸하며 삽니다. 스스로 벌어서 먹고살 능력이 없는 자들입니다."

이번에는 앤드루 노블이 이야기를 지어내고 있다는 생각이 든다.

다른 곳에 사는 농인이 왜 다르다는 거지? 왜 에즈라 브루어 아저씨처럼 뱃사람으로 일하거나 아빠와 스키프 아저씨처럼 양을 칠 수 없다는 거지?

엘리자 스미스의 아버지가 생각난다. 홀아비였던 그분은 매처럼 하늘을 날아오를 수 있다며 자꾸 헛간 지붕 위로 올라가려다가 결국 보스턴에 있는 정신병원으로 보내졌다. 그런데 그게 귀가 안 들리는 것과 무슨 상관이 있지?

나는 아빠를 바라본다. 아빠는 나만큼 충격을 받거나 혼란스러워 보이지 않는다. 심지어 저 과학자의 황당한 생각에 놀라지도 않는 눈치다. 아빠 안에 정적이 흐르는 것 같다. 나와 눈이 마주치자 아빠는 손을 뻗어 내 손을 토닥인다.

아무도 앤드루에게 대꾸하지 않는다. 그는 우리를 둘러본다. 불안하게 미소 짓는 모습을 보니 그도 자신이 실수했음을 아는 모양이다.

앤드루가 엄마와 리 목사님을 바라보며 말한다. "부인과 가족 기분 나쁘라고 한 말은 절대 아닙니다. 저를 따뜻하게 맞아주셔서 고마운 마음뿐입니다. 길고 힘든 여정으로 지쳤었는데 덕분에 집에 온 것처럼 편안해졌고요. 부인의 소박하지만 맛있는 요리에 제 어머니가 생각났습니다."

엄마는 앤드루의 말에 마음이 풀렸는지 "고마워요."라고 대꾸한다. 엄마는 앤드루가 조지 오빠를 닮아서 끌리는 걸까? 나는 우리 섬과 너무 다르게 본토의 상황을 설명하는 앤드루의 말이 허황하게 들린다. 우리 칠마크에서는 속임수보다 솔직함을 선호한다. 엄마는 설마 이 점을 잊은 걸까?

앤드루 노블이 말을 이어간다. "활기 넘치는 보스턴 사회에서 멀리 떨어져 사는데도 이렇게 용기를 잃지 않고 교양 있게 생활하시다니 참 대단하십니다."

리 목사님이 화제를 바꾸려고 나서신다. "세상에나! 앤드루와 제가 여기로 오는 길에 깜짝 놀랄 일이 있었어요. 오래된 습지를 지나는데 숲에서 신음이 크게 들리는 겁니다. 처음에는 덫에 걸린 불쌍한 곰이나 사슴인 줄 알았어요. 그런데 마차 속도를 늦추면서 소리 나는 쪽을 봤더니 글쎄 나무들 사이로 귀신 둘이 떠다니는 게 보이더군요. 무슨 광채 나는 유령 같았죠."

나는 의자에 얼어붙는다. 감히 낸시를 바라볼 엄두도 나지 않는다. 우리 둘 중 하나가 도둑이 제 발 저리는 티를 낼까 봐.

엄마가 앤드루 노블을 바라본다. "앤드루 씨도 보셨어요?"

앤드루는 아까 한 말을 되풀이한다. "저는 사실에 관심이 있습니다. 그런데 분명 뭔가 보긴 봤습니다. 늪에서 나온 가스였을 가능성이 큽니다. 자연적 전기 충격이 발생하면, 가령 번개가 치면 일어날 수 있는 현상이라고 합니다. 어쨌든 분명한 것은 아주 현실적인 원인에 있었다는 겁니다."

나는 조용히 숨을 내쉰다.

내가 낸시 쪽으로 몸을 돌려 아무도 모르게 낸시에게만 수어로 말하려는 순간, 앤드루와 리 목사님이 벌떡 일어난다. 접시가 흔들리고 내 잔에 담겼던 물이 쏟아진다.

엄마가 아빠에게 빠르게 수어로 알린다. "바깥. 싸우는 소리."

아빠가 리 목사님과 함께 문으로 달려가고, 나머지 사람들도 뒤따라간다.

밖은 어둡고 비가 내리고, 이따금 번개가 치면서 주변이 환해진다. 현관에서 보니 우리 집과 목장 중간쯤에서 남자 둘이 싸우는 게 보인다. 낸시가 뒤에서 나를 붙잡고 빗속에 서 있는 마차와 말을 가리킨다. 자기 아빠의 마차를 알아본 것이다.

리 목사님이 두 사람에게 뛰어가신다. 소리를 지르시는 걸까? 아무도 목사님의 말을 통역해 주지 않는다. 아빠도 뛰어간다. 나는 엄마를 바라본다. 엄마는 두 팔로 자기 몸을 꼭 감싸고 있다. 엄마가 나를 다시 집으로 끌고 가려고 하지만, 나는 아빠 쪽으로 뛰어간다. 낸시도 따라온다. 뒤를 돌아보니 앤드루는 엄마와 함께 문간에 서 있다.

아빠가 스키프 아저씨의 몸통을 꽉 붙잡고 못 움직이게 하려고 한다. 아저씨는 토머스와 몸싸움을 하던 중이었다. 둘 다 흙탕물이 온몸에 튄 상태다. 에이먼이 토머스를 목장 쪽으로 끌고 가려고 한다. 아빠는 스키프 아저씨를 우리 집으로 끌고 가려고 한다.

스키프 아저씨가 고개를 확 젖히는 바람에 아빠는 얼굴을 정통으로 맞는다. 아빠가 갑자기 아저씨를 놓는다. 리 목사님이 아빠 옆으로 간다.

스키프 아저씨가 난폭한 동작으로 아빠에게 수어로 말하는 게 보인다. "자네가 부리는 저 노예 자식이 거짓말하는 거야! 저놈이랑 결혼한 인디언 여자가 우리 집에서 침대보를 훔쳤다고! 사기나 치고 도둑질이나 하는 여자라니까! 남편도 똑같아! 우리가 그 여자랑 그 딸한테까지 얼마나 잘해 줬는데!"

침대보?

나는 낸시를 바라본다. 낸시는 하얗게 질리고 초췌해진 얼굴로 어둠 속으로 몸을 숨기려는 듯이 뒷걸음질한다.

낸시가 유령 침대보를 훔친 거야? 우리가 침대보를 훔친 거야?

에이먼이 토머스를 끌고 목장으로 향한다. 헛간 문이 열려 있고 안에 등불이 켜져 있다. 불빛에 헬렌의 가녀린 모습이 보인다. 헬렌이 토머스를 향해 걸어 나온다. 몸에는 너구리 털로 만든 가운을 둘렀고 머리는 풀어져 있다. 샐리도 같이 있는 걸까? 둘은 무슨 생각을 하고 있을까?

나는 아빠의 소매를 잡아당긴 뒤 다급하게 수어로 말한다. "그게 아니에요! 아니라고요! 그 침대보는 스키프 아주머니가 버린 거였어요! 우리가 가져다가 리틀우즈 혼령을 달래려고 유령 분장에 쓴 거예요! 아빠! 아저씨 좀 말려 주세요! 제발!"

아빠가 놀라서 나를 뚫어지게 바라본다. 스키프 아저씨는 내 자백을 보지 못했지만, 낸시와 리 목사님과 엄마는 본 것 같다.

아빠가 힘겹게 스키프 아저씨를 붙잡고 집으로 끌고 간다. 아저씨의 장화 신은 발이 진흙에 질질 끌린다. 못된 말로 토머스에게 비난을 퍼붓던 아저씨의 팔도 아빠에게 붙잡혀 더는 움직일 수 없게 되었다. 리 목사님이 뒤따라가며 아저씨에게 조용히 하고 흥분을 가라앉히라고 최대한 부드럽게 달랜다. 아저씨의 표정을 보아하니 목사님 말씀대로 할 생각이 전혀 없어 보인다.

엄마와 앤드루도 집 안으로 들어간다. 나는 계속 올라오는 구역질을 참는다. 손이 떨린다. 비가 더 거세게 쏟아진다. 나와 낸시를 빼고 모두 집 안으로 들어갔다. 낸시도 덜덜 떨고 있다.

나는 우리도 들어가자고 낸시에게 손짓한다.

낸시가 화가 난 듯 수어로 말한다. "말해 버리면 어떡해?"

내가 수어로 대꾸한다. "어쩔 수 없었어."

낸시가 한 단어 한 단어 힘을 주며 수어로 말한다. "어쩔 수 없었어? 날 보호하기 위해 잠자코 있을 순 없었니?"

내가 묻는다. "그럼 아무 잘못 없는 사람이 너 대신 죄를 뒤집어쓰게 놔둘 거야?"

"겨우 인디언이잖아! 그럼 난? 허락 없이 침대보 가져간 것도 모자라 숲에서 신성모독죄를 범한 거 우리 엄마가 알면 나 어떻게 되는 줄 알아?"

"몰라." 나는 "겨우 인디언"이라는 낸시의 말을 곱씹느라 수어를 더듬거린다. 나는 옷 속까지 비에 젖고 말문이 막힌 채 우두커니 서 있는다. 난 도대체 무슨 짓을 저지른 걸까?

나는 현관으로 걸어가다 주먹을 쥐고 화난 얼굴로 서 있는 낸시를 돌아본다. 낸시는 잠깐 머뭇거리더니 집 안으로 따라 들어온다. 나는 문을 닫는다. 부엌에서는 스키프 아저씨가 수어로 열변을 토하고 있다. 너무나 험한 말을 써 가며 토머스와 그 가족을 욕하고 있다. 내가 알고 싶지도 보고 싶지도 않은 말들이 쏟아진다.

아빠는 나와 눈을 마주치지 않으려 한다. 엄마는 차를 끓여서 내온다. 리 목사님은 스키프 아주머니를 사촌의 집에서 데려오려고 나서신다. 엄마가 앤드루와 대화한다. 앤드루가 엄마의 손을 잡는다. 아까 내가 한 자백을 앤드루에게 통역하는 걸까? 그는 어떻게 생각할까?

낸시가 부엌에서 몰래 빠져나간다. 나도 따라 나간다. 스키프 아저씨를 안 볼 수 있어서 좋다. 낸시가 집 앞쪽으로 가서 계단을 오른다.

내 방에 들어서자 우리는 속옷과 실내용 모자만 남겨 두고 옷을 다 벗는다. 나는 침대에 앉아 엄마가 만들어 준 조각보 이불을 덮는다. 낸시는 내 숄을 걸치고 방 안을 서성인다.

내가 수어로 묻는다. "그 침대보 훔친 거라고 왜 말 안 했어? 헬렌이 뒤집어쓰게 할 셈이었어?"

낸시가 대꾸한다. "난 침대보를 빌린 거야. 엄마가 없어진 걸 눈치챌 거라곤 생각 못 했어."

내가 수어로 말한다. "지금이라도 솔직해질 수 없겠니?"

낸시가 대꾸한다. "널 위해서였어!"

나는 당황한다. 수어를 하려고 손을 올리지만 할 말이 떠오르지 않는다.

"너의 부모님은 훈계로 널 바로잡을 수 있다고 믿지? 우리 부모님은 회초리를 더 믿는단 말이야!" 낸시가 수어로 말한다.

나는 몸서리를 친다.

낸시 말이 맞는다. 엄마 아빠는 나한테 화나거나 실망하면 상처 주는 말을 할 때도 있지만, 매를 들지는 않는다. 나는 낸시의 몸에 난 흉한 멍 자국을 보며 자랐다. 엄마도 나처럼 걱정은 하지만 남의 집 훈육 방식에 간섭할 수 없다고만 말한다.

"나도 그건 막을 수 있다면 좋겠어." 내가 수어로 말한다.

"이젠 아빠가 무고한 사람을 비난한 꼴이 됐잖아. 그것도 네 아빠랑 리 목사님 앞에서. 아빠는 자기가 틀리는 걸 진짜 싫어해. 인디언도 싫어하고. 너 아까 한 자백 취소하지 않으면 아빠는 내 탓을 할 거야."

"그건 나보고 거짓말을 하라는 거잖아. 그리고 헬렌은 어떡……."

낸시가 다시 내 말을 자른다. "그럼 아들을 잃고 슬퍼하는 네 부모님께 네가 뭘 숨기고 있는지 내가 말하지 않을 이유를 대 봐."

내가 조지 오빠를 죽게 했다는 걸 알아 버린 엄마 아빠, 특히 엄마의 모습이 떠오르자 나는 온몸이 옥죄이는 것 같다. "그건 너무 잔인하잖아."

그 순간, 낸시의 몸에서 모든 분노가 빠져나가는 듯 보였다. 낸시는 조각보 이불 밑으로 들어와 나를 등지고 모로 눕는다. 같이 잘 때는 늘 나란히 누워 손을 잡고 자던 우리였다.

나는 누워서 천장을 뚫어지게 바라보며 생각에 잠긴다. 아래층에서는 무슨 일이 벌어지고 있을까? 토머스의 가족은 무사히 헛간에 있을까? 낸시가 내 비밀을 폭로할까?

10장

잠에서 깬 순간, 나는 옆자리가 허전한 것을 느낀다. 낸시는 가고 없다. 오늘은 일요일이다. 나는 서둘러 교회에 갈 때 입는 옷을 입고 아래층으로 내려간다. 엄마 혼자 부엌에서 분주하게 움직이고 있다. 엄마는 내 볼이나 이마에 입맞춤해 주지 않는다.

낸시가 엄마 아빠에게 벌써 오빠와 내 이야기를 했다면 어떡하지? 난 뭐라고 해야 하지? 엄마가 드디어 나를 바라보더니 뻣뻣하게 수어로 말한다. "밥 먹어. 아빠가 너한테 하실 말씀 있대."

나는 엄마가 설명을 덧붙이길 기다리지만, 엄마는 하모니 할머니의 흔들의자에 앉아 수를 놓기 시작한다. 나는 아침 죽을 겨우 삼킨다. 아빠는 화를 낼까? 나는 벌을 받게 될까?

내가 화제를 바꾸며 묻는다. "교회. 엄마. 가?"

엄마가 고개를 저으며 수를 내려놓고 수어로 대답한다. "집안일이 너무 많이 쌓였어."

안식일에 급하게 처리해야 할 집안일은 없다. 엄마는 오빠가 죽은 뒤로는 예배당에 가지 않는다. 오빠의 묘에도 가지 않으려는 걸까? 부엌을 나서는 내 발걸음이 무겁게 느껴진다.

나는 제일 따뜻한 모자를 쓴다. 곧 불어닥칠 폭풍이 소용돌이치는 내 마음 같다. 나는 햇살 한 줄기가 내려앉은 목장 한쪽에 서서 나를 태우러 달구지를 몰고 올 아빠를 기다린다.

나는 머뭇거리며 달구지에 올라탄다. 아빠는 내 무릎을 토닥여 주고는 계속 앞만 본다. 아빠와 나는 서로 아무 말 안 하고 같이 있어도 편한 사이다. 그런데 오늘은 아빠도 나처럼 속이 시끄러운 듯하다.

"아빠?" 내가 아빠의 팔을 잡으며 말을 건넨다.

아빠가 나를 바라본다.

"낸시가 침대보 훔쳤다고 자기 아빠한테 맞을까 봐 걱정돼요. 그리고 토머스도 스키프 아저씨와 몸싸움한 걸로 벌 받을까 봐 걱정되고요."

"메리, 아빤 솔직히 네가 무슨 생각으로 그런 일을 벌였는지 모르겠다. 늪 근처에 가는 건 위험하잖아. 게다가 귀신인 척했다고? 이해할 수가 없구나."

오빠를 죽게 한 내 죄를 고백하지 않고는 어제 일을 설명할

길이 없으니 난 실명을 포기한다.

나는 고개를 숙인다.

아빠가 내 턱을 들어 올린다.

"네 질문에 답하자면, 존 스키프는 여전히 침대보를 가져간 사람이 헬렌이라고 믿고 있어. 다음 주 마을 의회에서 아빠가 토머스를 변호할 거야. 정당방위였다고. 존과 싸운 것도 벌금만 조금 내고 끝낼 수 있게 할 거야. 토머스에게는 목장 일을 계속 시킬 거고. 안 좋은 소문이 돌겠지."

내 표정이 절망스러워 보였나 보다. 아빠가 윙크하며 "안 좋은 소문은 늘 돌기 마련이지."라고 수어로 말한다. 그리고 덧붙인다. "네가 받을 벌은 내일 얘기하자. 오늘은 안식일이니까. 회개하도록."

11장

마서스비니어드에는 아직 감리교회 전용 예배당이 없다. 그래서 우리는 주일마다 하얀 판자로 지은 마을 회관을 예배당으로 쓴다. 마을 회관은 우리 목장에서 800미터 정도 떨어져 있다. 두 개의 출입구를 벽기둥이 테두리처럼 두르고 있다. 오늘도 리 목사님은 두 출입구 사이에 서서 교인들을 맞이하신다.

나는 목사님의 눈을 피해 예배당으로 들어간다. 목사님도 어젯밤 내 자백을 들었으니 이제 나를 어떻게 생각하실까?

나는 앤드루도 피한다. 다행히 그는 나를 보지 못한다.

우리는 기다란 나무 의자에 줄지어 앉는다. 교인은 전부 영국계 미국인이다. 왐파노아그족이나 아일랜드인은 한 명도 없다. 그들은 자기들끼리 다른 곳에서 예배를 드린다.

우리는 일요일마다 리 목사님이 이끄는 안식일 예배를 드리기에 앞서 마을 주민 회의를 먼저 연다. 회의는 수어와 구어를 동시에 쓰면서 진행한다. 어린이는 발언할 수 없는데, 이건 좀 불공평하다고 생각한다. 그래도 마을 의회와 달리 주민 회의는 누구나 참석해서 어떤 문제든 논의할 수 있다. 마을 의회에서는 벌금이나 요금 징수가 필요한 문제, 예컨대 스키프네 침대보 도난 사건 같은 문제에 대해 의사 결정을 내린다. 그리고 안식일에는 절대 의회를 열지 않는다.

오늘 중재자 역할을 맡은 매슈 파이 아저씨가 의사봉을 치고 나서 스키프 아저씨를 호명한다.

스키프 아저씨가 일어나서 수어로 말하기 시작한다. "여기 있는 사람들은 내가 그 땅에 대해 소유권이 있다는 걸 알 겁니다. 내 아버지 때부터 있었던 소유권입니다. 교회에서 그렇게 인정했습니다. 근데 인제 와서 그 땅을 왜 왐파노아그족에게 넘겨줘야 한다는 겁니까?"

스키프 아저씨는 술이 깬 상태지만 기분은 여전히 아주 나빠 보인다. 스키프 아주머니는 조용히 앉아서 남편을 바라보고 있다. 딸이 웃음기 없는 어른으로 자란 모습을 상상하면 그게 딱 지금 스키프 아주머니의 모습이다.

나의 절친한 친구는 평소와 달리 미동도 없이 앉아 있다. 나는 친구와 눈을 맞추려고 하지만, 친구의 시선은 바닥에 꽂혀 있다. 발을 앞뒤로 흔들지도 않는다.

매슈 아저씨가 수어와 구어를 동시에 한다. "그건 오늘 회의의 안건이 아닙니다. 보스턴의 대법원에서 이미 판결한 사안입니다."

버틀러 아저씨가 수어로 발언한다. "나는 존의 처지에 공감합니다. 다음엔 또 무엇을 빼앗기게 될지 누가 알겠습니까? 우리 조상이 땅을 매입했잖아요. 그건 반론의 여지가 없는 사실입니다."

회의에서 여자가 발언하는 것은 드문 일이지만, 해먼드 선생님이 손을 들자 매슈 아저씨는 선생님에게 발언권을 준다.

해먼드 선생님이 발언한다. "반론의 여지가 없는 게 맞나요? 그 토지 거래 자체가 공정했는지에 대해서 의문이 제기되고 있습니다. 그리고 왐파노아그족이 내놓으려던 것보다 더 많은 땅을 우리가 차지하진 않았는지도 따져 봐야 하고요."

스키프 아저씨가 비웃음 가득한 표정으로 반박한다. "말도 안 되는 소리! 여자일수록 더 너그럽게 이 문제를 봐야죠. 우리 모두 이 섬의 공동체를 우리 것으로 만들려고 열심히 땀 흘리고 심지어 피도 흘리지 않았습니까? 선대에 발생한 것으로 추정되는 실수를 왜 내가 책임져야 합니까?"

낸시가 고개를 끄덕인다. 낸시는 자기 아빠의 편협한 생각을 자랑스러워하는 걸까?

해먼드 선생님이 제안한다. "게이헤드의 왐파노아그족과 협상을 시작할 수도 있어요."

버틀러 아저씨가 선언하듯 말한다. "가당찮소! 우린 저들을 주권이 있는 민족으로 인정하지 않습니다. 그런 자들에게 타협의 여지를 주자는 겁니까? 그건 우리가 얻어 낸 것을 전부 잃는 길입니다."

해먼드 선생님이 대꾸한다. "저는 타협의 힘을 믿습니다."

스키프 아저씨와 버틀러 아저씨는 해먼드 선생님을 무시하는 듯한 자세를 취하지만, 나는 선생님의 의견이 아저씨들의 의견보다 더 합리적이라고 생각한다.

매슈 아저씨가 중재에 나선다. "잠깐만요. 자격을 갖춘 모든 사람에게 발언할 기회를 주는 게 우리의 관행입니다. 오늘 회의에서 제기할 민원이 더 있습니까?"

아무도 일어나거나 손을 들지 않는다.

매슈 아저씨가 다시 수어와 구어로 말한다. "우리는 이웃이며 앞으로도 이웃입니다. 요즘 같은 시절에는 서로 미워하기보다는 우리 공동체가 직면한 과제를 함께 풀어 나가는 게 최선입니다." 매슈 아저씨가 의사봉을 두드려서 폐회를 선언한다.

발을 쿵쿵 구르고 떨떠름한 표정을 짓는 걸로 보아 아직도 격해진 감정을 가라앉히지 못한 사람들이 있는 게 분명하다. 토지권 분쟁에 대한 해결책이 없어서 불만인 것이다.

나는 뒤를 돌아본다. 앤드루 노블은 허리를 꼿꼿이 세우고 다리를 꼰 자세로 앉아 있다. 회의 진행이 우습다는 듯한 표정이다. 속으로 우리를 비웃는 걸까?

리 목사님이 일어나자 사람들은 다시 잠잠해진다.

에즈라 브루어 아저씨가 목사님 옆에 자리를 잡는다. 아저씨는 자신을 교인으로 여기지 않지만, 회중 앞에서 리 목사님이 구어로 하시는 설교를 수어로 통역하는 일을 좋아한다.

리 목사님이 성경책의 구절을 봉독하신다. "혈육 있는 모든 생물을 너는 각기 암수 한 쌍씩 방주로 이끌어 들여 너와 함께 생명을 보존하게 하되 새가 그 종류대로, 가축이 그 종류대로, 땅에 기는 모든 것이 그 종류대로 각기 둘씩……."

오늘 설교는 노아와 대홍수 이야기다.

에즈라 아저씨가 신이 나서 노아의 방주를 뒤흔들던 바람과 파도를 흉내 낸다. 지금 예배당의 창문을 두드리고 서까래를 흔드는 폭풍처럼. 아저씨는 새와 짐승을 생생하게 그려 내며 통역에 열중한다.

나는 주위를 둘러본다. 다른 교인들은 에즈라 아저씨의 창의적인 연기에 별로 감동하지 않는 것 같다. 앤드루는 상한 굴을 삼킨 얼굴을 하고 있다. 저 사람은 왜 에즈라 아저씨의 수어를 역겨워하는 걸까?

에즈라 아저씨가 코끼리 흉내를 내며 발을 구르자 청인 몇 명이 흠칫 놀란다. 아저씨가 양팔을 코끼리 코처럼 흔들고 높이 치켜든다. 사람들이 귀를 막는 걸 보니 아저씨가 코끼리 울음소리까지 내는 모양이다.

나는 해먼드 선생님이 우리 손을 선생님 목에 대게 하고 코끼리 울음소리를 흉내 내셨던 기억이 떠올라서 웃는다.

나는 낸시도 웃고 있는지 궁금해서 바라보지만, 낸시는 무표정한 얼굴로 앞을 보고 있다.

이제 개구리와 늑대, 고래, 까마귀가 차례대로 등장한다. 에즈라 아저씨는 특히 까마귀 묘사에 심혈을 기울인다. 리 목사님은 아저씨가 동물을 수어와 울음소리로 일일이 다 표현할 때까지 설교를 멈추고 기다리신다. 목사님은 아저씨의 통역을 성가시다고 생각하지 않으시는 것 같다. 그리고 회중의 반은 점잔을 빼며 따분한 표정을 짓고 있지만, 나를 비롯한 나머지 반은 설교의 모든 부분을 재미있게 감상하고 있다.

리 목사님이 설교를 이어가신다. "회개할 줄 모르는 인간의 무능함이 대홍수와 하나님의 진노를 불러왔습니다. 하나님은 인류의 탐욕과 불화를 보신 겁니다. 이것은 단지 옛날이야기가 아닙니다. 오늘날 우리의 무능함에 관한 이야기입니다. 서로의 고통에 공감할 줄 모르는 무능함은 여전히 우리 안에 있습니다. 세상에서 제일 선한 사람도 나쁜 짓을 할 유혹에 빠질 수 있음을 기억합시다. 주님의 말씀을 성도님께 전합니다. 아멘."

나도 나쁜 짓을 할 유혹에 빠진 걸까? 부끄러워진다.

나는 다시 낸시를 바라보지만, 낸시는 부모님 손에 이끌려 금세 자리를 뜬다. 오히려 다행이다. 어차피 낸시한테 무슨 말을 해야 할지 모르겠다.

낸시가 없으니 나는 세라 힐먼과 캐리 틸턴에게 붙잡히고 만다. 여름이 끝날 무렵 학기를 마치면서부터는 이 둘을 볼 기회가 별로 없었다. 캐리도 여자아이들이 더 좋은 교육을 받아야 한다고 믿는 것 같다. 캐리는 우리 반에서 수학을 제일 잘하는 학생이다. 제대로 된 교육만 받는다면 에드거타운 아카데미의 남학생들과 견줄 만한 실력을 갖출 친구다.

세라가 수어와 구어로 말을 건다. "나 요즘 어머니와 양초 만드는 법 배우는 중이야. 넌 양초 만들어 봤니?"

나는 고개를 젓는다.

캐리가 수어로 대답한다. "난 만들어 봤어. 우린 양에서 얻은 기름으로 만들어. 양지를 가열해서 녹인 다음에 틀에 부어서 굳히면 돼."

나는 캐리에게 말한다. “우리 엄마도 그렇게 하는 거 본 적 있어.”

그러자 캐리가 제안한다. “너도 엄마한테 배우면 되겠네.”

그건 엄마한테나 나한테나 지루한 일이 될 것 같지만, 애들한테는 그렇게 말하지 않는다.

세라가 거드름을 피우며 말한다. “우리 집은 이제 양지 안 써. 향유고래에서 채취한 기름을 쓰지. 그래야 최고급 양초를 만들 수 있거든.”

그게 양초를 만드는 최신의 방법이긴 하다. 하지만 모든 사람이 집에 향유고래기름이 있거나 포경업자를 친척으로 둔 건 아니다. 나는 예의상 세라의 향유고래 양초에 대한 나의 솔직한 생각을 말하지 않는다.

캐리는 부끄러워하며 수어로 대답한다. “그래? 몰랐어.”

나는 캐리에게 웃으며 인사를 하고 아빠를 찾아 나선다.

리 목사님이 해먼드 선생님과 매슈 아저씨에게 앤드루를 소개하고 계신다. 목사님이 앤드루를 위해 통역하면서 우리 섬에 청각장애가 많이 나타나는 원인을 찾으려는 앤드루의 계획을 두 사람에게 설명하신다. 아빠도 리 목사님의 수어를 지켜보고 있다.

우리의 청각장애가 무엇 때문인지 알아내겠다는 게 정확히 무슨 뜻일까?

청인인 매슈 아저씨가 수어와 구어로 앤드루에게 말한다. "여기 사람들은 다들 수어로 말해요. 누가 청인이고 누가 농인인지 때로는 깜빡할 정도죠. 귀가 들리고 안 들리고를 구분하는 게 의미가 있습니까?"

앤드루가 대꾸한다. "예의를 중시하시는군요. 하지만 과학적 탐구는 정확한 사실을 중시합니다."

매슈 아저씨와 해먼드 선생님은 고개를 끄덕이더니 정중히 인사를 하고 자리를 뜬다.

앤드루가 버틀러 아저씨에게 다가가자 리 목사님이 계속 통역해 주신다. "앤드루가 섬 주민들과 인터뷰하고 싶다는데, 혹시 응해 주시겠습니까?"

버틀러 아저씨가 대답하기도 전에 에즈라 아저씨가 성큼 다가가더니 수어로 끼어든다. "네, 그 인터뷰 내가 하죠. 바로잡을 것도 있고."

앤드루 노블은 에즈라 아저씨의 제안이 만족스러운 눈치다. 리 목사님은 애써 미소를 짓고, 아빠는 내게 윙크한다. 리 목사님이 앤드루를 에즈라 아저씨네에 태워다 주고 통역도 해 주기로 약속을 잡는다. 나는 아빠에게 우리도 가도 되냐고 묻는다.

아빠는 내가 리 목사님 말씀을 잘 듣는다고 약속하면 허락하겠다고 대답한다. 아빠는 엄마에게 돌아가야 한다. 아빠가 엄마 걱정을 많이 한다는 건 나도 안다.

나는 앤드루가 정신병원 이야기를 더 할지, 에즈라 아저씨는 앤드루를 어떻게 다룰지 지켜보기로 한다.

12장

에즈라 아저씨가 끓여 놓은 차를 다시 데워서 우리에게 한 잔씩 따라 준다. 설탕을 잔뜩 타서 쓴맛을 덮어 버렸으니 망정이지, 안 그랬으면 나는 첫 모금부터 뱉어 버렸을 것이다. 리 목사님과 앤드루는 차를 마시지 않고 잔을 들고만 있다가 의자 옆에 내려놓는다.

에즈라 아저씨와 나는 리 목사님의 수어 통역이 잘 보이는 위치에 자리를 잡는다. 앤드루가 에즈라 아저씨에게 말한다.

"존경하는 선생님, 저는 이 마을에 널리 퍼진 청각장애의 원천을 연구하고 있습니다. 아마 아시겠지만, 유능한 과학자라면 연구 대상의 계보부터 파악합니다. 바로 이 부분에서 선생님의 도움을 받고자 합니다."

에즈라 아저씨가 고개를 끄덕이더니 조너선 램버트가 섬에 도착한 1692년을 기점으로 램버트 가문의 계보를 읊기 시작한다. 아저씨는 우리 가문보다 농인 후예가 더 많은 스키프 가문에 대해서도 설명한다.

에즈라 아저씨가 수어를 너무 빠르지 않고 영어와 비슷한 문장 구조로 말하려고 신경 쓰는 게 보인다. 앤드루에게 수어를 구어로 통역하느라 힘들어하실 리 목사님에 대한 배려다. 그런데도 목사님은 에즈라 아저씨의 손가락 끝에서 빠르게 흘러나오는 철자를 따라가느라 힘들어하시는 것 같다.

결국 앤드루는 주머니에서 섬유지•를 꺼내 에즈라 아저씨에게 건넨다. 섬유지를 꺼낼 때 편지도 몇 장 빠져나와 바닥에 떨어진다. 나는 그 많은 종이를 보며 부러워한다. 저 종이가 내 것이었다면 내가 지은 이야기를 글로 써 놓을 수 있을 텐데…….

에즈라 아저씨는 잉크에 담갔던 깃펜으로 백지에 선을 긋는다. 그다음에는 선을 따라 점을 찍고 이름을 쓴다. 농인이었던 게 확실한 선조의 이름에는 밑줄을 긋는다.

아저씨가 잠시 멈추고 수어로 말한다. "날짜. 몇 개. 확신. 못 해."

앤드루가 목사님의 통역을 듣고는 괜찮다고 한다. 도움을 받

• rag paper. 펄프 대신 넝마나 면섬유로 만든 고급 종이.

을 수 있어서 좋다고도 말한다.

오늘은 장난을 치지 않는 에즈라 아저씨의 모습에 나는 무척 실망한다. 아저씨는 앤드루의 연구를 돕는 데만 집중하고 있다.

종이 몇 쪽을 채운 아저씨는 앤드루에게 종이를 돌려준다.

앤드루가 묻는다. "존경하는 선생님, 그럼 이 같은 병약함이 이 근방에 이렇게 널리 퍼지게 된 이유에 대해 선생님은 어떻게 생각하십니까?"

'병약'을 뜻하는 수어를 보자마자 흠칫하는 에즈라 아저씨의 반응을 내가 제대로 본 걸까? 우리는 '질환'이나 '질병'을 말할 때도 비슷한 수어 단어를 사용한다. 그런데 청각이 없는 것은 우환이 아니다. 청각이 없어서 내가 못 하는 유일한 것은 소리를 듣는 것뿐이다.

에즈라 아저씨가 손을 따뜻하게 하려고 맞대고 비빈다. 흥미진진한 이야기를 들려주려고 준비한다는 확실한 신호다. 나는 마음이 들뜬다.

"모든 게 시작되었던 때가 언제였더라……." 아저씨가 수어로 말하고 목사님이 통역한다.

"그래요. 이 모든 게 영국에서 시작된 것 같네요. 농인 정착민들이 영국에서 왔으니까요. 대서양을 건너오는 도중에 그 '병약함'이 생겼다는 주장도 있지만요."

나는 그런 이론을 들어 본 적이 없다. 리 목사님도 놀라는 것 같지만, 예의를 지키느라 에즈라 아저씨의 이야기에 끼어들지 않으신다.

앤드루가 아저씨에게 묻는다. "정착민 중에 괴혈병이나 그 외 알려진 병증을 앓던 사람도 있었습니까?"

아저씨가 수어로 대답한다. "괴혈병은 나도 걸려 봤어요. 몇 주 동안 레몬을 빨아야 했는데, 말도 못 하게 괴로웠죠." 아저씨가 아랫입술을 끌어 내려 잇몸을 보여 준다.

앤드루는 짜증 난 표정을 짓는다.

에즈라 아저씨는 눈을 반짝이며 다시 수어를 시작한다.

"흑사병은 또 완전히 다른 얘기죠. 흑사병에 걸려서 귀도 안 들려, 말도 못 해, 눈도 안 보여, 맛도 못 느껴, 냄새도 못 맡아……. 그러다가 회까닥 돌아 버린 사람도 있다고 들었어요." 아저씨가 연극배우처럼 흑사병 증세를 온몸으로 연기한다.

"네." 앤드루가 아저씨의 말을 자른다. 벌건 상처같이 생긴 그의 입술이 일그러진다. 마치 그도 레몬을 빨고 있는 것처럼. "그건 옛날얘기잖습니까. 저는 청각장애의 원인을 밝히려는 겁니다."

"아, 네, 또 다른 가설이 있는데요." 아저씨가 고개를 까딱거리고 왼손 손가락을 꼼지락거리며 수어로 말한다. "과부 메릴

이야기를 해 드려야겠군."

리 목사님이 무슨 이야기냐고 물으시려 하지만, 내가 먼저 고개를 끄덕이며 수어로 말한다. "네, 그 이야기를 해 드리세요."

아저씨가 무슨 이야기를 할지 모르지만, 나는 이미 듣고 싶어 안달이 났다.

아저씨가 턱을 주억거리더니 몸을 앞으로 숙인다. 수염이 희끗희끗한 아저씨의 얼굴이 난로에 가까워지면서 불빛을 반사한다.

"늙은 과부 메릴이 직접 해 준 끔찍한 이야기예요. 메릴이 둘째를 임신한 어느 날, 이웃의 장례식에 갔어요. 무덤 앞에 서 있는데 이상하게 생긴 젊은 여인이 눈에 띄었대요. 딴 세상 사람 같았다더군요. 특히 섬뜩한 회색 눈동자가.

누군가 메릴에게 저 여인은 농인이라고 말해 줬어요. 메릴은 그런 '병약함'을 가진 사람을 처음 봤대요. 그 여인은 우리 섬 토박이가 아니고 보스턴 출신이었어요.

메릴은 그 젊은 여인을 유심히 지켜봤어요. 관을 땅으로 내리는 순간, 그 여인이 손을 머리 위로 올리고 눈을 위로 치켜뜨면서 어찌나 괴상한 울음소리를 내던지, 메릴은 뼛속까지 하얗게 질렸대요."

아저씨가 두 손을 맞잡고 입을 크게 벌린다. 나는 아저씨가 온 힘을 다해 지르는 비명이 느껴진다. 리 목사님과 앤드루 노블은 화들짝 놀라 의자에서 떨어질 뻔한다.

아저씨가 수어를 이어간다. "그날부터 메릴은 그 젊은 여인의 모습과 울음소리가 계속 생각났대요. 시간이 흘러 메릴의 둘째 아이가 태어났어요. 아들이었는데, 메릴이 걱정했던 대로 귀가 하나도 안 들리는 아이였죠. 그 아이는 놀라거나 겁을 먹으면 괴이한 울음소리를 내곤 했대요!"

나는 아저씨가 또 비명을 지를까 봐 바짝 긴장하지만, 아저씨는 조용히 이야기를 끝낸다.

아저씨가 숙였던 몸을 다시 뒤로 젖히고 손을 무릎에 내려놓는다. 아저씨의 얼굴이 짙어져 가는 저녁 어스름에 가려진다. 나는 몰래 의기양양한 미소를 짓고 있을 아저씨의 얼굴을 상상한다.

앤드루 노블은 놀라기도 했지만 화도 난 것 같다.

"나는 촌스러운 미신이 아니라 과학을 믿는 사람입니다." 앤드루가 여전히 통역하고 있는 리 목사님에게 말한다. 그는 이제 나나 에즈라 아저씨를 바라보지 않는다.

앤드루가 말한다. "이 마을의 병약함을 설명할 훨씬 더 합리적인 원인이 있다고 나는 확신합니다. 난 그 원인을 기필코 밝혀낼 겁니다."

에즈라 아저씨가 리 목사님에게 윙크하고 고개를 끄덕이며 수어로 말한다. “예전에도 같은 시도를 한 사람은 많았어요. 교만은 패망의 선봉이지요.”

앤드루가 대꾸한다. “이런 허튼소리를 듣느라 쓴 내 시간이 아깝군요.”

나는 앤드루의 태도에 불안해진다. 그는 의자에 앉은 채 몸을 앞으로 내밀고 주먹을 쥐고 있다. 주먹을 얼마나 꽉 쥐고 있는지 손바닥에 손톱자국이 깊게 파일 게 분명해 보인다. 리 목사님은 누구에게나 자애로운 분이시지만, 에즈라 아저씨한테 고맙다는 인사도 없이 마차를 세워 둔 곳으로 저벅저벅 걸어가는 앤드루 때문에 지금은 당황하신 기색이 역력하다.

집으로 향하는 마차 안은 어색하기 그지없다. 앤드루는 리 목사님에게 불평을 쏟아 내고 나는 조용히 앉아 있다. 앤드루가 팔을 휘젓는 것과 팔짱을 끼고 부루퉁해 있는 것 중 어떤 모습이 더 심통 사나운지 모르겠다. 배앓이하는 갓난아기도 저렇게 생떼를 쓰지는 않을 것 같다. 나는 농촌에서 자랐지만 학식이 높은 사람을 존경하라고 배웠다. 그런데 솔직히 저 사람은 존경하기가 힘들다.

13장

다음 날, 아침 식사를 마친 뒤 엄마는 나랑 같이 마을 회관으로 갈 거라고 통보한다. 나는 엄마의 냉랭한 태도가 무엇을 의미하는지 걱정하며 달팽이처럼 느리게 씻고 옷을 입는다. 숲에서 귀신 놀이를 한 것에 대한 벌을 받을 때가 된 건가? 그런데 왜 마을 회관으로 가는 거지?

마을 회관에 도착했을 때 나는 이미 뼛속까지 얼어붙은 채 공포에 떨고 있다. 마을 회관 안으로 들어서는데 낸시가 보이자 두려움은 더 커진다. 우리의 우정이 깨진 게 너무 슬프다. 나의 가장 어두운 비밀을 털어놨을 때 낸시는 내게 연민을 보여줬다. 그랬던 낸시가 침대보에 대해서는 왜 나한테 사실대로 말하지 못했을까?

설상가상으로 낸시는 여전히 앙심을 품은 듯하다. 엄마에게는 공손하게 인사하면서 내게는 눈을 흘긴다. 낸시와 스키프 아주머니는 이미 리 목사님 옆에 앉아 있다.

목사님이 말씀하신다. "아이들하고만 이야기를 나누고 싶습니다."

두 엄마는 대기실로 자리를 옮긴다. 나는 스키프 아주머니가 낸시에게 수어로 무슨 말을 하는지 보지 못하지만, 아마 엄마가 내게 수어로 지시한 "품행을 바르게 하거라." 내지는 "모자를 똑바로 쓰거라." 같은 내용일 것이다.

리 목사님이 우리에게 목사님을 마주 보고 앉으라고 손짓하신다. 성경책을 펼쳐서 해진 리본으로 표시해 둔 쪽을 들여다보신다. 그러다가 성경책을 덮어 예복 입은 무릎 위에 내려놓으신다. 그다음에는 안경을 벗고 기다리고 있는 우리의 얼굴을 찬찬히 살피신다.

목사님이 물으신다. "신성모독죄에는 우리 주님을 욕되게 하는 말 외에 불경스럽거나 불신자 같은 행동도 포함된다는 것을 알고 있겠지?"

우리 둘 다 진지하게 고개를 끄덕인다.

"알고 있을 거라 믿는다. 그래서 나는 더더욱 이해할 수 없구나. 시신을 감싸는 천을 자기 몸에 두르고 망자를 조롱하면 너희의 영혼이 위험에 빠질 거란 생각을 왜 못했는지. 내게 설명해 주지 않겠니?"

나는 낸시를 바라본다. 정말이지 무슨 말을 해야 할지 모르겠다. 차마 조지 오빠에 관한 진실을 말하지는 못하겠다.

내가 침묵을 지키자 낸시의 갈색 눈이 반짝이면서 초점이 또렷해진다.

낸시가 목사님의 자상한 파란 눈을 똑바로 바라보며 수어로 말한다. "우리가 어떻게 불쌍하고 그리운 망자를 조롱하겠어요? 우리 이디스 할머니가 돌아가신 날 밤, 할머니가 저를 보러 제 침대 발치에 나타나셨어요. 할머니한테서 뿜어져 나온 빛이 방을 환하게 밝혔어요. 할머니는 이 세상을 떠나기 전에 저에게 사랑한다는 말을 전하고 싶으셨나 봐요. 영혼이 하늘로 올라가기 전에 저를 안심시키려던 할머니의 사랑에 저는 감동했어요."

리 목사님은 낸시의 이야기에 푹 빠지신 것 같다.

낸시가 이어서 말한다. "메리는 하나밖에 없는 오빠가 너무 일찍 죽어서 깊은 슬픔에 잠겨 있었어요. 그래서 저희는 이 세상에서 본 오빠의 마지막 모습과 똑같이 분장하면, 오빠 영혼의 흔적이라도 찾아서 교신하고 안녕과 평안을 빌 수 있지 않을까 싶었어요. 저희는 우리 주님이 저희의 진심을 이해하시리라 믿었어요. 모든 순간 우리의 중심을 보시는 분이시니까요."

리 목사님이 잠시 침묵하신다. 미간을 잔뜩 찌푸린 채 성경책을 펼쳤다 덮었다 하며 리본을 만지작거리신다.

마침내 목사님이 수어로 말씀하신다. "그래, 너희의 잘못을 스스로 깊이 성찰하고 있었던 건 알겠다. 하나님께서 모든 순간 너희를 지켜보시고 진심을 헤아리신다는 것을 알고 있다니 다행이구나." 목사님은 우리 말에 속으신 게 아니다. 유년 시절의 유치한 장난을 기억하시고, 또 우리 가족이 얼마나 고통스러웠는지 공감하시는 것이다.

목사님이 수어를 이어 가신다. "너희가 무슨 죄를 지었는지 충분히 이해하고 있다고 믿는다. 다시는 교회가 축성하지 않은 땅에서 망자의 혼을 부르지 않겠다고 약속한다면 이 문제를 더는 거론하지 않으마."

우리는 진지한 표정으로 고개를 끄덕이며 가슴에 성호를 긋는다.

리 목사님이 예배당을 가로질러 우리 엄마들에게 가시는 동안, 나는 낸시만 볼 수 있게 몸을 돌려 수어로 말한다. "내 비밀 말 안 했네?"

낸시가 수어로 대꾸한다. "그건 너무 잔인하잖아. 네가 인디언이랑 편먹고 날 곤란하게 한 건 밉지만."

나는 낸시를 바라본다. 낸시는 지금 삐치긴 했지만 나쁜 감성을 오래 품을 아이가 아니다.

"우리 여전히 친구 맞지?" 내가 묻는다.

"별 수 있냐? 내가 캐리처럼 고분고분 세라 힐먼 뒤꽁무니나 쫓아다닐 순 없잖아." 방금 낸시의 눈이 반짝인 것 같은데?

내가 낸시에게 말한다. "나 좀 도와줘. 앤드루 노블이 무슨 일을 꾸미려는 건지 알아야겠어."

낸시가 고개를 끄덕이며 턱을 손으로 만지다가 기대에 찬 표정으로 묻는다. "첩보전?"

내가 대꾸한다. "그 방법밖에 없는 것 같아."

14장

며칠 뒤, 아빠는 앤드루 노블이 우리 섬의 여러 마을을 돌며 인구조사를 했다고 내게 말해 준다. 마서스비니어드 인구를 정식으로 집계한 그는 칠마크에 집중하기로 했다고 한다. 우리 마을이 농인 인구가 제일 많아서란다. 나는 지금껏 그런 줄도 몰랐다. 앤드루의 조사에 따르면, 칠마크는 주민 네 명 중 한 명꼴로 청각장애가 있는 데 비해 본토는 그 비율이 6,000명 중 한 명이다. 나는 그 수치를 전해 듣고 그야말로 놀라 자빠질 뻔했다! 그 정도로 차이가 큰가? 본토와 우리 섬 사이에는 대서양의 가느다란 해협밖에 없는데도?

아빠는 앤드루가 우리 땅에서 흙도 채집하고 우물에서 물 표본도 수집하고 있다고 전해 주었다. 연구 결과를 어떻게 사용할 계획일까? 우리의 청각장애가 무엇 때문인지 정말 찾게 된다면 우리 섬은 어떻게 될까? 우리를 관찰하려고 몰려와 농지를 짓밟고 다니며 무례한 질문을 던지는 사람들로 해안이 북적이는 상상을 해 본다. 농인의 땅을 둘러보려고 탐험대가 떼 지어 우리 섬에 상륙할 것 같다. 하지만 우리에게는 표범 가죽도 코끼리 상아도 없다. 그렇다면 저들은 우리에게서 무엇을 전리품처럼 빼앗아 갈까?

그런데 이 땅을 처음 밟았던 백인 정착민도 왐파노아그족에게 똑같이 하지 않았나? 리 목사님은 백인과 원주민이 처음 접촉한 이후 왐파노아그족 남자들이 포로로 잡혀 에스파냐에 노예로 팔려 갔던 사실을 설교 도중에 지적하신 적이 있다. 여기까지 생각이 미치자 우리 선조들에 대한 존경심이 조금 줄어드는 것 같다. 우리 섬은 여전히 소중하지만 말이다.

나는 목사관에서 가까운 큰길에서 약속된 시간에 낸시를 만난다. 낸시는 나를 보더니 인상을 쓰며 눈썹을 치켜올리고 양손의 손가락을 튕긴다. 청인이 혀를 차는 것과 같은 의미의 행동이다. 낸시가 "너 옷이 그게 뭐니?"라고 수어로 말한다.

나는 손으로 치마를 쓸어내리며 대꾸한다. "내 옷이 어때서?"

낸시가 나를 야단치기 시작한다. "색이 너무 밝잖아. 스파이가 어떻게 활동하는지 몰라? 지형지물과 어우러져야 한다고."

나는 망토 끝자락을 잡고 몸을 더 꽁꽁 싸맨다. 오늘처럼 추운 날에는 겨울옷을 전부 껴입을 수밖에 없다. 나는 낸시에게 말한다. "잘 숨어 있을게." 낸시는 날 못 믿겠다는 표정이다.

우리는 돌담 뒤에 엎드려 몸을 숨긴 채 기다린다. 엄마가 내 옷에 묻은 흙을 봤다면 한숨을 쉬었을 것이다. 나는 평생 이렇게 살아왔지만, 엄마는 여전히 적응을 못 하고 있다.

우리가 기대했던 대로 앤드루 노블이 목사관에서 나와 우리 쪽으로는 눈길도 주지 않고 검은 책가방을 멘 채 큰길을 따라 성큼성큼 걷기 시작한다. 낸시가 또 눈썹을 치켜올리며 수어로 말한다. "가방?"

나는 "저 사람 장비."라고 대답하면서 조지 오빠 생각에 잠시 슬퍼진다. 오빠는 잡동사니를 주머니에 모아서 집으로 가져와 부엌 식탁에 펼쳐 놓고 관찰하곤 했다. 앤드루 노블의 모습 속에 오빠의 미래가 보인다. 오빠도 저렇게 전문적이고 과학적인 사람으로 자랐을 것이다. 절대 저렇게 무례하지는 않겠지만.

"저 사람 과학적 사실에 관심 있다고 했지!" 낸시의 비아냥에 우리는 키득거린다.

우리는 한동안 기어간다. 낸시가 이따금 곱슬머리를 돌담 너머로 빼꼼히 내밀고 앤드루의 위치를 파악한다. 나는 앞으로 낸시의 스파이 실력을 우습게 보지 않겠다고 속으로 다짐한다.

앤드루 노블이 큰길 건너편에 멈추더니 돌담 위에 가방을 내려놓는다. 가방에서 작은 삽과 유리병을 꺼낸다. 흙을 파서 유리병에 담는다.

우리는 여러 곳에서 똑같은 행동을 반복하는 앤드루를 지켜본다. 그는 매번 흙을 담고 나서는 유리병을 가방에 다시 넣는다. 그러다 과일 깎는 칼을 꺼내 사과나무의 껍질을 표본으로 잘라 내려고 한다. 그 모습을 보고 낸시가 어찌나 화를 내는지 나는 낸시가 앤드루에게 달려들지 못하게 꽉 붙든다.

저 멀리 화창한 가을 하늘과 회색빛 바다를 배경으로 앤드루의 스쿠너가 보인다. 앤드루가 칠마크에 온 지 일주일도 채 되지 않은 게 믿어지지 않는다.

낸시가 갑자기 멈춰 서서 어딘가를 가리킨다. 에즈라 브루어 아저씨가 길 위에 서서 파이프 담배를 피우고 있다. 낸시가 나를 보며 수어로 말한다. "잘됐다. 에즈라 아저씨랑 같이 서 있자. 때로는 대놓고 구경하는 게 최고의 염탐이지. 계속 잘 지켜봐."

에즈라 아저씨는 앤드루가 모래와 흙을 채집하는 광경을 호기심을 감추지 않고 빤히 바라보고 있다. 아저씨가 파이프를 입에서 떼고 고개를 절레절레 흔들더니 말이 콧방귀 뀌듯 입술을 부르르 털며 입 안 가득 물었던 공기를 뱉어 낸다.

나는 아저씨 옆에 서면서 손가락을 비벼 '흙'이라고 말한다. 그리고 낸시에게 묻는다. "우리가 흙을 먹기라도 하나? 나나 아빠나 아저씨나 너랑 똑같이 저 흙을 밟는데 넌 귀가 들리잖아.”

에즈라 아저씨가 눈알을 위로 굴린다. “저럴 바엔 대천사 가브리엘이 비니어드에 태어나는 갓난아기를 골라 귀에 대고 나팔을 부는 건 아닌지도 연구하지.”

나는 키득키득 웃는다. 아저씨가 나팔 부는 동작과 소리를 내자 낸시가 깜짝 놀라며 인상을 쓴다. 본인이 인정하든 말든 낸시는 에즈라 아저씨를 무서워한다. 나는 생뚱맞은 나팔 소리를 앤드루가 들었을까 봐 걱정한다. 우리가 자기를 염탐하는 게 아니라 우리끼리 장난치는 거로 생각하길 바라는 수밖에.

우리 셋은 계속 앤드루를 따라다니며 이따금 그의 몸짓을 흉내 내기도 한다. 앤드루가 허리를 굽혀 진흙을 퍼서 양동이에 담는다. 일요일에 내린 비로 땅이 아직 질척이는 탓에 앤드루의 반바지에 진흙이 튄다.

앤드루는 보폭이 넓다. 그가 속도를 늦추면 우리는 그에게 관심 없는 척하며 우리끼리 대화한다. 아저씨는 이 놀이를 즐기는 것 같다. 나는 앤드루가 뒤를 돌아보고 우리한테 왜 자기를 따라다니냐고 따질까 봐 걱정이다. 어떻게 설명해야 바보 같아 보이지 않을지 모르겠다. 앤드루는 내가 버릇없고 유치하게 굴었다고 엄마한테 이를 게 분명하다.

길이 굽은 곳을 돌자 마을 사람 여럿이 모여 있는 게 보인다.

덕분에 우리 셋이 덜 튄다.

앤드루가 목사님의 제수인 리 아주머니에게 다가간다. 리 아주머니는 버틀러 아주머니와 길가에서 수어로 대화하고 있다. 앤드루를 너무 늦게 알아보는 바람에 도망칠 기회를 놓친다. 아주머니는 그래도 앤드루를 피해 보려 하지만, 그는 이미 모자를 벗어 인사하며 아주머니에게 말을 걸고 있다.

리 아주머니는 청인이다. 하지만 이 순간만큼은 자신이 청인이 아니기를 바랄 것 같다. 버틀러 아주머니는 이미 떫은 얼굴로 돌아섰다.

낸시가 살금살금 다가가 나무 뒤에 달라붙는다. 리 아주머니와 앤드루의 대화를 엿듣고 우리에게 통역해 주기 위해서다. 에즈라 아저씨와 나는 수어로 대화하는 척하며 낸시의 통역을 곁눈질로 본다.

리 아주머니의 막내아들 벤이 웅덩이에 고인 물을 발로 참방거리고 있다.

낸시가 수어로 전한다. "아주머니한테 아이가 청인인지 묻고 있어……."

리 아주머니가 갑자기 앤드루 노블을 때릴 것처럼 노려본다! 앤드루가 뭐라고 했길래? 나는 낸시를 바라본다. 낸시의 얼굴이 빨갛게 달아오른다. "임신했을 때 혹시 스테이스를 심하게 조이진 않았는지 물었어." 낸시가 설명하자 에즈라 아저씨는 거의 울부짖듯이 웃는다. 어찌나 크게 웃는지 결국 담배 연기를 잘못 삼키고 캑캑거린다.

리 아주머니와 앤드루가 에즈라 아저씨 쪽으로 고개를 돌리는 순간, 낸시가 덤불 뒤로 뛰어가자고 내게 손짓한다.

"우리 왜 숨는 건데? 어차피 우릴 봤잖아." 내가 묻는다.

"그러니까 숨지. 우리가 계속 따라붙을 거라고 생각 못 할 거야. 미행하기 딱 좋은 조건이지. 우린 이제 숨어서 앤드루의 다음 행보를 보면 돼. 우리가 안 보이면 그냥 가던 길을 갔다고 생각하겠지." 낸시가 대답한다.

우리는 덤불 뒤에서 빼꼼히 내다본다. 낸시의 예측이 맞았다. 앤드루는 큰길을 따라 다시 걷고 있다. 이제는 또 무엇을 하려는 걸까?

15장

우리는 쭈그린 자세로 달구지 뒤에 숨어 앤드루를 쫓는다. 달구지가 큰길에서 작은 길로 빠진 뒤부터는 멀찍이 떨어져서 조용히 앤드루의 뒤를 밟는다. 앤드루가 멈춰 서서 뒤를 돌아보자 우리는 돌담 위로 뛰어올라 제일 가까운 사과나무를 오르기 시작한다. 나무는 잎이 졌지만 가지가 굵고 높이 뻗었다. 나는 우리가 실력 있는 스파이답게 나뭇가지와 한 몸이 되었기를 빈다.

내가 먼저 나무를 오르다가 위쪽 가지에 누군가 앉아 있는 것을 보고 깜짝 놀란다. 샐리 리처즈다!

샐리는 머리카락을 실내용 모자 안으로 다 쓸어 올린 머리모양을 하고 있다. 갈색 무늬가 들어간 드레스가 너무 헐렁해 보인다. 나는 낸시가 옛날에 입던 옷인 걸 알아본다. 스키프네 집에서 일하려면 왐파노아그족 아이도 영국 아이처럼 제대로 복장을 갖춰야 한다는 게 스키프 아주머니의 철칙이다.

나는 순간 당황한다. 샐리가 지금 스키프네 집안일을 내팽개치고 여기에 있는 거라면 낸시는 적개심을 드러낼 것이다. 낸시가 금세 내 옆까지 올라와서 샐리를 보고 만다. 눈이 마주친 둘은 서로를 아군도 적군도 아닌 것처럼 대하는 것 같다.

한편 큰길 위에 멈춘 앤드루는 뒤로 돌아 우리가 있는 쪽으로 다가오다가 가까운 나무 아래 다시 멈춰 선다.

우리는 꼼짝도 하지 않는다.

앤드루가 지금 위를 올려다본다면 들키지 않으려던 우리의 노력은 물거품이 될 것이다.

낸시가 샐리를 바라보며 입술에 손가락을 댄다. 샐리가 고개를 끄덕인다.

샐리가 수어로 말을 건다. “나 두 사람 지켜보고 있었어.”

나는 사실대로 말한다. “우린 저 사람 미행 중이었어.”

내 말에 낸시는 나를 쏘아본다.

샐리가 묻는다. “왜?”

“못 믿겠으니까.” 나는 마치 돌을 던지듯이 주먹을 펴는 수어로 말한다.

샐리가 고개를 끄덕이며 수어로 말한다. “배나 카누를 타고 불청객처럼 나타나 땅을 둘러보고는 자기 소유도 아닌 것을 빼앗는 사람이 있지."

심기가 뒤틀린다는 표정을 지으며 낸시가 수어로 묻는다. "무슨 뜻이야?" 왐파노아그족의 땅에 대해 소유권을 주장하는 자기 아빠를 공격하는 말처럼 들렸나 보다.

샐리는 앤드루를 가리킨다. 낸시는 씩씩댄다.

내가 둘 사이에 앉아서 다행이다. 나는 긴장을 풀어 보려고 묻는다. "저 사람 뭘 하는 걸까?"

나무 위에서는 앤드루의 정수리만 보인다. 흙 표본을 또 채집하는 것 같다.

"쇠똥구리?" 샐리가 추측해 본다.

"아니면 그냥 똥." 낸시가 수어로 말한다. 점잖은 대화에서는 보통 쓰지 않는 수어 단어다.

우리는 셋 다 터져 나오는 웃음을 간신히 참는다.

더는 숨을 참는 게 힘들 것 같은 순간, 앤드루가 가방을 다시 메고 차분한 걸음으로 왔던 길로 되돌아간다.

우리는 나무에서 내려온다. 낸시는 여전히 부루퉁해 있다.

"나 집에 가야 해." 낸시가 말한다.

"나도. 오늘 도와줘서 고마워. 무슨 일이 새로 생기면 계속 알려 줄게." 내가 수어로 말한다.

냰시는 조금 기분이 풀린 표정으로 큰길을 따라 올라간다.

나는 섈리에게 묻는다. "우리 목장에 아빠 보러 갈 거야?"

섈리가 고개를 끄덕인다. 나는 같이 걷자고 제안한다. 섈리는 머뭇거리다가 그러자고 한다.

불과 1년 전만 해도 나는 남들이 보는 데서 섈리랑 나란히 걷길 꺼렸을 것이다. 하지만 아빠가 토머스를 다른 사람과 똑같이 대한다면, 나도 섈리를 다른 여자아이들과 똑같이 대하지 못할 이유가 없다.

나는 섈리에게 묻는다. "나무 위에서 뭘 하고 있었어?"

섈리가 설명한다. "가끔은 혼자 있을 곳이 필요해서."

나는 걷다가 자작나무의 가지를 주워 든다. 힐먼네 집을 지나다가 땅에 떨어진 새 둥지를 발견하고는 나뭇가지로 둥지를 뒤집는다. 아기 새들이 부화하면서 남긴 알껍데기 조각들이 둥지의 마른 가지들 틈에 아직도 끼어 있다. 새들은 이미 겨울을 나려고 떠났을 것이다.

섈리도 같이 구경하려고 내 옆에 쪼그려 앉는다. "점박이도요." 섈리가 새 종을 알아보고 손가락으로 철자한다. 섈리도 작고 버려진 사물을 주의 깊게 관찰하는 버릇이 있나 보다. 낸시와는 다른 측면에서 좋은 동반자가 될 것 같다.

우리는 망원경을 들고 돌담 위에 올라선 버틀러 아저씨를 지나간다. 아저씨는 내게 말을 걸지 않는다. 나도 못마땅하다는 듯 우리를 노려보는 아저씨를 무시한다. 샐리가 아저씨의 눈빛을 보지 못했기를 바랄 뿐이다.

"베이어드 우리에 또 들어가 봤어?" 내가 샐리에게 묻는다.

샐리가 웃으며 대답한다. "응. 내가 준 소금 덩이도 받아먹었어."

나는 또 묻는다. "근데 넌 베이어드가 안 무서워?"

우리는 멈춰 서서 해오라기가 날아와 차가운 시냇물에서 청어를 낚아채는 광경을 지켜본다.

샐리가 머뭇거리며 답한다. "아니. 베이어드는 착한 애야. 상처 받은 것뿐이야. 어린 주인을 잃었잖아."

나는 "조지 오빠."라고 수어로 말하고는 손을 내린다.

샐리가 수어를 이어간다. "베이어드가 안정을 되찾게 할 계획을 세웠어. 아빠를 설득해서 아퀴나에서 좋은 말 두 마리를 데려오려고. 베이어드가 그 두 말한테서 배울 때까지 둘을 베이어드 양옆에서 달리게 할 생각이야."

"와, 셋이 달리는 거 꼭 보고 싶다!" 내가 샐리에게 말한다.

"언젠가는……." 샐리가 꿈을 꾸듯 수어로 말한다.

방목지가 가까워지자 나는 양들에게 손을 흔든다. 양들은 건초를 씹으며 멀뚱멀뚱 나를 바라보는 것으로 화답한다. 나는

"매에에" 하고 손가락으로 철자한다. 샐리가 내 장난에 피식 웃는다.

우리 둘 다 갑자기 부끄러워진다. 나는 엄마랑 나랑 차를 마시자고 샐리를 초대할 수 없다는 게 부끄럽다. 우리가 진짜 친구가 될 날이 과연 올까?

샐리가 헛간으로 향하면서 내게 손을 흔든다. 나도 손을 흔들고 집으로 향한다.

부엌은 활활 타는 난롯불 덕에 환하고 따뜻하다. 아빠는 파이프를 물고《농부 연감》을 읽으면서 난롯가에서 쉬고 있다. 나는 식탁에 앉아 엄마에게 엄청난 속도로 말하는 앤드루를 보고 깜짝 놀란다. 우리 집에는 왜 다시 온 거지?

내가 들어서자 엄마는 나를 올려다본다. 엄마의 눈이 반짝반짝 빛나고 있다. 평소와 달라 보인다. 희망차 보인달까?

"생각보다 일찍 돌아왔네?" 엄마가 수어와 구어로 동시에 말한다. 앤드루를 위해 구어도 하는 것이다. 수어와 구어를 동시에 하다 보니 우리만의 특별한 언어보다 구어체 영어에 더 가까운 수어가 나온다.

엄마는 내가 대꾸하기도 전에 앤드루에게 다시 몸을 돌리고 수어 없이 구어로만 대화한다. 나는 속으로 한숨을 쉰다. 엄마는 무슨 얘기를 하는 걸까?

나는 망토를 벗어 걸어 놓고 아빠에게 간다. 아빠가 앉은 의자의 팔걸이에 걸터앉아 아빠에게 기댄다. 그리고 아빠의 어깨 너머로《농부 연감》을 읽는다. 우리는 함께 침묵한다.

엄마와 앤드루가 조지 오빠의 방으로 들어간다. 앤드루가 곧 책을 한 아름 안고 방에서 나온다.

"그 책 우리 오빠 책이에요." 내가 수어로 말한다.

엄마는 앤드루에게 내 말을 통역해 주지 않는다.

대신 내게 수어로 말한다. "이분 연구에 도움이 될 거야. 돌려주신대."

나는 아빠를 바라보지만, 아빠는 눈살을 찌푸리기만 하고 아무 대응도 하지 않는다. 나는 속으로 분노가 치민다. 엄마는 왜 앤드루를 돕는 거지? 왜 오빠의 일부를 이 외지인에게 내주는 거지? 앤드루가 떠나려고 할 때가 되어서야 나는 그가 가져가는 책 중에 추억의 지도가 끼어 있는 지리책도 있을 거란 생각이 난다.

그렇다면 난 지도를 되찾아야 한다.

16장

기온이 떨어지고 있다. 겨울이 다가오고 있다. 일주일만 지나면 고통스러웠던 한 해의 마지막 달이 시작된다.

앤드루는 책을 빌려준 것에 대한 보답으로 옅은 호박색을 띤 유리 몽돌•을 엄마에게 선물했다. 엄마는 몽돌을 부엌 창틀에 모아 둔 장식품 옆에 진열했다. 앤드루는 파도에 마모되어 그런 모양이 나오려면 7년에서 10년 정도 걸린다고 설명했다. 엄마는 앤드루의 설명에 감탄했다. 나도 똑같은 얘기를 해먼드 선생님에게 배운 뒤 엄마에게 알려 줬다. 엄마는 기억하지 못하는 걸까? 앤드루는 왜 엄마한테 잘 보이려고 기를 쓰는 걸까?

내가 지루한 비질을 끝내자 엄마는 주석 식기에 윤을 내라고

• sea glass. 바닷가에 버려진 유리가 오랜 시간 파도에 부딪히면서 조약돌처럼 둥그렇게 마모된 유리 돌.

한다. 주석 식기는 주로 특별한 날에만 꺼내는데, 나는 지도를 되찾을 계획을 짜느라 너무 긴장한 나머지 무슨 날이냐고 묻지 못한다. 엄마는 집안일을 하면서도 활기가 넘쳐 보인다. 앤드루가 나타난 지 얼마 지나지 않았지만, 엄마는 눈에 띄게 변했다.

나는 정오 즈음에 집안일을 마치고 집을 나선다. 보는 눈이 없는데도 까치발을 하고 살금살금 길을 걷는다. 덤불 쪽에 붙어서 가다가 가끔 까끌까끌한 덤불 속으로 몸을 숨긴다. 나를 이끌어 줄 낸시가 없어서 특히 더 조심스럽게 움직이는 것이다.

목사관은 우리 섬에서 가장 오래된 건축물 중 하나다. 오랜 세월 동안 수없이 흰색으로 덧칠되고 조금씩 증축되어 온 이 판잣집은 현재 우리 목장과 마을 회관 중간쯤, 리 목사님 가족의 소박한 농장 울타리에 붙은 작은 터에 자리 잡고 있다. 나는 목사관에 와 본 적이 있다. 엄마가 리 목사님 댁에서 차를 마실 때 가끔 나를 데려오곤 했다.

리 목사님의 마차가 없는 걸로 보아 목사님은 지금 가정방문 중이신 모양이다. 앤드루가 뭔가 할 일이 있는 듯 성큼성큼 섬 동쪽으로 걸어 내려가는 게 보인다. 나는 목사관의 한쪽 벽에 붙어 조심스럽게 내다본다.

목사관 살림은 캐리의 할머니인 틸턴 할머니가 해 주신다. 틸턴 할머니는 귀가 들리기 때문에 나는 숨소리도 최대한 작게 내려고 한다. 배에서 꼬르륵 소리가 나지 않길 빈다. 소리가 들리지 않는 사람들은 자기도 모르게 소리를 내기 십상이다. 조지 오빠는 가끔 이 약점으로 나를 놀리곤 했다.

나는 조심스럽게 부엌 창문으로 집 안을 들여다본다. 틸턴 할머니가 난로에 장작을 더 넣고 있다.

낸시가 함께 있었다면 분명 내게 창문을 통해 집 안으로 들어가라고 했을 것이다. 나는 창문 대신 집 반대편에 있는 현관문으로 간다. 아주 작은 틈이 생기게 문을 열고 집 안을 훔쳐보는 동안, 나는 심장박동이 빨라지고 손에서 땀이 난다. 아무도 보이지 않자 나는 조용히 안으로 들어간 뒤 조심스럽게 문을 잠근다. 복도를 지날 때는 다리를 뻗어 나무 바닥을 피해 양탄자가 깔린 곳만 밟는다.

뭐가 어디에 있는지 기억날 줄 알았는데 지금은 너무 겁에 질려 방향감각을 잃은 상태다. 나는 손이 떨리지 않도록 맞잡고는 틸턴 할머니가 나타날까 봐 부엌 쪽을 바라본다.

지금 할머니는 물을 길으러 마당으로 나갔다. 집 뒤쪽, 부엌 오른쪽에 있는 방문이 반쯤 열려 있다. 손님방이 아닐까? 나는 얼른 그쪽으로 가서 방으로 들어간 뒤 살며시 방문을 닫는다. 그리고 문에 기대 미친 듯이 헐떡이는 숨을 고른다. 가슴이 부풀어 올랐다 가라앉기를 반복한다. 스파이 활동은 생각보다 훨씬 고된 일인 것 같다.

열고 희미한 빛이 창문 유리를 뚫고 들어온다. 창틀에는 방금 세탁한 양말이 널어져 있다. 양말은 여러 번 기운 흔적이 보이고, 방 안에는 낡은 양털 냄새가 희미하게 난다. 책상 앞에 놓인 의자 등받이에 수수한 반바지가 걸쳐져 있다. 나는 반바지가 눈에 띈 것만으로도 수치심을 느낀다.

책상 위에 희한하게 생긴 하얀 물건이 보인다. 둥근 쇠붙이 안에 끼워져 있고 딱딱한 재질이다. 성직자가 사용하는 칼라다! 이 방이 리 목사님의 침실이라는 것을 알아차린 순간, 나는 당황해서 어쩔 줄을 모른다.

방에는 방금 본 것 외에는 개인 용품이 별로 없다. 침대는 목사님의 큰 키에 비해 너무 작다. 목사님 자세가 왜 구부정한지 알 만하다. 나는 지금 보는 모든 것을 연단에 선 목사님을 다시 뵐 때까지 기억에서 지우겠노라고 다짐한다.

나는 방문에 손을 대고 진동이 느껴지는지 확인한다. 고요함밖에 안 느껴진다. 나는 방을 나와 다시 창밖을 훔쳐본다. 틸턴 할머니가 리 아주머니와 이야기를 나누고 계신다.

나는 조용히 거실을 가로질러 반대쪽에 있는 방으로 들어간다.

이 방 침대 틀은 리 목사님 것보다 크고 머리맡 위의 벽에 황금 십자가가 걸려 있다. 한쪽 구석에는 단순한 모양의 세면대가 거울과 함께 놓였다. 화려하게 생긴 머리 영양제 병에서 흘러나오는 향이 코를 간질인다.

침대 옆 바닥에 조지 오빠의 책 몇 권이 놓여 있다. 그중에 추억의 지도가 든 지리책은 없다. 하지만 창문 아래 책상에 더 많은 책과 함께 표본이 담긴 유리병과 각종 서류가 잔뜩 쌓여 있다. 나는 잘 정돈된 책상 위의 물건들을 뒤지기 시작한다.

에즈라 브루어 아저씨가 그린 계보가 보인다. 그리고 이해할 수 없는 도면과 숫자가 나열된 종이도 보이지만 지리책은 찾을 수 없다. 앤드루가 그 책을 들고 다니는 건 아닐까? 내 지도도 봤을까? 엄마는 대체 왜 그 책까지 앤드루한테 빌려준 거야?

나는 지리책을 찾아 온 방을 뒤지느라 침대보를 찢을 뻔한다. 눈물이 차오르고 숨이 거칠어진다. 나는 힘을 내게 해 달라고 기도하며 방을 계속 뒤진다. 지도가 지금은 지리책에 끼워져 있지 않을지도 모른다. 나는 서류 더미를 뒤지다가 발신인 주소가 보스턴으로 적힌 봉투를 발견한다. 봉투에서 편지를 꺼낸다.

나무 바닥에서 진동이 느껴진다. 갑자기 발각되면 난 무슨 말로 변명해야 하나? 요즘 난 너무 자주 죄를 지어서 더는 거짓말을 하면 안 될 것 같다.

나는 홱 뒤를 돌아본다. 아무도 없다.

아까 느낀 진동은 내 심장박동이었나 보다.

"겁쟁이 스파이!" 나는 수어로 혼잣말한다.

틸턴 할머니와 리 아주머니가 집 밖의 추위에 오래 서 있진 않을 테니 서둘러야 한다.

나는 편지를 펼쳐서 읽는다.

친애하는 앤드루,

자네의 연구에 행운이 함께하길 비네.

자네 부친의 오랜 친구분이 자네가 그 섬에 머물 수 있게 해 주신다면, 방해받지 않고 일할 수 있는 곳을 숙소로 정하는 게 좋겠네.

특정 대상이나 사람을 연구할 때는 항상 현장에 직접 가 보는 게 최선이라네. 되도록 그들의 환심을 사려고 노력하시게. 그래야 그들의 선천적 청각장애와 저능함이 그나마 견디기 수월해질 걸세.

자네의 추론이 맞는다면, 그래서 정말 현지의 환경적 요소가 그들의 병증을 유발하는 거라면, 자네도 그 원인에 노출되지 않도록 조심하시게.

도시로 돌아올 때 표본도 채집해서 오고, 가능하다면 살아 있는 표본도 확보하면 좋겠네.

나는 또 바닥의 진동을 느낀다. 방문 틈으로 빼꼼히 내다보니 틸턴 할머니의 그림자가 부엌에서 움직이는 게 보인다. 할머니는 개수대에서 설거지하고 계신다.

나는 책상을 뒤지기 전에 물건이 어떻게 놓여 있었는지 똑바로 기억해 두지 못한 것을 자책하며 제자리에 돌려놓으려고 최대한 노력한다. 그리고 할머니가 내게 등을 보이고 계신 틈을 타 방에서 나온다.

나는 숨을 참고 벽에 달라붙는다. 귀가 들리는 사람들은 아무리 작은 소리도 감지할 수 있다는 게 나는 신기하기 짝이 없다. 틸턴 할머니가 현관문 쪽으로 고개를 돌리신다. 아무것도 보이지 않자 할머니는 고개를 흔들고는 설거지를 계속하신다. 나는 이때다 싶어 부리나케 집을 빠져나온다.

나오면서 문이 쾅 닫히지 않도록 조심한다.

나는 집으로 걸어가면서 편지에 대해 생각한다. 누가 쓴 걸까? 앤드루와 같은 생각을 하는 무지한 사람들이 또 있다는 건가?

힐먼네 집을 지나가는데 세라 힐먼이 뛰쳐나와 인사한다. 캐리 틸턴이 세라 뒤를 졸졸 따라온다. 나는 방금 캐리네 할머니의 눈을 피하느라 애먹은 터라 캐리를 보고 흠칫 놀란다.

"그 젊은 남자가 너희 집을 그렇게 들락거린다며? 넌 좋겠다." 세라가 수어로 말한다. 세라의 풋사과 같은 초록색 눈동자가 반짝거린다.

“좋겠다니, 왜?” 내가 묻는다.

세라는 열두 살보다 더 성숙한 척하며 수어로 대꾸한다. “바보같이 굴지 마. 그 사람 잘생겼잖아. 날카로운 파란 눈도 멋지고. 그리고 농사꾼이나 고래잡이가 아니잖아. 도시 출신인 데다 예일 대학교에 다녔대. 중퇴했지만.”

“내 생각은 다른데.” 내가 세라에게 말한다.

“에이, 내 눈은 못 속여.” 세라가 치켜든 턱에 손을 대는 수어로 대꾸한다.

캐리가 동정 어린 눈빛으로 나를 본다.

“앤드루는 나보다 열 살이나 많아.” 내가 수어로 말한다.

세라가 빨간 곱슬머리를 손가락에 감으며 다 안다는 듯한 표정을 짓는다.

“네가 열여덟, 그 사람이 스물여덟이 되면 열 살 차이는 아무 문제가 되지 않아. 게다가 너희 오빠가 세상을 떠났으니 너희 아버지는 재산을 물려줄 아들이 필요하잖니. 우리 어머니가 그러는데 너희 가족이 왜 그 사람을 저녁 식사에 초대하고 관심을 두는지 뻔하대.”

“나 때문이 아니거든!” 내가 수어로 쏘아붙인다.

“내숭 떨 거 없어, 메리 램버트.” 세라가 반격한다. “다들 그 얘기를 하고 있다고."

나도 맞선다. "내 가족 뒷담화 그만 좀 하지!"

나는 한마디 인사도 없이 뒤돌아서 가 버린다. 저런 유치함을 상대해 줄 시간은 없다.

집으로 가면서 나는 편지에 대해 더 깊이 골몰한다. 살아 있는 표본이 뭘까?

17장

토머스가 헛간 뒤편에서 양 떼의 움막을 쓸고 밀짚을 새로 깔고 있다. 양 떼는 눈이 오는 건 잘 참는데 겨울바람은 피할 곳이 필요하다.

나는 잃어버린 지도 때문에 울적해서 아직 집으로 들어갈 기분이 아니다. 그래서 토머스에게 다가가 말을 건다. "지난주에 샐리 만났어요."

"샐리도 그러더라." 토머스가 수어로 말한다.

"샐리가 옛날이야기를 해 줬어요. 초대받지 않은 사람이 우리 섬에 와서 무슨 조사를 하더니 자기 것도 아닌 것을 가져가 버렸다는 이야기."

토머스가 하던 일을 멈추고 내게 집중한다.

"이야기는 여러 방식으로 해석할 수 있지." 토머스가 말한다.

"토지 분쟁에 대해 몇몇 사람이 하는 주장을 들었어요. 우리 조상이 우리 소유가 아닌 땅을 빼앗았다고."

토머스가 생각에 잠겨 턱을 손으로 감싼다.

그러다가 내게 말한다. "내가 볼 땐 진짜 분쟁은 한 번도 없었어."

"무슨 뜻이죠?"

토머스가 자신 있게 수어로 말한다. "선교사들과 영국 정착민들은 노에페 곳곳에 있는 땅을 자기 땅이라고 주장했지. 하지만 그 땅은 여전히 왐파노아그 땅이야. 사실 땅을 진짜로 사고팔 수 있는 사람은 아무도 없어. 땅은 더 위대하신 존재의 소유니까."

"왐파노아그의 신 모셔프를 말하는 건가요?" 내가 묻는다.

"신이라기보다는 우리의 가장 위대한 조상이라고 생각해. 우리에게 이 섬의 소유권을 준 존재는 교회도 영연방도 아닌 오직 그분이셔. 그분은 우리에게 서로 존중하는 협력자이자 책임감 있는 관리자로서 땅을 일구라고 가르치셨지."

나는 토머스에게 말한다. "난 기독교 신앙을 따르는데요."

"모든 신앙은 믿는 자에게 중요하지." 토머스가 수어로 말한다.

나는 토머스에게 묻는다. "우리 가족이 이 섬을 떠나야 한다고 생각해요?"

"그럴 일은 없을 거야. 우린 얼마든지 나눌 마음이 있어. 그렇다고 우리가 받은 땅을 자기 것이라고 우기고 정직한 여인에게 누명을 씌우면 안 되지." 토머스가 수어로 말한다.

"나 침대보에 대해서 사실대로 말했어요. 헬렌이 누명을 쓰게 된 데 나도 일조한 것 같아서 정말 미안해요." 내가 수어로 말한다.

토머스가 내게 말한다. "진실을 말해 줘서 고맙다. 넌 착한 아이야. 네 아버지가 좋은 분이신 것처럼. 내가 영국인과 싸운 건 정당방위였다고 증언해 주셨어."

"우리가 영국인이든 아일랜드인이든 왐파노아그족이든 그게 왜 중요하죠? 이제 다 미국인이잖아요." 내가 토머스에게 묻는다.

"그렇게 단순한 문제가 아니라는 거 너도 알 텐데." 토머스가 수어로 대꾸한다.

과연 내가 알까? 머릿속에 얽힌 생각을 정리하기가 힘들다. 샘이 앞발로 내 다리를 건드린다.

토머스가 우리 집을 가리킨다. 집 앞에 매슈 파이 아저씨의 마차가 서 있다.

나는 다시 일에 집중하는 토머스를 뒤로하고 집으로 향한다. 샘이 나를 따라온다. 집 안으로 들어가기 전에 나는 샘에게 "앉아."라고 명령하고 엉덩이를 정성껏 긁어 준다. 샘은 겨울을 나려고 속 털이 빽빽해진 탓에 덥수룩한 털북숭이가 되었다. 녀석은 늘 난롯가에서 자고 싶어 하지만, 포식자로부터 양 떼를 지키려면 헛간에서 밤을 보내야 한다.

부엌에 들어서자 앤드루와 해먼드 선생님도 와 있는 게 보인다. 난롯가는 깨끗이 청소되었고, 식탁은 은 식기로 근사하게 차려졌다. 그뿐만 아니라 빨간 양초가 켜져 있어 축제 분위기가 나고, 새로 꺾어 온 소나무 가지가 난롯불에 타닥타닥 타고 있다. 엄마는 내게 찬장에서 주석 잔을 꺼내 아빠, 앤드루, 매슈 아저씨에게 맥주를 따라 드리라고 시킨다. 놀라움의 연속이다.

식탁에 둘러앉는 동안 아름답게 차려진 만찬에 대한 찬사가 쏟아진다. 엄마가 뿌듯한 표정을 지을 만하다.

어른들과의 식사 자리에서 나이 어린 내가 이것저것 묻는 것은 예의가 아니지만, 지금이 기회인 것 같다.

나는 엄마에게 수어로 말한다. "엄마, 통역해 줄 수 있어? 나 앤드루한테 물어볼 게 있어."

엄마가 아빠를 바라보자, 아빠가 고개를 끄덕인다. 앤드루는 우리를 바라보고 있다. 아무도 통역하지 않고 있다. 엄마도 고개를 끄덕인다.

내가 앤드루에게 말한다. "그동안 선생님이 실험하는 거 지켜보고 있었어요."

앤드루가 맥주를 벌컥벌컥 들이켜더니 날카로운 눈빛과 씁쓸한 표정으로 대꾸한다. "그런 것 같더라."

낸시와 내가 바라던 것만큼 은밀하게 움직이지는 못한 모양이다.

나는 앤드루에게 묻는다. "우리의 청각장애가 우리 지역 풍토의 어떤 성분 때문에 발생한다고 생각하는 건가요?"

앤드루가 놀란 표정을 짓는다.

해먼드 선생님은 기뻐하며 환하게 웃는다. 나는 선생님 반에서 제일 똑똑한 학생 중 한 명이다. 과학보다는 언어 쪽에 더 재능이 있지만.

"내 추론은 그래." 앤드루가 대답한다. 그의 시선은 주로 엄마에게 머무르지만 가끔은 흥미롭다는 듯 나를 향하기도 한다. 엄마가 중간에서 도와주고는 있지만 앤드루와 내가 직접 대화하는 것은 이번이 처음이다. "내 생각에 이 지방 우물물에 섞인 희귀한 오염 물질이 주민들의 병증을 유발하는 것 같거든."

나는 앤드루의 말투가 우호적인지 알 수 없다. 과연 엄마가 리 목사님이 그러셨듯 모욕적인 말도 그대로 통역할까? 어쩌면 앤드루가 자신의 그런 모습을 엄마 앞에서는 보이지 않으려고 조심하고 있는지도 모른다.

"우리 다 똑같은 물을 마시는데요?" 매슈 아저씨가 구어만큼이나 유창하게 수어로 말한다. 아저씨의 말은 내가 낸시에게 했던 것과 똑같은 말이다.

"그건 그렇죠, 합리적 설명이 있을 겁니다." 앤드루가 대답한다.

매슈 아저씨가 또 묻는다. "비슷한 상황을 다른 지역에서 보셨습니까?"

앤드루가 약간 거드름을 피우며 대답한다. "제 가설의 근거는 황열병 대유행에 관한 캐드월라더 콜든의 연구입니다. 콜든은 1743년에 뉴욕시의 비위생적인 주거 환경이 황열의 높은 발병률과 어떤 연관성이 있는지를 설명한 논문을 발표했습니다."

매슈 아저씨가 대꾸한다. "그게 칠마크의 청각장애와 무슨 상관인지 모르겠네요. 청각이 없는 게 황열 같은 질병은 아니잖습니까?"

"그건 사람마다 의견이 다를 겁니다." 앤드루가 대꾸한다.

해먼드 선생님 역시 수어와 구어로 말한다. "솔직히 이곳에서 지낸 오랜 세월 동안 소리를 듣지 못해서 고통받거나 사망한 사람은 한 명도 없었어요."

매슈 아저씨도 얼른 덧붙인다. "나도 같은 생각입니다. 어떨 때는 소리를 못 듣는 이웃이 나보다 운이 좋다는 생각도 합니다. 듣기 싫은 소리에 시달릴 일은 없을 테니까요. 수탉 우는 소리, 갓난아기 악쓰는 소리 등등."

아빠가 호탕하게 웃는다. 나도 키득거리고 싶은 것을 참는다. 청인이 겪는 불편을 꼽는 것은 우리 섬의 농인이 흔히 주고받는 농담이다.

앤드루가 아빠와 나를 무시하며 말한다. "말씀 참 재밌게 하시네요, 선생님. 하지만 이 사람들이 온전치 못한 상태로 인생을 살지 않는 게 낫지 않겠습니까?"

아빠와 매슈 아저씨, 해먼드 선생님과 내가 앤드루를 뚫어져라 바라본다. 엄마는 앤드루의 말을 우리에게 통역한 게 민망하다는 표정이지만 아무 말도 하지 않는다.

나는 아빠를 바라본다. 아빠는 상황을 지켜보는 데만 집중하고 있다. 아빠는 왜 침묵하는 거지? 지금 드는 생각을 격식을 갖춘 만찬 자리에서 드러내기에는 적절하지 않아서 그런 걸까?

나는 아빠가 중대한 사안이 있을 때 자신의 생각을 아내가 대신 전해야 하는 처지에 무력감을 느끼진 않는지 궁금해하곤 했다. 엄마 아빠는 늘 보기 좋은 균형을 맞추며 살아왔다. 조지 오빠와 내가 다투다가 엄마 아빠까지 싸움에 끌어들이려 해도 엄마 아빠는 절대 서로 반대되는 견해를 보인 적이 없었다. 그런데 이 침입자 한 명이 내가 상상조차 하지 못한 방식으로 그

균형을 무너뜨려 버린 것이다.

나는 가끔 청인 친구들과 대화하다가 내 의견을 내기가 어렵다는 느낌이 들곤 한다. 친구들은 되도록 수어로 통역해 주지만, 자기들끼리 무리 지어 있을 때는 구어로만 대화하고 서로만 바라본다. 못돼서라기보다는 생각이 없어서다. 나도 낄 수 있도록 대화를 더 천천히 하는 것을 깜빡하는 것이다. 지금 아빠도 그런 기분인 걸까?

"젊은 친구, 우리를 초대해 주신 분들 앞에서 그런 모욕적인 말을 하다니 경악을 금할 수 없군." 매슈 아저씨가 수어와 구어로 말한다.

나는 기립 박수를 치고 싶다.

앤드루가 말하고 엄마는 계속 수어로 통역한다. "모욕할 의도는 전혀 없었습니다. 우리는 계몽된 세대잖습니까. 과학은 우리를 둘러싼 세계를 더 잘 이해하기 위해서뿐만 아니라 고통받는 이들의 처지를 개선하는 데도 그 목적이 있습니다."

늘 중재자 역할을 자처하는 아빠가 맥주잔을 들고 건배를 제의한다. "건강. 오래." 모두 아빠를 따라 건배하지만, 분위기는 이미 어색해졌다.

"실험을 통해서 얻으려는 결과가 뭐요?" 매슈 아저씨가 날카롭게 묻는다.

"죄송하지만 선생님의 질문을 이해하지 못하겠습니다." 앤드루가 대답한다.

매슈 아저씨가 수어와 구어로 말한다. "칠마크에 당신이 말한 오염원이 있다고 칩시다. 그럼 우리가 식수원을 청소하고 여타 주거 환경을 깨끗하게 해서 농인을 사라지게 하는 게 당신의 목표입니까? 청각장애가 황열처럼 없애야 하는 재앙이라고 생각하는 겁니까?"

앤드루가 대답한다. "저는 우리가 건강하고 온전할수록 더 낫다고 생각합니다. 우리는 완벽해지려고 노력해야 합니다. 자연뿐만 아니라 인간도 말이죠. 완벽하지 않은 것은 형편없는 대체물에 불과합니다."

엄마는 앤드루의 마지막 말을 통역하면서 머뭇거린다. 통역사에서 안주인으로 급하게 역할을 바꾸더니 손님들에게 웃으면서 자기 포크를 든다. "식사하시죠."

긴 침묵이 흐른다. 엄마가 아빠를 바라본다.

아빠가 수어로 말한다. "아내가 오늘 맛있는 성찬을 준비했습니다. 우리 딸은 감수성이 예민할 나이고요. 우리 집 식탁에서 이런 논쟁은 용납할 수 없습니다. 이 섬에서 당신이 하는 연구가 어떻게 끝날지는 모르겠지만, 램버트 가문은 연구에 더는 협조하지 않겠습니다."

매슈 아저씨와 해먼드 선생님이 환하게 웃는다. 하지만 엄마의 표정은 잘 읽히지 않는다.

"그래도 다들 기독교인으로 생활하시니 다행입니다." 앤드루가 말한다. 사람들에게 잘 보여야 한다는 생각이 다시 들었나 보다.

"기독교인으로 살지 않을 이유가 있나요?" 해먼드 선생님이 수어와 구어로 묻는다.

"물론이죠! 미개한 족속에 둘러싸여 사시잖습니까." 앤드루가 대꾸한다.

"그들도 대부분 기독교화되었습니다." 매슈 아저씨가 말한다.

앤드루가 동의한다. "그렇죠. 교회도 노력할 만큼 했으니까요."

"그 노력이 지나쳤다고도 볼 수 있죠." 해먼드 선생님이 수어와 구어로 말한다.

엄마도 수어와 구어로 말한다. "난 왐파노아그족 여자들과 해방된 노예 남자들이 결혼해서 낳은 자식들을 어떻게 할 건지 대책이 나왔으면 좋겠어요. 왐파노아그족은 우리가 자기네 땅을 도둑질했다고 불평하잖아요. 우리가 제값을 주고 산 땅인데도요. 그런데 왐파노아그족 여자들이 여전히 토지권을 주장할 수 있나요? 잡종을 낳으면서? 어떻게 그럴 수 있는지 이해할 수 없어요."

엄마는 어떻게 저런 잔인한 말을 할 수 있지? '잡종'은 아이가 아니라 강아지를 부를 때 쓰는 말이다. 샐리도 나와 똑같은 아이다. 앤드루가 엄마의 가장 부정적인 면을 자극하는 걸까?

나는 토머스가 내게 해 줬던 설명을 떠올린다. 토머스는 왐파노아그족이 우리처럼 혈통을 중시하지 않는다고 했고, 땅은 모셔프에게 속한 것이고 모셔프가 그의 백성에게 나눠 주는 것이라고도 했다.

나는 아빠가 이 대화를 더 이성적으로 이끌기를 기대하며 아빠를 바라본다. 아빠는 겉으로는 침착해 보이지만, 점점 끓어오르는 분노를 강인한 인품으로 억누르고 있는 게 느껴진다. 그래도 손님들 앞에서 엄마가 한 말을 반박할 아빠가 아니다.

앤드루가 대화를 이어간다. "그건 참 문제입니다. 매사추세츠 연방은 번번이 자식한테 져 주는 아버지처럼 왐파노아그족에게 지나치게 관대했습니다. 그 어떤 집단도 자신의 특권을 남용하는 일이 없길 바랍니다."

엄마는 음식을 더 권하고, 우리는 침묵 속에서 식사를 마친다. 모두가 그릇을 비우자 매슈 아저씨와 해먼드 선생님은 친척 병문안을 핑계로 자리에서 일어난다.

사랑하는 선생님이 떠나기 전 나를 안아 주더니 수어로 말한다. "네 가족의 평안을 위해 기도할게."

앤드루도 가 보겠다고 한다. 그는 외투를 입으면서 엄마에게 감사 인사를 하고는 엄마의 손등에 입을 맞추고 목사관 방향으로 걷기 시작한다.

나는 처음으로 의문이 든다. 내가 농인이라는 게 나의 가치를 결정하는 걸까? 세상에서 청각장애가 완전히 사라지는 날이 과연 올까? 완벽한 인간이 정말 존재할까?

18장

나는 부엌 정리를 돕고 안녕히 주무시라는 인사를 건넨 뒤 계단을 오르다가 멈춘다. 그리고 되도록 발소리를 내지 않으려고 애쓰며 천천히 아래층으로 다시 내려간다. 발을 구르는 게 느껴진다. 엄마 아빠가 서로에게 화났다는 것은 알고 있다. 엄마 아빠는 오빠나 내 앞에서 싸우는 모습을 보여 주지 않으려고 항상 조심했다. 혹시 지금은 내게 화난 건 아닐까? 저녁 식사 때 앤드루가 보인 무례한 언행의 발단이 나라서?

엄마 아빠는 부엌에서 서로 마주 보고 서 있다.

나는 문간 한쪽에 몸을 숨긴다. 엄마가 아빠에게 빠르고 거칠게 수어로 말한다.

부엌은 난롯불과 식사 때 켰던 식탁 위의 촛불 주변을 빼고는 어둠에 싸였다. 수어로 말하는 엄마 아빠의 손이 벽에 기다란 그림자를 드리운다. 엄마 아빠의 대화가 부분적으로만 보인다.

엄마가 수어로 말한다. "너무 창피 …… 내 감정은 안중에도 없고."

아빠가 수어로 말한다. "내 말은 …… 앤드루 노블이 너무 많은 사람, 너무 많은 우리 이웃을 모욕하고 있어. 게다가 당신은 죄 없는 아이들을 '잡종'이라고 부르질 않나, 대체 무슨 생각으로 그런 거야? 다시는 그 사람을 우리 집에 초대하지 않을 거야. 본토에서는 농인이 인간 이하의 취급을 받는다는 걸 메리가 알아서 좋을 건 없잖아. 그동안은 당신이 하자는 대로 놔뒀지만, 이제부턴 우리 가족을 위해 내가 강하게 나가야겠어."

엄마가 수어로 받아친다. "우리 가족? 우리 가족! 당신 지금 우리 가족이라고 했어? 당신은 이해 못 해. …… 조지가 없는데 우리가 무슨 가족이야. …… 난 우리 아들을 위해 죽을 수도 있었다고."

나는 얼어붙는다.

"그만." 아빠가 손을 들어 손바닥이 엄마를 향하게 한다.

엄마가 수어로 말한다. "그만 못 해. …… 당신은 나만큼 조지를 사랑하지 않았어. …… 않았다고."

"아니야. 애도하는 방식이 당신과 다를 뿐이야." 아빠가 수어로 말한다.

"당신이 애도에 대해 뭘 알아?" 엄마가 잔인하게 쏘아붙인다.

아빠가 엄마를 안으려고 하지만 엄마는 아빠를 밀어낸다.

"당신은 혼자가 아니야. 이성적으로 생각해. 나도 있고 메리도 있잖아." 아빠가 수어로 말한다.

나는 이 대화가 어떻게 이어질지 너무 무서워서 숨까지 참는다.

"메리는 자기 오빠를 질투했어. …… 내가 조지를 끔찍이 아끼는 걸 질투했다고."

"아니야." 아빠가 고개를 젓는다.

내 마음이 산산조각으로 부서진다.

아빠가 단호하게 말한다. "그만. 그만해. 당신만 슬픈 거 아니야."

엄마가 바닥에 주저앉는다.

말없이.

흐느낀다.

아빠가 엄마를 안으려고 허리를 숙인다. 엄마는 아빠를 밀어낸다. 하지만 아빠는 엄마 곁을 떠나지 않는다. 마침내 엄마가 아빠를 더는 밀어내지 않자, 아빠는 엄마를 아기 안듯 품에 안는다.

나는 내 방으로 올라가야 한다. 그런데 그럴 수가 없다.

나는 엄마 아빠에게 천천히 다가간다. 걸음을 세 보니 열 걸음이지만 천 걸음처럼 느껴진다.

아빠가 엄마를 일으켜 의자에 앉히다가 나를 발견한다. 엄마의 얼굴은 우느라 퉁퉁 부었다.

나는 수어로 말하기 시작한다. "내가 오빠처럼 특별하지 않다는 거 알아. 엄마가 오빠를 더 사랑했다는 것도 알아. …… 하지만 질투한 적은 없어. …… 자랑스러웠어……." 말이 더듬더듬 나온다. "오빠의 죽음…… 추억…… 도망칠 수가 없어. …… 오빠가 그날 큰길에 있었던 건 나 때문이었어. …… 그냥 바보 같은 장난이었는데……. 미안해, 미안해, 미안해……."

엄마는 9개월 만에 처음으로 나를 보는 것처럼 나를 바라본다. 나는 엄마의 표정을 읽을 수 없다. 여러 감정이 뒤섞인 듯하다. 분노와 혼란스러움, 거기에 제발 사랑도 섞여 있기를 빈다. 나는 용서를 빌려고 손을 올리지만 단어를 만들어 낼 수가 없다. 엄마가 내 심장을 느끼고 내 안의 아픔을 볼 수 있으면 좋겠다.

쏟아지는 눈물 너머 아빠가 보인다. 아빠는 엄마를 바라보고 있다. 여전히 엄마 곁에서. 기다리고 있다.

"생각할 시간이 필요해." 엄마는 수어로 그렇게만 말한다.

아빠가 엄마의 어깨를 쓰다듬더니 나를 안아 올려 위층까지 올라간다. 아빠는 내가 옷과 신발을 벗는 것을 도와준다. 그리고 날 침대에 눕히고 이불을 덮어 준다.

"아빤 나름대로 눈치챘단다. 그날 헛간에서 너희 둘이 같이 뛰쳐나가는 걸 봤거든. 넌 너무 오랫동안 스스로를 벌세웠어. 사고는 언제든 일어날 수 있는 거야. 모든 사고를 우리가 이해할 순 없단다."

나는 고개를 숙인다. 아빠가 내 턱을 손으로 감싼다.

"엄마도 곧 정신 차릴 거야. 우리 각자 자신을 원망하며 지냈구나. 그걸 네가 이해하기 힘들다는 것도 아빤 안다."

나는 힘겹게 고개를 젓는다.

"자거라." 아빠가 손을 베개처럼 머리 옆에 붙이는 수어로 말한다.

내가 묻고 싶은 게 있다는 것을 아빠가 눈치챈다.

"엄마는 아빠가 보살필게. 리 목사님과 앤드루 노블 문제도 상의할 거야. 걱정하지 마. 다 괜찮아질 거야."

나는 우리 가족이 괜찮아지는 모습을 상상할 수 없지만, 아빠의 말을 믿고 싶다.

어두운 그림자와 꿈이 있는 밤이 두렵다.

밝은 데서 엄마를 마주해야 할 아침이 두렵다.

19장

나는 내 방에서 서성거린다. 발바닥으로 전해지는 마룻바닥의 냉기를 느끼다가 라일라 할머니가 물려주신 거울 앞에 멈춰 서서 내 얼굴을 뚫어지게 바라본다. 내 머리카락이 더는 햇빛을 닮은 색이 아니고, 갈색 눈동자도 지금은 회색으로 보인다. 모든 빛이 바랜 듯하다.

나는 음성으로 말해 보려고 한다. 입이 인상을 쓸 때처럼 일그러지고 혀가 퍼덕거린다. 단어를 똑바로 발음하려고 기를 쓰다 보니 턱이 아프다. 눈을 꾹 감자 뜨거운 눈물이 흘러나온다. 꿈속에서 나는 수어로 말하는 법을 잊었다. 비명도 못 지르고 수어로 도와 달라고 하지도 못한다.

나는 천장을 보고 누운 채로 화들짝 잠에서 깬다. 이불 속에 있던 손을 뺀다. 이불 모서리를 끌어다가 눈과 뺨을 적신 눈물을 닦는다. 손을 허공에 올려 수어 능력이 돌아왔는지 확인한다.

나는 내 이름과 '집', '먹다', '고양이', '바람' 같은 단어 몇 개를 수어로 해 본다.

방 안은 거의 칠흑같이 어둡다. 창문으로 들어오는 희미한 빛으로 헤아려 보니 동이 트려면 아직 한 30분은 남은 듯하다. 나는 엄마를 마주할 준비가 안 됐다. 엄마는 내가 알아듣지 못하는 구어로 내게 소리를 지를까? 아니면 내게 등을 돌리고 내 수어를 외면할까?

나는 어제 쓰고 남은 물로 얼른 세수한 뒤 옷을 입는다. 속옷 위에 스테이스를 하고, 그 위에 드레스를 입는다. 스타킹과 신발도 신는다. 그리고 최대한 조용히 아래층으로 내려간다. 부엌 난로에서 나오는 빛이 간밤의 어둠을 품고 있다. 아무도 일어나서 난롯불에 장작을 더하지 않은 것이다.

마당으로 나오자마자 서쪽에 있는 게이헤드 등대의 환한 불빛이 깜박이는 게 눈에 들어온다. 나는 등대 조명실에서 등불을 켜는 등대지기의 모습을 그려 본다. 등대지기와 내가 외로운 쌍둥이처럼 연결되어 있다고 상상해 본다.

헛간 문도 아직 닫힌 채다. 돌담 아래 옹송그리며 모여 있을 양 떼도 보이지 않는다. 그런데 마당을 가로지르며 달리는 베이어드가 눈에 들어온다. 우리에서 어떻게 나온 거지? 왜 뱅글 뱅글 도는 거지? 토머스와 에이먼이 알아서 챙겨 주겠지? 내 힘으로는 베이어드를 감당할 수 없음을 알기에 나는 계속 큰길을 따라 걷는다. 걸으면서 어젯밤의 기억을 머리에서 몰아내려고 새로운 이야기를 지어낸다.

정원에 사는 요정이 있었다. 요정은 아주 작아서 장미 꽃송이에서 자고 꽃잎에 맺힌 이슬을 마시며 살았다. 하루는 파리 한 마리가 장미밭으로 날아들더니 빨간 꽃송이에서 같이 살자고 했다. 이기심이 별로 없는 요정은 파리의 청을 받아들여 보금자리를 같이 쓰게 되었다.

이내 장미의 꽃잎이 하나둘 떨어지기 시작했다. 파리는 개의치 않았다. 다른 파리들과 함께 장미 꽃송이를 쏜살같이 들락날락하기 바빴다. 그런데 요정은 병들어 가고 있었다. 새로운 보금자리를 찾아야 했다. 겨울이 곧 닥칠 무렵이라 덩굴에 붙어 있던 다른 꽃송이도 얼어 버리거나 시들어 가는 중이었다. 요정은 어쩔 줄 몰랐다.

내 앞에 걸어가는 앤드루를 보는 순간, 나는 깜짝 놀라 몽상에서 빠져나온다. 앤드루의 손에는 검은 책가방과 융단 여행가방이 들렸다. 그는 일정한 보폭으로 걷고 있다. 어깨는 힘이 잔뜩 들어가 굳은 것처럼 보인다. 앤드루는 이렇게 이른 시간에 왜 밖에 있는 걸까?

떠나는 건가? 잘됐네!

멀어지는 앤드루를 지켜보던 중, 나는 내 추억의 지도가 끼어 있는 오빠의 책이 생각난다! 설마 책까지 다 싸서 도망가는 건가?

앤드루가 큰길에서 빠져나간다. 스쿠너를 묶어 둔 곳으로 가는 것 같다. 나는 앤드루를 따라잡으려고 걸음을 재촉한다.

나는 길가의 돌에 걸려 넘어진다. 앤드루가 돌아본다. 그는 내게 소리를 지르며 손을 훠이훠이 저어 나를 쫓아내려 한다.

나는 앤드루에게 더 가까이 다가간다. 그리고 책은 어디 있냐고 물으려고 수어를 시작한다. 나는 '책'을 뜻하는 수어를 계속한다. 앤드루가 제발 알아듣기를 빌면서 손바닥을 맞댔다가 책을 펴듯 펼치기를 반복한다.

너무나 뻔한 수어다. 조금이라도 관심이 있는 사람이라면 얼마든지 뜻을 알아볼 만하다. 그런데 앤드루는 가방을 내려놓더니 손을 퍼덕이면서 내 언어를 조롱한다.

"다시는 돌아오지 마! 당신한테서 나오는 건 전부 흉악한 것뿐이야!" 수어를 못 알아들어도 내가 지금 하는 게 상냥한 작별 인사는 아니라는 것쯤은 눈치챘을 것이다.

앤드루가 아주 빠르게 뭐라고 말한다. 차가운 분노가 가득한 표정으로 즐거움이라곤 조금도 느껴지지 않는 웃음을 터뜨린다. 자신의 막말을 못 알아듣는 나를 비웃는 걸까?

동이 트고 있다. 내가 없어진 것을 엄마 아빠가 발견하기 전에 집으로 돌아가야 한다. 하지만 내 지도를 찾기 전에는 돌아갈 수 없다.

나는 땅에 놓인 검은 책가방으로 다가간다. 가방을 열려고 걸쇠를 푼다. 맨 위에 놓인 표본 담긴 유리병과 메모지를 꺼낸다. 메모지 몇 장이 바람에 날아간다. 앤드루가 화를 내며 메모지를 쫓아 뛰어가는 동안, 나는 책을 찾으려고 가방을 더 깊숙이 뒤진다.

내가 책을 찾기 전에 앤드루가 돌아와 내 손을 쳐 내더니 가방을 뺏는다. 그는 여전히 내게 말을 쏟아 내고 있다.

내가 큰길로 다시 올라가려고 빨리 걷는데 앤드루가 쫓아오는 게 느껴진다. 대체 어쩌려는 거지?

내가 돌아본다. 내가 멈추면 그도 멈춘다. 내 걸음이 빨라지면 그의 걸음도 빨라진다. 내게 겁을 주려는 건가? 아니면 날 해칠 생각인가?

다행히 에즈라 아저씨네가 가까이 있다. 창문을 넘더라도 집 안으로 들어가야겠다. 아저씨가 아직 안 일어났다면 깨울 것이다. 아저씨에게는 머스킷 총과 화승총이 있다. 아저씨는 한 치의 망설임 없이 나를 보호할 것이다.

나는 뛰기 시작한다. 놀랍게도 앤드루도 뛰어서 나를 쫓아온다.

젖은 모래 때문에 속도를 낼 수가 없다. 신발이 모래에 빨려 들어가는 통에 걸음을 떼기조차 힘들다. 마치 물속에서 달리기 하는 기분이다.

저 앞에 에즈라 아저씨네가 보인다. 굴뚝에서 연기가 피어오른다. 아저씨는 벌써 일어난 거다! 고리버들 의자에 앉아 있나? 나는 제발 아저씨 눈에 띄길 빌며 미친 듯이 팔을 머리 위로 올려 흔든다. 심장이 목구멍으로 튀어나올 듯이 방망이질한다.

앤드루는 긴 다리 덕에 빠르게 따라오고 있다.

해가 뜨고 있다. 해에 잠깐 한눈을 판 사이 나는 무언가에 걸려서 땅에 엎어지고 만다. 턱이 땅에 부딪히면서 입술을 깨물어 입은 피범벅이 되고 골이 울린다.

나는 모래 위에서 허우적거리며 몸을 일으키려고 안간힘을 쓴다. 모래가 손톱 밑에 끼고 땅을 딛으려는 발밑으로 미끄덩거린다.

앤드루가 나를 따라잡는다. 그가 내 머리채를 잡더니 자기 배가 있는 곳으로 끌고 간다. 나는 반쯤 누운 꼴로 모래 위를 질질 끌려간다. 머리가 불이 붙은 것처럼 화끈거린다. 나는 앤드루가 나를 계속 붙잡고 있기 힘들어지라고 있는 힘껏 발버둥을 친다.

앤드루는 숨이 차서 헉헉댄다. 그가 숨을 고르려고 잠깐 멈춰 선다. 나는 내 머리채를 잡은 그의 손을 모래 낀 손톱으로 할퀸다. 그가 내 머리채를 놓는다. 내 머리카락 한 움큼이 그의 손가락 사이에 엉켜 있다. 그는 또 말을 뱉어 낸다.

나는 일어나서 다리에 남은 마지막 힘을 쥐어짜 뛰기 시작한다. 에즈라 아저씨네 집 옆에 엉성하게 쌓아 놓은 가재 덫과 난로에서 피어오르는 장작 연기가 보일 정도로 가까워졌다. 거의 다 왔을 때 앤드루가 뒤에서 덮치는 바람에 나는 콱 엎어진다. 나는 소리를 지른다. 앤드루가 내 입을 손으로 틀어막는다. 나는 그의 손을 깨물려고 하지만 그는 용케 피한다. 나는 욱신거리는 다리로 있는 힘껏 그를 걷어차지만 소용이 없다.

앤드루가 나를 붙잡고 억지로 일으킨다. 어찌나 꽉 붙잡았는지 도저히 그 손아귀에서 벗어날 수가 없다. 그가 끊임없이 나를 잡아당기는 통에 나는 몸이 찢어질 것만 같다. 나는 그의 손아귀에서 벗어나려고 마구 몸부림친다.

앤드루는 가방이 있는 곳에 다다르자 멈춰 선다. 나는 너무 아파서 더는 저항할 힘도 없다.

앤드루가 한 손으로 윗옷 주머니에 꽂힌 손수건과 가방에 든 병 하나를 꺼낸다. 이로 병마개를 뽑고는 병에 든 액체를 손수건에 붓는다. 그리고 손수건을 내 코와 입에 댄다. 무슨 액체지? 나는 최대한 오래 숨을 참는다. 그 액체가 무엇이든 들이마시면 안 된다. 하지만 뛰고 쫓기느라 숨이 찬 나는 산소가 간절하다.

머리 위로 갈매기가 뱅그르르 나는 게 보인다. 모든 색깔이 희미해진다. 모든 형체가 흐릿해진다. 폭풍우를 맞고 피부 속까지 젖어 버린 기분이다. 더 저항하기에는 몸이 너무 무겁게 느껴진다.

2부

20장

나는 손발이 묶인 채로 의식이 돌아온다. 주변 환경이 서서히 또렷해진다. 돛이 보인다. 앤드루 노블이 내 옆에 서 있다. 스쿠너를 조종하는 모습이 침착해 보인다.

앤드루가 기절한 나를 갑판에 쌓인 삭구 더미 위에 던져 놨던 모양이다. 나는 숨을 헉 들이켜며 일어나 앉으려고 기를 쓴다.

이렇게 절망스러운 기분은 처음이다. 게다가 나는 질문조차 할 수 없다. 앤드루가 내 손을 묶는 순간 내 목소리도 앗아간 것이다.

나는 추위에 몸이 얼어붙었다. 얼굴은 바닷바람과 물보라를 하도 맞아 피부가 갈라진 것만 같다. 입은 낡은 헝겊 조각처럼 말라 버린 상태다. 나는 입을 벌려 끙끙거리는 소리와 신음을 크게 낸다. 몸이 너무 아파 침대에서 일어나지도 못할 때 종종

내는 소리다. 나 좀 들여다봐 달라고 엄마에게 보내는 신호다. 앤드루는 나를 무시한다.

나는 계속 끙끙거리면서 턱으로 앤드루의 발치에 있는 물병을 가리킨다. 앤드루는 디파이언스호의 타륜을 놓고 물병의 뚜껑을 열어 내 입에 대 준다. 그는 내가 물을 들이켜는 동안에도 인상을 쓰며 뭐라고 말하다가 물병을 내 입에서 확 떼어 버린다.

앤드루가 나를 질질 끌고 간다. 맨발에 무언가 뾰족한 게 박힌다. 그가 나를 갑판 아래에 있는 비좁은 선실로 밀어 넣는다. 선실은 거의 텅 비었다. 그는 묶인 내 손발을 풀어 주더니 밖에서 선실 문을 잠근다. 나는 문손잡이를 힘껏 흔들고 당기지만 문은 열리지 않는다.

나는 주먹에서 피가 날 때까지 문을 두드리고 또 두드린다. 씩씩거리며 문에 머리를 기댄다. 입에서 공기를 밀어내며 낑낑 소리를 내려고 한다. 잘 되지 않는다. 손가락을 성대 쪽에 대고 떨리는지 확인하며 다시 시도한다. 앤드루가 들을 만큼 큰 소리를 내야 한다. 배에서부터 힘을 끌어 올려 가슴을 지나 입 밖으로 짐승의 울음소리가 터져 나오게 한다.

앤드루가 급하게 선실 문을 연다. 내가 아까와 똑같은 상태로 있는 것을 보자 경멸스럽다는 표정을 짓는다. 그는 물이 가득한 양동이를 들고 있다. 나는 '종이'와 '쓰다'를 뜻하는 단어를 수어로 말한다. 앤드루는 나를 비웃듯 턱을 치켜들더니 양동이에 든 물의 반을 바닥에 붓는다. 그는 사방으로 퍼지는 물을 향해 손을 뻗다가 넘어지는 나를 보며 웃는다.

나는 피범벅이 된 손과 바닷가에서 앤드루와 몸싸움을 하다가 다쳐서 부은 입술을 씻는다. 손목에 난 밧줄 자국을 문지른다. 이야기와 수다로 가득하던 내 손은 퉁퉁 부은 채 말이 없다.

나는 앉아서 눈을 감는다. 다른 곳에 있는 나를 상상한다. 앤드루에게 붙잡힌 이곳만 아니면 어디든 좋다. 칠마크의 큰길을 따라 세워진 돌담을 마음속에 떠올린다. 내게 너무 익숙하고 든든한 길이다. 그러자 떨리던 몸이 조금은 진정된다.

앤드루의 의도가 뭘까?

나를 죽이고 싶었다면 바닷가에서 얼마든지 죽일 수 있었다. 내가 기절했을 때 파도 속으로 던져 익사시킬 수도 있었다. 왜 그러지 않았지?

문득 목사관에 몰래 들어갔을 때 읽었던 편지가 생각난다.

표본도 채집해서 오고, 가능하다면 살아 있는 표본도 확보하면 좋겠네.

나는 앤드루가 비니어드에서 가지고 나온 것을 머릿속에 그려 본다. 우물물을 담고 밀랍으로 막은 유리병이 여러 개 있을 테고, 칠마크의 흙, 진흙, 나무껍질, 배설물을 채집해서 담은 작은 유리병과 약병도 많을 것이다. 에즈라 브루어 아저씨가 그려 준 계보나 인터뷰에 응해 준 사람들의 이야기를 기록한 문서도 가지고 있겠지? 그리고 나도 데리고 나왔지. 내가 살아 있는 표본이네!

끔찍한 생각과 질문이 머릿속에서 소용돌이친다.

나를 정신병원에 데려가는 건가? 병원에서 나한테 무슨 짓을 할까? 앤드루가 나를 상대로 실험하는 건가?

나는 고향으로 다시 돌아갈 수 있을까?

나는 망토를 벗어 얼룩이 묻은 그물 침대 위에 펼친다. 그 위에 누워 흐느껴 운다. 온몸에 경련이 일고 헛구역질이 난다.

나는 집에서 보낸 마지막 밤을 떠올린다. 엄마 아빠가 서로를 위로하다가 부둥켜안은 채 잠드는 모습을 그려 본다. 내가 아침을 먹으러 내려오지 않자 내 방으로 올라갔을 모습도. 내가 방에 없음을 알고는 헛간과 목장 건물들을 뒤졌을까? 목초지를 뛰어다니며 날 찾았을까? 달구지를 몰고 에즈라 아저씨네랑 낸시네로 갔을까? 앤드루의 스쿠너가 바닷가에서 사라진 것을 눈치챘을까?

엄마 아빠가 날 어떻게 찾지?

다른 생각도 슬그머니 끼어든다. 오빠의 죽음에 내가 어떻게 연루되었는지 고백했을 때 엄마의 표정이 생각난다. 엄마는 이제 나를 용서했을까? 아니면 내가 없어져서 다행이라고 생각할까? 아빠는 알고 있었다. 추측이었지만. 아빠는 왜 얘기를 먼저 꺼내 내 마음의 짐을 덜어 주지 않았을까?

나는 온갖 생각에서 도망칠 수가 없다.

선실의 둥근 창으로 들어오는 달빛에 마음을 집중해 본다. 달빛에 온기가 없다. 에즈라 아저씨가 가르쳐 준 뱃노래가 생각난다. 나는 손에 감각이 돌아오는 것을 느끼며 기억나는 대로 가사를 천천히 수어로 읊조린다.

오, 소식 들었니, 조니?
하루만 더 지나면
우린 집으로 향할 거래
하루만 더 지나면
딱 하루만 더 지나면, 조니
하루만 더……

이렇게 몇 날 몇 밤이 지나야 할까? 나는 다시 집으로 향할 수 있을까?

21장

내 셈이 맞는다면 열흘이 지나간다. 선실 구석에서 바구미가 들끓는 곡식 자루를 찾아내 옥수수를 하루에 한 알씩 꺼내면서 날짜를 세고 있다.

앤드루가 자기 죽을 나눠 준다. 나는 잠을 자려고 노력한다. 배를 움켜잡고 잠드는 날이 많다. 뱃멀미 때문인지 식중독 때문인지 모르겠다. 살이 빠진 것 같다. 요강이 차면 선실 창밖으로 버리지만, 바람에 밀려 안쪽으로 쏟아지는 때도 있다. 선실 안은 내버려 둔 마구간처럼 악취가 진동한다. 나는 어린 숙녀의 품위는커녕 온전한 정신을 유지하기도 힘들다.

앤드루가 물병에 담긴 뿌연 마실 물과는 별도로 목욕물로 쓸 차가운 바닷물을 퍼다 준다. 바닷물이 멍들거나 긁힌 부위에 닿으면 쓰라리다. 하지만 그보다 더 쓰라린 것은 앤드루가 나를 하나님의 형상에 따라 창조된 존재로 보지 않는다는 것이다. 그에게 나는 사람이 아니라 표본이다. 섬에 있을 때도 그는 섬사람이 쓰는 수어에 전혀 관심이 없었다. 그저 우리의 '병약함'에만 몰두했었다. 나와 필담이라도 나누면 내 고독이 덜해지련만, 그는 그렇게 자신을 낮출 사람이 아니다.

나는 스스로를 위안하려고 새 이야기를 지어낸다. 짙은 안개 속에서 헤매며 강아지를 찾아다니는 소녀의 이야기다. 소녀는 휘파람을 길게 불어 강아지에게 신호를 보내지만, 강아지는 크게 다쳐 짖기만 하고 소녀에게 달려가지 못한다. 소녀는 과연 강아지를 찾을 수 있을까?

나는 너무 슬퍼져서 이야기를 마무리하지도 못한다.

하나님, 제발 제가 리 목사님이 베푼 연민과 해먼드 선생님이 해 준 칭찬을 잊지 않게 해 주시옵소서.

열하루째 되는 날, 앤드루가 선실 문을 연다. 그는 험악한 표정으로 내게 쪽지를 건넨다. 쪽지에는 단정한 글씨체로 무언가 적혀 있다.

규칙

1. 너는 자발적으로 집을 떠나 나와 동행하기로 한 거다.

내가 사람들에게 그렇게 설명하면 넌 토를 달지 말 것.

2. 네 병약함에 대한 내 연구에 자발적 실험 대상으로 협조할 것.

나는 앤드루를 올려다보며 고개를 젓는다. 그는 어금니를 꽉 물더니 기다란 검지로 쪽지를 가리킨다. 계속 읽으라는 뜻이다.

3. 항상 예의 바르고 얌전하게 행동할 것.

4. 도망가지 않을 것.

5. 내가 없는 데서 다른 누구와도 소통하지 않을 것.

위 규칙을 어기면 두 번 다시 네 부모를 못 만날 줄 알아.

나는 가슴이 철렁 내려앉는다. 그리고 앤드루가 내건 조건에 동의한다는 뜻으로 고개를 끄덕인다. 하지만 등 뒤에 숨긴 손의 손가락을 꼰다.

앤드루는 깨끗한 물이 담긴 물병을 건네면서 얼굴과 손을 씻으라고 손짓한다. 말라붙은 핏자국을 닦아야 하지만, 푸르뎅뎅하게 멍든 피부 위에 차마 찬물을 부을 수가 없다. 앤드루가 나를 지켜보고 있다. 나는 망토에 붙은 먼지를 털어 내고, 엉킨 머리카락을 손가락으로 최대한 빗어 낸 뒤 모자를 고쳐 쓴다.

앤드루가 무섭게 나를 노려보며 위를 가리킨다. 갑판으로 올라가라는 뜻이다. 배를 타고 오는 내내 어두운 선실에 갇혀 있던 나는 눈을 가늘게 뜨고 아침 해를 바라본다. 살을 에는 바람이 여전히 엉켜 있던 내 머리카락을 마저 빗어 준다. 무릎이 덜덜 떨리다 못해 서로 부딪힐 만큼 춥다. 엄마가 만들어 준 깨끗하고 따뜻한 이불이 너무 그립다. 그래도 돼지우리 같던 선실보다는 바다 냄새가 훨씬 낫다.

나는 조지 오빠의 책에서 본 보스턴항을 알아본다. 독립 전쟁이 시작된 곳을 내 눈으로 볼 날을 꿈꿨지만, 이렇게 보게 될 줄은 상상도 못 했다.

보스턴항의 내항은 에드거타운항보다 훨씬 크고 북적인다. 사방으로 부두가 펼쳐져 있다. 잎이 진 나무를 닮은 돛대들이 숲을 이룬다.

우리가 정박한 곳 양옆으로 거대한 무역선들이 진을 치고 있다. 나는 인부들이 나무통과 자루를 운반대에 싣고 부두 위로 올리려고 도르래와 밧줄을 잡아당기는 모습을 지켜본다. 머나먼 중국에서 물건을 팔러 오는 상인도 있다고 우리에게 알려 준 해먼드 선생님의 이야기가 기억난다.

작은 원숭이 한 마리가 배에 달린 밧줄을 타고 올라가는 게 보인다. 한쪽 다리에 사슬이 묶여 있다. 앤드루는 닻을 내리자마자 스쿠너에 묶인 밧줄의 반대쪽 끝을 내 오른쪽 발목에 묶는다.

높디높은 선박에서 내리는 선원들은 에즈라 브루어 아저씨와는 다르게 생겼다. 대부분 줄무늬 셔츠와 목에 수건을 두른 차림에 다부진 근육을 자랑하는 젊은 사람들이다. 선원들은 금세 돛을 내리고 짐을 내리더니 시끌벅적 무리 지어 도시 속으로 사라진다.

나도 앤드루한테서 도망쳐 저 선원들 틈에 끼어 도시 속으로 사라질 수 있을까? 하지만 그다음엔 어떡하지?

내 주변의 사람들이 죄다 입술은 쉴 새 없이 움직이면서 손은 전혀 수어를 하지 않는 이 광경이 참으로 낯설고 희한하다.

나는 넘쳐나는 구경거리에 이내 짓눌려 머리가 지끈거린다.

앤드루가 스쿠너를 부두에 고정해 놓고는 내 발목에 묶었던 밧줄을 풀어 준다. 그러더니 마치 중세의 기사라도 된 양 내 손을 잡고 배에서 내려 부두로 올라갈 때까지 부축해 준다.

보스턴 사람들이 분주하게 거리를 활보한다. 반바지에 삼각모자, 황동 버클이 달린 신발을 신은 사내들이 종종걸음으로 바쁘게 오간다. 심지어 가발을 쓴 사람도 있다.

엄마가 보스턴 부인들 사이에 있었다면 평범해 보였을 것이다.

나는 부인들의 화려한 외투를 감탄하며 바라본다. 우리가 입는 옷과 달리 이 사람들의 옷은 양털이나 무명, 동물 가죽으로만 만든 게 아니다. 비단으로 만든 외투와 심지어 신발도 있고, 모자도 레이스나 리본, 깃털로 장식되었다. 이 정도의 화려함은 상상해 보지도 못했다.

해방된 노예도 더러 보이지만, 내가 알아볼 만한 왐파노아그족일 것 같은 사람은 보이지 않는다. 토머스처럼 둘 다일지도 모른다. 에즈라 아저씨가 해 준 이야기에 따르면 도시에는 노예 사냥꾼이 넘쳐나는데, 그들은 자유의 몸이 된 흑인도 납치해서 팔아넘긴다고 한다. 생각만 해도 구역질이 난다.

앤드루는 내가 자기의 융단 짐 가방을 드는 것을 당연하게 생각하는 모양이다. 그는 검정 책가방을 한 손에 꼭 안고 있다. 다른 손으로는 내 팔을 꽉 붙잡은 채 인파를 헤치며 걷는다. 나는 아파서 눈물이 핑 돌지만 소리를 내지 않는다.

높고 납작한 벽돌 건물이 거리 양옆에 촘촘히 줄지어 있다. 건물에는 박공지붕이나 다른 장식은 없고, 째려보는 눈이 여러 개 달린 넓적한 얼굴처럼 평평한 벽면에 창문이 여러 개 나 있다. 발밑의 자갈은 닳아서 반들반들하지만, 그래도 도시가 낯선 나는 자꾸 자갈에 걸려 발을 헛디딘다.

우리는 노스 교회를 지나간다. 나는 하얀 첨탑을 보고 교회를 알아본다. 바늘처럼 생긴 첨탑이 하늘을 찌를 듯이 높이 솟았다. 나는 혁명 당시 그 첨탑에 등불을 걸어 애국지사들에게 영국군의 침공을 알리라고 동료들에게 지시하던 폴 리비어•를 떠올린다. 해먼드 선생님이 수업 시간에 리비어의 연설을 재연했던 게 기억난다. "나는 말을 타고 렉싱턴까지 달려가면서 거의 모든 집에 경보를 울렸소."

거리가 점점 좁아지고 더러워진다. 모퉁이마다 걸인들이 해진 이불을 두르고 쪼그려 앉아 있다. 앤드루가 말했던 거리에서 구걸하는 농인들이 떠오른다. 지금 보이는 걸인 중에도 농인이 있을까? 만약 농인이라면 내 수어를 이해할까? 어쩌면 도시에 사는 농인은 언어가 없는지도 모른다.

앤드루는 그 걸인들이 혐오스러운가 보다. 에즈라 아저씨는 독립 전쟁에 참전했다가 팔다리를 잃거나 흉측한 상처가 생긴 참전 용사들은 영웅으로 대접받았다고 했다. 그런데 이곳에서는 신체적으로 남들과 다르다고 결코 존경받을 것 같진 않다.

우리가 모퉁이를 돌 때 한 무리의 선원이 술집에서 쏟아져 나온다. 그중 덩치 큰 대머리 선원 하나가 동전을 허공에 던졌다가 받는다. 나머지는 웃으며 고개를 끄덕인다.

또 다른 거리에는 집마다 문 앞에 여인이 서 있다. 아까 부두

• Paul Revere. 미국 독립 혁명 당시 활약했던 보스턴 출생의 독립운동가.

에서 지나친 부인들처럼 우아하지는 않다. 옷차림이 야하고 화장도 지나치게 짙다. 여인들은 우리를 보더니 소리 내서 웃는다.

설마 나를 앤드루 노블의 어린 신부라고 생각하는 건가? 그 여인들에게 도움을 청하고 싶다. 수어를 하려고 손을 올렸다가 앤드루가 보기 전에 얼른 다시 내린다.

우리는 좁은 뒷골목에 있는 허름한 빨간 벽돌집 앞에 멈춘다. 악취가 코를 찌른다. 도시에서는 요강을 그냥 길바닥에 비우는 건가? 나는 구역질을 참는다.

현관 위에 나무로 된 간판이 매달려 있다. '하이타이드 여관'이라고 쓰여 있다. 앤드루가 묵직한 황동 문고리로 문을 두드린다. 키가 작고 체격이 다부진 아주머니가 문을 연다. 둥근 얼굴, 눈곱 낀 파란 눈, 레몬색 머리카락의 아주머니는 못생겼다기보다는 거칠어 보인다. 아주머니는 앞치마에 손을 닦더니 앤드루를 껴안는다. 앤드루는 아주머니의 손길이 닿자 움찔하지만, 아주머니는 눈치채지 못하는 것 같다.

둘은 나를 힐끔힐끔 보면서 대화를 몇 마디 나눈다. 무슨 이야기를 하는지 몰라서 궁금하고 답답하다.

나는 무릎을 굽히며 수어로 인사한다. "안녕하세요."

아주머니는 나를 위아래로 훑어보더니 고개를 절레절레 흔든다. 우리를 응접실로 안내하고는 앤드루의 외투를 받아 들고 서둘러 응접실을 빠져나간다. 가구는 허름하고 커튼은 검댕이 묻어 거무스름하지만, 응접실은 잘 정돈되어 있다.

응접실 한쪽에 위층으로 올라가는 계단이 있다. 나는 위층에 방이 몇 개 있는지 궁금해진다. 젊은 신사의 모습이 얼핏 보인다. 왜소한 체격에 숱이 적은 금발의 그는 그나마 점잖아 보인다. 콧잔등에서 자꾸 미끄러져 내리는 안경을 쓰고 있고, 안경테 위로 보이는 눈매는 길고 가늘다. 나는 그를 실눈 아저씨라고 부르기로 한다. 실눈 아저씨는 책을 한 아름 안고 응접실을 나서다가 나와 부딪칠 뻔한다. 그는 학생인 것 같다.

쟁반을 들고 다시 나타난 아주머니는 차와 고기 스튜를 앤드루 앞에 놓는다. 그리고 내게 주방으로 따라오라고 손짓한다. 나는 아주머니를 따라간다.

주방은 우리 집 부엌보다 비좁고 지저분하다. 벽난로 주변은 새카맣게 그을렸고, 공기가 어찌나 후끈후끈한지 바깥의 추위에도 불구하고 나는 불쾌하게 땀이 나기 시작한다. 아무런 매력이 없는 공간이다. 유리 몽돌 한 조각, 말린 꽃 한 다발도 보이지 않는다. 의자에는 빨래가 널렸고, 식탁에는 솥과 냄비, 온갖 잡동사니가 쌓였다. 주방 구석구석 상한 기름 냄새가 진동한다.

아주머니가 스튜를 한 번 젓고 나서 내게 다가온다. 나를 위아래로 훑어보더니 내 양털 망토를 벗겨서 자세히 살펴본다. 그다음에는 내 손을 자기 손에 올려놓고 뒤집어 가며 살펴본다. 내 귀 뒤를 확인하고 체취를 킁킁 맡는다. 오랜 여행으로 내 몸에서는 쉰내가 난다.

나는 마치 투명 인간이 된 기분이다.

나는 난롯불을 뚫어지게 바라보다가 바닥에서 진동이 느껴지고 나서야 올려다본다.

아주머니가 발을 구르고 있다. 아주머니는 내 얼굴에 바짝 대고 손뼉을 치더니 내 팔을 붙잡고 물이 담긴 통이 있는 데로 끌고 간다.

"본토에서는 농인이 인간 이하의 취급을 받는다는 걸 메리가 알아서 좋을 건 없잖아." 아빠가 엄마에게 수어로 한 말이다.

칠마크 밖의 세상은 다 이런 걸까? 그래서 아빠는 섬 밖으로 나가는 걸 싫어하는 걸까? 그래서 에즈라 브루어 아저씨는 사람들과 그들의 도덕을 비웃는 걸까? 난 11년 동안 구름 위에서 살았던 걸까? 나는 내게 말하는 주인아주머니를 바라본다. 마치 거울을 들여다보면서 좌우가 뒤바뀐 거울 속 세상이 진짜라고 착각하는 기분이다. 나는 아주머니가 내게 무엇을 원하는지 알 수가 없다.

철썩! 내 목이 갑자기 비틀어지면서 고개가 왼쪽으로 획 돌아간다.

주인아주머니가 손바닥으로 내 오른쪽 귀를 냅다 후려친 것이다. 아이의 귀를 주먹으로 치는 어른이 있다는 말은 들어 봤다. 직접 당해 보니 귀가 얼얼하다. 머릿속이 울리는 것 같기도 하다. 태어나서 소리가 들리는 것과 제일 비슷한 경험을 지금 하는 것 같다.

나는 손으로 무릎을 짚고 심호흡한다. 잠깐 휘청이다가 다시 허리를 편다.

하모니 할머니는 노년에 가는귀먹으면서 사람들이 하는 말을 입술 모양과 움직임을 보고 알아들으셨다. 나도 어렸을 때 똑같이 해 보려고 했지만 내게는 불가능한 도전이었다. 지금 다시 도전해야겠다는 생각이 든다. 아주머니의 말을 단 몇 마디라도 알아듣는다면 지금보다는 매를 덜 맞지 않을까?

아주머니가 마침내 말이 아닌 손짓으로 지시를 내린다. 설거지하는 시늉을 하다가 나를 가리킨 다음 접시가 쌓인 쪽을 가리킨다. 접시에 음식 찌꺼기가 말라붙은 꼴을 보아하니 며칠째 내버려 둔 게 분명하다. 나는 뿌옇고 미지근한 물이 담긴 통에 접시를 담그고 얼룩진 행주로 설거지한다. 기름에 찌든 앞치마로 접시에 남은 물기를 다 닦고 나자, 아주머니는 내게 딱딱한 빵 한 조각을 준다. 나는 냄비 바닥에 남은 고기 기름에 빵을 찍어서 먹는다. 앉으라는 말이 없어서 선 채로 먹는다.

내가 빵을 다 먹자 주인아주머니는 또 내 팔을 잡아끌고 나선계단을 내려가 좁은 복도를 지나 한 방문 앞에 멈춘다. 아주머니는 들고 있던 양초를 내게 건네고는 방으로 들어가라고 손짓한다. 작은 방 안에는 침대와 세면대, 색 바랜 낡은 깔개가 전부다. 그래도 스쿠너의 선실보다는 조금 낫다.

무언가 세게 부딪히는 느낌이 나서 돌아보니 주인아주머니가 없다. 나는 닫힌 방문을 열어 보려 하지만, 문은 밖에서 잠긴 상태다. 아주머니가 나를 가둔 것이다.

나는 눕기 전에 옷을 벗다가 엄마가 내 치마 밑단을 꿰맬 때 넣어 둔 행운의 금화가 생각난다. 금화가 없어졌다. 내가 기절했을 때 앤드루가 가져갔을지도 모른다고 생각하니 소름이 돋는다. 상실감이 살을 찌르는 통증처럼 밀려든다.

가슴이 쓰리다.

오늘 밤은 이야기도 뱃노래도 떠오르지 않는다.

엄마 아빠가 얼마나 걱정하고 있을지 차마 상상도 하기 싫다. 앤드루한테 덤벼들지 말아야 했다. 때로는 내가 제대로 하는 게 아무것도 없다는 생각이 든다.

나는 기도하려고 무릎을 꿇는다. 리 목사님이 가르쳐 주신 축도가 기억난다.

나는 수어로 기도한다. "우리 주님, 세상에는 주님을 놀라게 할 만한 일이 하나도 없습니다. 주님은 우리가 겪는 일상의 괴로움을 아시고 주님의 성령에 힘입어 그 괴로움을 견딜 수 있게 해 주십니다. 오직 주님만이 우리 안에 정결한 마음을 창조하시고 우리에게 힘을 주신다는 진리를 늘 기억하게 하시옵소서. 아멘."

22장

내가 응당 있어야 할 칠마크에서 납치되어 이곳에 와서 지내기까지 어림잡아 3주가 흐른 것 같다. 이곳까지 배를 타고 오는데 거의 2주가 걸렸고, 여관에서 허드렛일하며 보낸 단조로운 일상이 오늘로 여드레째다.

엄마의 크랜베리 머핀이 그립다. 머핀마다 똑같은 양의 과일이 들어가도록 반죽을 숟가락으로 누르던 엄마의 모습이 그립다. 잠에서 깨자마자 오늘은 엄마가 무엇을 굽는지 궁금해서 실내용 모자와 숄 차림으로 부엌으로 내려가던 아침이 그립다. 나는 잠깐 눈을 감고 난롯불의 따스한 빛을 받으며 반죽을 치대다가 올려다보는 엄마의 얼굴을 떠올린다.

내가 다시 집안일 돕는 걸로 불평하면 벼락을 맞겠다.

나는 깨어 있는 시간 대부분을 주방에서 보낸다. 소고기와 양배추 삶는 냄새가 옷과 머리카락에 밴다. 섬에서 매일 신선한 조개와 대구를 먹으며 살 때는 왜 사람들이 해산물에서 비린내가 난다고 불평하는지 이해하지 못했다. 주인아주머니가 만든 생선 파이를 맛보기 전까지는. 아주머니는 생선이 든 파이를 너무 오래 식힌다. 아주머니가 매일 새로 굽는 롤빵이 그나마 비린내를 잡아 준다. 주인아주머니를 속으로 머핀 아주머니라고 부른다. 예쁜 이름을 붙여 줬지만 나는 아주머니가 손만 올려도 움찔한다. 아주머니가 이번에는 또 무엇 때문에 성질을 부릴지 도무지 예측할 수가 없다. 설마 내 귀를 계속 주먹으로 치면 막힌 귀가 뚫릴 줄 아나?

보스턴에 도착한 후로는 이야기를 지어내지 못하고 있다. 이제는 꿈자리가 사나워 잠을 설치지도 않는다. 부엌일이 너무 힘들어 밤마다 곯아떨어지고 아침이 되면 아무것도 기억나지 않는다. 스키프네 집에서 하녀로 일하는 헬렌이나 샐리가 이런 기분일까? 그런데도 어떻게 웃음을 잃지 않을 수 있지?

이곳에 온 후로 드레스나 속옷을 한 번도 빨지 못했다. 내 몸에서 나는 악취는 나조차 견디기 힘들다. 내 방에 거울이 없는 게 차라리 다행이다.

부엌일이 없을 때는 먼지를 닦는다. 난롯불에 덮개가 없어서 집 안이 온통 재 먼지투성이다. 두껍고 부드러운 헝겊으로 먼지를 닦은 다음 헝겊을 턴다. 헝겊이 너무 더러워지면 빨래 바구니에 넣는다. 더러운 옷과 침대보가 쌓이면 빨래를 한다. 일이 끝이 없다.

오늘은 먼지 청소를 마치자 머핀 아주머니가 따뜻하게 데운 럼주를 앤드루에게 가져다주라고 시킨다. 앤드루는 평소와 다름없이 응접실에서 글을 쓰고 있다. 탁자 위에는 칠마크에서 가져온 물이 담긴 밀봉된 유리병이 놓여 있다. 내가 다가가자 앤드루는 잔인함을 숨기지 않고 나를 혐오스럽다는 듯이 위아래로 훑어본다.

앤드루가 내 몸을 직접 관찰할지도 모른다는 두려움은 현실이 되진 않았다. 그에게 살아 있는 표본을 가져오라고 편지를 썼던 사람에게 나를 넘기려는 걸까? 그 사람은 누구일까? 언제 나타나는 걸까?

앤드루가 떨어뜨린 서류를 주우려고 내가 허리를 굽히자, 그는 내 엉덩이를 걷어찬다. 앤드루가 내 옆을 지날 때마다 나를 꼬집고 찌르는 통에 내 팔과 옆구리는 늘 멍투성이다.

주방으로 돌아와 머핀 아주머니와 침대보를 빨던 중, 아주머니는 뜨거운 물을 더 가져오라고 내게 양동이를 건넨다. 나는 아주머니가 '뜨거운'과 '물'이라는 단어를 말하는지 보려고 아주머니의 입 모양을 살핀다. 이제 그 정도의 단어는 거의 알아

볼 수 있다. 그러다가 아주머니가 아무 관련 없는 다른 이야기를 시작하면 나는 또 헤맨다. 아주머니는 쉬지 않고 말한다.

나는 바람 부는 날 에즈라 아저씨가 절벽 꼭대기에 서서 절벽 밑 바닷가에 있는 어부들에게 큰 동작으로 수어로 말하던 모습을 본 적이 있다. 아저씨는 어부들에게 고기를 얼마나 잡았냐고 물었다. 수어로 말하면 너무나 쉽게 서로를 이해할 수 있다.

머핀 아주머니가 외출할 일이 생기거나 내가 실수로 롤빵을 태운 날이면, 아주머니는 나를 몇 시간씩 방에 가둬 놓는다.

나는 이쯤 되면 엄마 아빠와 에즈라 아저씨가 나를 구하러 왔을 거라고 기대했다.

나를 끝까지 못 찾으면 어떡하지? 앤드루의 방에서 섬유지와 깃펜과 잉크를 훔칠 수 있다면 머핀 아주머니에게 글로 도와달라고 할 수 있을 텐데. 그런데 아주머니가 앤드루 편을 들까 봐 걱정되기도 한다. 아주머니는 늘 장부를 가까이 두고 수시로 들여다보는 버릇이 있다. 장부를 보지 않을 때는 응접실 책상 서랍에 넣고 서랍을 잠가 놓는다. 장부 종이를 손에 넣는 것은 불가능에 가깝다. 내가 희망을 걸어 볼 만한 사람은 여관의 다른 손님인 실눈 아저씨밖에 없는 것 같다.

부엌일을 잠깐 쉴 기회가 생기자 나는 모퉁이에 몸을 숨기고 실눈 아저씨를 훔쳐본다. 그는 나와 눈이 마주치자 다정하게 고개를 끄덕인다. 나를 궁금해하는 눈치다. 앤드루는 실눈 아저씨가 내게 관심이 있다는 것을 처음에는 눈치채지 못한다. 그러나 곧 알게 될 게 분명하다. 게다가 머핀 아주머니가 시키는 일이 하도 많아서 나는 아저씨에게 어떻게 말을 걸지 혼자 조용히 고민할 여유가 없다. 내가 괴로워하는 티를 내면 아저씨는 날 도와주려고 할까? 아니면 선의는 있지만 상황을 제대로 파악하지 못하고 앤드루나 머핀 아주머니에게 알릴까?

실눈 아저씨의 본심부터 파악해야겠다.

어느 날 아침 식당에 죽과 롤빵과 차를 차리고 손님 시중을 들면서 나는 일부러 시간을 끈다. 식당은 둥근 식탁에 의자 여섯 개, 이가 나간 그릇과 컵을 쌓아 둔 협탁으로 비좁고 답답하게 느껴진다. 벽에는 항구 그림이 새겨진 때 묻은 목판화가 걸려 있다. 나는 찻주전자 밑에 깔 받침을 찾는 척하면서 시간을 끈다.

작은 소동이 느껴진다. 올려다보자 앤드루가 웃고 있다. 그는 양철 접시 두 개를 들고 있다. 아마 내가 전혀 소리를 듣지 못한다는 것을 보여 주려고 방금 양철 접시를 맞부딪친 모양이다.

나는 얼른 실눈 아저씨를 바라본다. 아저씨는 역겨움이 역력한 얼굴로 앤드루를 바라보고 있다. 그러다가 나와 눈이 마주치자 아저씨는 얼굴이 빨개진다.

아저씨는 내가 귀가 안 들린다는 것도 알고, 내가 조롱당하는 게 속상한 거다. 주님, 감사합니다!

나는 아저씨의 침대를 정리하면서 쪽지를 남겨 보려 하지만, 아저씨의 방에서 종이나 펜을 찾지 못한다. 게다가 일을 빨리 끝내지 않으면 머핀 아주머니한테 또 귀를 얻어맞을 게 뻔하다. 요즘에는 귀가 너무 쓰라려서 밤에 옆으로 누워서 잘 수가 없다.

나는 자기 전에 응접실을 치우다가 탁자 위에 펼쳐진 성경책을 발견한다. 성경책을 집어 들어 펼쳐진 쪽의 구절 중 〈잠언〉 31장 8절과 9절을 읽는다. "너는 말 못 하는 자와 모든 고독한 자의 송사를 위하여 입을 열지니라. 너는 입을 열어 공의로 재판하여 곤고한 자와 궁핍한 자를 신원할지니라."

리 목사님은 귀가 안 들리는 사람을 모두 고독한 자로 보거나 대변해 줄 대상으로 보지 않으실 것이다. 목사님은 말 못 하는 자를 입으로 말할 줄 모르는 자로 보기보다는 귀 기울여 주는 이가 없어 길을 잃고 헤매는 자로 보실 것이다.

나는 이 성경책의 구절이 실눈 아저씨가 내게 보내는 메시지가 아닐까 하는 생각이 든다! 곤고한 자와 궁핍한 자를 신원하는 데 관심이 있는 사람이라면, 어쩌면 나를 도와줄지도 모른다.

23장

오늘은 내가 바닥을 쓸고 요강을 비우는 일을 마치자 머핀 아주머니가 내게 앞치마를 풀고 외투와 모자를 쓰라고 손짓한다. 여관 밖으로 나간다고? 앤드루는 아침에 검정 책가방을 들고 나갔다. 앤드루는 내가 나가는 것을 모를 것이다. 알았다면 분명 허락하지 않았을 테니까.

나중에 알게 되면 어떻게 나올지 궁금하다.

머핀 아주머니는 내 손을 묶지 않는다. 대신 나무껍질을 엮어 만든 하얀 바구니를 들게 한다. 아주머니도 더 큰 바구니를 들고 나선다. 나는 진창으로 뒤덮인 좁은 골목을 아주머니를 따라 걷는다. 발이 얼음장 같다. 내가 부두로 돌아가는 길을 찾을 수 있을지 모르겠다. 선원이나 신사나 숙녀를 붙잡고 대사 없는 연극으로 내 상황을 설명할 수 있을까?

커다란 벽돌 건물 앞에 잠깐 멈춰 섰는데, 창문에 비친 내 모습이 눈에 들어온다. 저게 정말 나라고? 비루한 거지가 따로 없다. 그것도 귀와 입이 막힌. 이 꼴로 누군가의 소매를 붙잡은들, 동전 한 닢 던져 주며 나를 떨쳐 버릴 게 뻔하다.

거리는 사람들로 붐빈다. 공기는 쌀쌀하다. 입김이 연기처럼 피어오른다. 머핀 아주머니는 걸음걸이가 빠르다. 나는 뒤처지지 않으려고 걸음을 재촉한다.

거리마다 말똥뿐만 아니라 썩은 음식과 배설물이 나뒹군다. 참새 한 마리가 눈에 띈다. 지형지물이 전부 벽돌인 이곳에서 새들은 어떻게 물과 먹이를 찾을까? 둥지는 어디에 지을까?

머핀 아주머니가 갑자기 내 가슴을 팔로 막는다. 모퉁이에서 마차가 쏜살같이 튀어나온다. 말의 목에 달린 종을 보니 생각이 난다. 조금 있으면 크리스마스다. 엄마는 오빠와 나를 위해 늘 크리스마스를 특별한 날로 만들어 주었다. 오빠와 아빠가 거실 벽난로 위 선반에 놓았던 소나무 가지의 향기가 내 코를 간질이는 것 같다.

머핀 아주머니가 회상에 잠긴 나를 흔들더니 우리의 목적지를 가리킨다. 퍼네일 회관이다. 나는 예전에 오빠가 보여 줬던 그림 덕에 건물을 알아본다. 동서남북으로 큼직한 창문이 난 기다란 2층짜리 벽돌 건물이다. 언젠가 에즈라 아저씨가 얘기해 준 대로 둥근 지붕 꼭대기에 황금 메뚜기 모양의 풍향계가 달렸는지 찾아본다. 보인다!

회관 안은 생선, 고기, 채소, 천 등을 가판대에 펼쳐 놓고 파는 사람들로 가득하다. 나는 지나가는 사람들에게 물건을 권하는 상인들을 바라본다. 아주머니의 손에 이끌려 걷는 동안 우리를 둘러싼 군중의 웅성거림이 느껴진다. 나는 내 옆을 스치는 사람마다 바라보며 눈을 맞추려 한다. 내가 얼마나 겁에 질려 있는지 눈치채지 못할 만큼 다들 바쁜가? 고향 사람과 마주쳤으면 하는 마음이 간절하다.

여기저기 보이는 선원 중 에즈라 아저씨를 아는 사람이 있지 않을까? 같은 선원과 상인이 비니어드와 보스턴을 수시로 오가는 경우가 많다고 들었다. 혹시 내가 없어졌다는 소문을 듣고 나를 닮은 소녀를 찾는 사람은 없을까? 나는 너무 희망에 부풀지 않으려고 애를 쓴다.

우리는 생선 장수 앞에 멈춘다. 나는 아주 잠깐 현실을 잊고 아주머니에게 수어로 말을 건다. 아주머니는 얼굴이 빨개지면서 얼른 내 손을 내리게 한다. 생선 장수가 반푼이를 보듯 나를 바라본다. 나는 반푼이가 맞나? 다시는 내 언어로 누군가에게 말할 수 없게 되면 어떡하지?

이러다 정말 미쳐 버릴까 봐 두렵다.

24장

우리는 무거워진 장바구니를 들고 붐비는 거리를 지나 여관으로 돌아간다. 누군가가 나를 미행한다는 이상한 기분이 든다. 몇 번이나 걸음을 늦추고 뒤를 돌아본다. 어떤 남자가 내게 등을 돌리는 게 보인다. 조금 더 걷다 보니 이번에는 누군가 재빨리 건물 현관 안으로 몸을 숨긴다. 아까와 같은 남자인 듯하다. 아니면 내가 너무 피곤해서 허깨비가 보이는 건지도 모르겠다.

제러마이아 스키프 아저씨가 보스턴에 산다. 내가 그를 용서할 수 있는 날이 올지는 모르겠지만, 지금 여기서 마주친다면 달려가 그를 부둥켜안을 것 같다. 고향에서는 적이었던 사람이 다른 곳에서는 반가운 친구가 될 수 있다는 게 참 이상하다.

나는 시장에서 사 온 식료품을 저장실에 넣는 아주머니를 돕는다. 앤드루는 주방에도 응접실에도 없다. 방에 있을까? 실눈 아저씨도 자기 방에 있나?

머핀 아주머니가 마당에 있는 닭들에게 모이를 던져 준다. 식탁에 내버려 둔 장부가 눈에 띈다. 아주머니가 내게 등을 돌린 틈을 타 나는 얼른 장부 위에 빨래 바구니를 올려놓는다. 장부에서 몰래 종이 한 쪽을 찢을 수만 있다면, 실눈 아저씨에게 쪽지를 쓸 수 있다! 깃펜도 찾아야겠다.

계획을 더 짜려는데 머핀 아주머니가 거칠게 나를 난로 쪽으로 잡아끌더니 양동이를 건넨다. 그리고 냄비를 가리킨다. 냄비에 남은 조개 수프 양을 늘려 한 끼 더 먹게 양수기에서 물을 퍼 오라는 뜻이다.

장부는 여전히 빨래 바구니에 가려져 있다. 하지만 얼마나 더 숨길 수 있을까? 아주머니가 곧 장을 보는 데 쓴 돈을 적으려고 할 것이다.

마당으로 나오자 닭들이 우르르 몰려든다. 아주머니는 닭 모이도 구두쇠처럼 조금만 주는 게 뻔하다. 닭똥은 치워 주나? 여태껏 나한테 시키지 않은 게 놀랍다. 닭들의 발도 내 발도 이내 배설물로 뒤덮인다. 높은 울타리가 마당을 두르고 있다. 닭들도 나도 탈출하기 힘든 높이다.

물을 가득 담아 묵직한 양동이를 들고 주방으로 돌아와 보니, 빨래 바구니는 식탁에 그대로 있고 아주머니는 보이지 않는다. 장부를 찾고 있는 게 틀림없다. 빨리 움직여야 한다.

나는 장부 맨 뒷장을 조심스럽게 찢어 낸다. 그 와중에 아주머니의 진짜 이름이 마사 커밍스라는 사실도 발견한다. 깃펜이 보이지 않자 나는 벽난로에서 검게 탄 숯 한 조각을 꺼내 손을 떨지 않으려고 기를 쓰며 글을 쓰기 시작한다. 글씨가 심하게 번지면서 쪽지는 이내 지저분해진다. 너무 몰두한 나머지 진동을 미처 느끼지 못한다. 그래서 머핀 아주머니가 내 뒤에 갑자기 나타나자 심장이 튀어나오는 줄 알았다. 아주머니가 쪽지를 뺏으려 든다. 다 쓰지는 못했지만 실눈 아저씨가 내 구조 요청을 알아챌 만큼은 되길 바랄 뿐이다.

납치됐어요. 제발 도와주세요. 우리 집은

어디서 힘이 솟는지 모르겠지만, 나는 팔꿈치로 아주머니의 배를 푹 찌른다. 그리고 도망친다! 주방을 뛰쳐나와 위층으로 가는 계단 꼭대기까지 올라갔는데 아주머니가 뒤에서 나를 덮친다. 나는 비명을 지르려고 입을 열지만 아무리 기를 써도 씩씩거리는 소리밖에 내지 못한다.

아주머니는 쪽지를 빼앗아 계단에 엎어진 나를 두고 내려간다.

나는 쪽지를 다시 빼앗아 계획을 완수할 수 있을지도 모른다는 생각에 재빨리 계단을 뛰어 내려간다. 하지만 주방에 들어섰을 땐 이미 늦었다. 아주머니는 삐딱하게 웃으며 쪽지를 구겨 난롯불에 던진다.

아주머니는 내게 말을 하고 손뼉을 치며 빨리 저녁을 준비하라고 손짓한다. 하지만 나는 불이 붙어 오그라드는 쪽지를 넋을 놓고 바라본다.

아주머니가 격하게 손짓하며 응접실로 가는 걸 보니 앤드루가 돌아온 모양이다. 나는 앤드루에게 이르지 말라고 손을 들어 애원하며 아주머니를 쫓아간다. 아주머니는 나를 무시한다.

응접실에서 앤드루는 미동도 없이 아주머니의 말을 듣다가 뒤쫓아 온 나를 노려본다.

머핀 아주머니가 주방으로 돌아가자 앤드루는 내 팔을 꽉 붙잡고 나를 흔든다. 그는 이를 악물고 말한다. 나는 얼굴에 튄 그의 침을 닦는다. 앤드루가 나를 양탄자에 패대기친다. 나는 겁에 질려 꼼짝도 하지 못한다.

용기를 내서 올려다보니 앤드루가 잔뜩 화난 표정으로 종이에 뭔가 쓰고 있다. 그는 종이를 내 얼굴에 던지고는 한 발로 바닥을 두드리며 내가 종이를 주울 때까지 기다린다.

종이에는 이렇게 쓰여 있다.

규칙 잊지 마.

앤드루는 지하의 하인 숙소로 나를 끌고 내려간다. 나는 앤드루와 머핀 아주머니가 다시는 이 비좁은 방에서 나를 내보내 주지 않을지도 모른다는 생각에 겁이 난다. 나는 주먹으로 침대를 계속 내리친다.

그날 밤, 나는 잠들지 못하고 차가운 눈물을 흘리며 흐느낀다. 실눈 아저씨가 저녁때 왜 내가 식사 시중을 들지 않았는지 궁금했을 것이다. 앤드루와 아주머니가 어떻게 둘러댔는지, 아저씨가 그들의 말을 믿었는지도 궁금하다.

나는 기도한다. "주님, 저를 왜 이곳으로 데려오셨나요? 아무리 고통스럽고 아무리 제 믿음이 시험당해도, 저는 절대 가족과 친구들 곁으로 돌아가려는 노력을 멈추지 않을 겁니다. 이 세상이 남들과 다른 사람을 어떻게 대하는지 저는 너무 빨리 너무 많이 알아 버렸습니다. 저들을 이기려면 저들의 규칙부터 배워야겠습니다."

낸시가 지금 나와 같이 있었다면 세상을 바라보는 낸시의 눈이 바뀌었을까? 자기 아빠 앞에서 더 대범해지고 해방된 노예나 왐파노아그족에 대한 편견을 조금은 버렸을까? 세상은 우리가 상상했던 것보다 훨씬 크다.

다음 날, 나는 오전 내내 내 방의 조그만 깔개 위를 서성인다. 마음은 덫에 걸린 쥐처럼 제정신이 아니다. 난 도대체 어떻게 집으로 돌아갈 수 있을까?

오후가 되자 머핀 아주머니가 잠긴 방문을 연다. 아주머니는 나를 주방으로 끌고 올라가더니 앤드루에게 차를 가져다주라고 손짓으로 지시한다. 어떻게 된 거지?

차를 쟁반에 담아 응접실로 향하는데 입구에 서 있는 낯선 남자가 보인다.

머핀 아주머니도 응접실로 들어오더니 남자에게 손을 내민다. 남자가 아주머니의 손을 잡는다. 아주머니는 두 사람에게 차를 따라 주면서 빵을 권한다.

남자는 어깨가 넓고 다리가 길다. 코트와 반바지가 아닌 정장 차림이다. 매끈하게 뒤로 빗어 넘긴 짙은 색 머리에 흰머리가 듬성듬성 보인다. 남자는 내 주위를 돌며 나를 관찰한다. 야생 짐승보다 못한 내 상태를 역겨워하는 게 분명하다. 그가 코를 틀어막지 않은 게 놀라울 따름이다. 어쨌든 그는 나를 투명인간처럼 대놓고 무시하지는 않는다.

금가루를 뿌린 듯한 그의 갈색 눈에 호기심이 가득하다. 그는 매와 같은 시선을 내게 고정한다. 혹시 앤드루에게 편지를 쓴 사람인가?

머핀 아주머니가 내 외투와 모자를 가져오자 나는 아주머니에게 매달린다. 이 남자가 나를 데려가려는 건가? 에이먼의 말처럼, "아는 악마가 모르는 악마보단 나은 법이다." 앤드루가 나를 아주머니한테서 떼어 내자 나는 신음을 낸다.

중년 신사는 내가 저항할 틈도 없이 밖으로 데리고 나와 우아한 마차에 태운다.

25장

제복 차림의 마부가 모는 마차 안은 벨벳과 쿠션으로 꾸며져 있다. 그러나 아무리 고급스러운 마차여도 목적지가 어둡고 불길한 곳일 것 같아 나는 두렵다. 누군가 내게 비버 모피를 둘러 주었는데도 덜덜 떨린다. 커튼을 친 상태라 마차가 어디로 가고 있는지 보이지 않는다.

앤드루와 신사는 예의를 갖춘 듯한 자세로 이야기를 나눈다. 서로 편하고 가까운 사이까지는 아니지만 호의는 있어 보인다. 중년 신사의 눈빛은 상대를 뚫을 듯이 날카롭다. 나는 그를 매 교수라고 부르기로 한다. 앤드루는 자신의 연구 기록을 보여 주려고 안달이 난 듯 검정 책가방을 연다. 매 교수가 진정하라는 뜻으로 한 손을 들어 올리더니 앤드루의 어깨를 두드린다.

나는 자기들과 똑같은 사람 아닌가? 매 교수의 눈에는 앙상하고 겁에 질린 내 상태가 보이지 않는 건가?

마차가 속도를 늦추다가 멈춰 선다. 출발한 지 20분쯤 지난 것 같다.

마부가 마차 문을 열고 기다린다. '비컨 힐'이라고 새겨진 금속 간판이 보인다. 기름 등이 거리를 비춘다. 칠마크의 밤길은 마차를 몰거나 말을 탄 사람이 등불을 들고 지나가지 않는 이상 한 치 앞도 보이지 않을 만큼 깜깜하다.

지금 내 앞에 있는 건물은 4층까지 올라간 아주 높은 건물이다. 1층 현관 위에서부터 지붕까지 거대한 벽기둥이 솟았다. 너무나 으리으리해서 누군가의 자택일 리가 없다. 그럼 혹시 정신병원인가?

두 남자는 우아한 로비를 지나 제일 먼저 나오는 방으로 나를 데려간다. 방에는 차가워 보이는 탁자가 있고, 그 위에는 뾰족하고 날카로운 기구들이 놓여 있다. 뒤를 돌아보니 문고리가 달싹거리는 게 보인다. 그들이 밖에서 문을 잠근 모양이다. 여기 사람들은 대체 왜 날 짐승처럼 자꾸 가두는 거야?

나는 탁자 위에 놓인 기구들을 살피며 호흡이 가빠진다. 기구들은 우리 집 헛간에 걸린 것과 비슷하게 생겼다. 단지 더 작고 정교해 보이고, 더 매끄럽고 반들반들한 금속으로 만든 것 같다.

심장이 쿵쾅거린다.

책상 위에 서류가 잔뜩 쌓여 있다. 서류를 숨기려고 시도한 흔적도 없다. 깃펜과 잉크통이 보인다. 규칙을 어겨서 호되게 야단맞고도 곧바로 앤드루의 명을 거역할 수 있을까?

표구된 서류에 '의학박사 헨리 마이넛'이라고 적혀 있다. 나를 여기로 데려온 신사의 이름인가 보다. 그를 교수라고 생각한 내 추측이 많이 빗나가지 않은 셈이다. '마이넛'이라는 그의 성은 잘 모르겠다. 영어 단어의 발음은 늘 나를 짜증 나게 한다. 조지 오빠가 가끔 내게 영어 단어 발음법을 설명해 주곤 했지만 소용없었다.

나는 정식 자격을 갖춘 의사에게 제대로 검진받아 본 적이 없다. 엄마는 우리가 아프면 가정 요법으로 치료해 준다. 헤이즐넛이나 사사프라스 나무껍질로 차를 달여 주고 찜질해 준다. 왐파노아그족의 치료법을 따라 하는 백인 정착민은 우리 말고도 꽤 있다.

문손잡이가 움직이는 게 보인다. 흰색과 회색 무늬의 드레스를 입은 가녀린 여자가 방으로 들어온다. 앤드루와 비슷한 또래일 듯한 그는 머리카락이 불꽃을 닮았고 얼굴과 눈매가 날카로워 보인다. 마이넛 박사의 가정부인가 보다.

그는 솔직하고 호기심이 많은 사람처럼 보인다. 그 모습에 해먼드 선생님이 떠오른다. 나는 그의 이름을 팽이 언니로 정한다. 대여섯 걸음마다 무릎을 살짝 굽혀 절하는 자세를 취하는 데다, 몸을 돌릴 때는 마치 팽이 돌아가듯 거의 한 바퀴를 다 돌기 때문이다. 팽이 언니는 한순간도 가만히 있지 않고 움직인다.

팽이 언니가 손을 무릎에서 머리 위로 쓸어 올리는 동작으로 내게 옷을 벗으라고 한다. 여기서 옷을 벗으면 엄마가 못마땅해할 게 틀림없다. 나는 외투와 모자, 신발과 스타킹까지 벗고는 이 이상은 안 된다는 뜻으로 팔짱을 낀다.

팽이 언니가 고개를 젓는다. 입술이 움직이고 있다. 언니는 내 드레스를 붙잡고 상체를 조이는 끈을 풀더니 치마를 확 잡아당긴다. 여관에서 지내는 동안 나는 너무 힘들게 일하고 너무 못 먹었다. 그래서 원래는 근육이 튼튼하지만 지금은 저항할 힘도 없을 만큼 지쳤다. 언니는 나를 차가운 탁자에 앉게 한다. 나는 속옷 차림으로 추위에 떤다.

앤드루와 마이넛 박사가 방으로 들어온다. 마이넛 박사가 난로에 불을 피우라고 팽이 언니에게 지시한다. 언니는 주인의 지시대로 불을 지피고는 남자 둘만 있는 방에 날 두고 나가 버린다. 나는 머릿속에 피가 솟구친다.

마이넛 박사가 내 귀와 입속을 들여다본다. 목의 성대를 만져 보고 숱이 무성한 머리카락 아래 자연히 난 혹을 눌러 본다. 그가 앤드루에게 무언가 지시하자 앤드루는 왕관처럼 생긴 금속 띠를 내 머리에 씌우고 띠에 달린 작은 나사를 조인다. 나는 마치 따귀를 맞은 듯 소스라치게 놀란다. 내 오른쪽 관자놀이에서 피가 흘러내리는 게 느껴진다. 피를 닦으려 하지만 앤드루는 내가 손을 올리지 못하게 막는다.

나는 바람에 흔들리는 앙상한 나무가 된 기분이지만 두 사람 앞에서 울지 않으려고 꾹 참는다.

앤드루가 금속 띠를 빼서 지름을 재더니 책상에 있는 공책에 수치를 적는다. 나는 그의 얼굴에 침을 뱉고 싶은 충동을 느낀다. 새 모자를 맞추는 게 아니라면 도대체 내 머리 크기를 왜 알아야 하지?

팽이 언니가 돌아온다. 앤드루와 마이넛 박사는 아까 언니가 세면대에 부어 놓은 깨끗한 물로 손을 씻고 있다. 둘은 내게 등을 돌리고 서로 이야기를 주고받는다.

무슨 일이 일어나는지 파악하기도 전에 팽이 언니는 내 손목을 잡더니 나를 끌고 양탄자가 깔린 계단을 올라 다른 방으로 데려간다. 방에는 내가 본 욕조 중에 제일 커다란 욕조가 있다. 언니가 물이 가득 찬 욕조를 가리킨다. 나는 욕조로 들어가란 뜻임을 알아차린다.

나는 수어로 거부한다. “아니, 아니, 아니, 아니.”

모르는 사람한테 발가벗겨지는 것은 절대 허락할 수 없다. 이 사람이 버림받은 새끼 고양이 다루듯 나를 익사시키지 않으리라고 어떻게 장담하냔 말이다!

엄마가 지어 준 속옷은 쉽게 찢어지지 않는다. 나는 가슴에 두 팔을 엇갈리게 붙이고 협조하기를 거부한다. 언니는 맡은 일을 해내려고 기를 쓴다. 나는 언니를 꼬집는다. 밀친다. 발로 찬다. 하지만 언니는 또다시 힘으로 나를 압도하여 기어이 나를 물속에 집어넣는다. 나는 머리까지 물에 잠겼다가 캑캑거리며 다시 올라온다. 언니가 내 머리와 몸을 박박 문지르는 동안, 나는 큰 소리로 통곡한다. 누가 들으면 아일랜드 귀신이 나타난 줄 알았을 것이다.

팽이 언니가 내 몸에 난 멍 자국을 손가락으로 어루만지며 입술이 안 보일 만큼 입을 꽉 다문다. 아빠가 치는 양도 이렇게 까발려지진 않을 것 같다.

내 몸이 얼마나 더러운지 목욕물은 금세 구정물이 된다. 팽이 언니는 더러워진 물을 비우고 깨끗한 물을 다시 채운다. 이쯤 되자 내 호흡은 안정을 되찾는다. 나는 심지어 숨을 참고 완전히 잠수하기도 한다. 아주 잠깐이지만 고향의 맑은 샘물에서 물장구치는 상상까지 한다.

그동안 팽이 언니는 욕실 바닥에 주저앉아 상기된 얼굴로 숨을 돌린다. 언니가 이마에 달라붙은 머리카락을 쓸어 넘긴다. 나랑 씨름하느라 언니도 기운이 빠진 모양이다. 잠깐이지만 아까보다 덜 기계적이고 더 자상하게 나를 대하는 것 같다. 언니가 내게 깨끗한 속옷과 실내용 모자와 숄을 건넨다.

팽이 언니가 나를 데리고 간 널찍한 침실에는 네 개의 기둥과 커튼이 달린 침대가 있다. 내가 지어내는 이야기에 등장할 법한 아름다운 침대다. 광을 낸 나무 바닥에는 우리 집에 있는 땋아 만든 깔개보다 화려한 깔개가 깔려 있다. 서랍장 위에는 예쁜 빗과 부드러운 솔, 솔잎과 열매로 만든 화환이 놓여 있다. 나는 아직 전신 거울에 비친 내 모습을 마주할 마음의 준비가 안 됐다.

팽이 언니가 팔을 쭉 뻗은 채로 엄마가 지어 준 초록색 드레스를 들고 온다. 나는 항의하기 시작한다. 언니는 형편없이 망가졌어도 그 옷에 대한 내 애착을 이해하는지 내가 깨끗해진 볼에 잠시나마 옷을 댈 수 있게 해 준다. 하지만 이내 옷을 빼앗아 벽난로에 던져 버린다. 내가 부지깽이를 집어 들고 옷을 건져 내려 하지만 언니는 부지깽이를 빼앗아서 더 빨리 타라고 옷을 깊이 쑤셔 넣는다. 나는 무릎을 꿇은 채 주저앉는다.

팽이 언니가 방에서 나간다. 나는 문을 닫는 언니를 부리나

케 쫓아간다. 문밖에서 언니가 문이 잠겼는지 확인하려고 문고리를 흔드는 게 보인다. 아까 보니까 언니는 열쇠 꾸러미를 앞치마 주머니에 넣고 다닌다. 여기에 다른 사람들도 갇혀 있는 건가?

나는 여전히 거울 속 내 모습을 피하면서 방 안을 서성인다. 꽃무늬 커튼 뒤에는 바닥부터 천장까지 난 창문 두 개가 있다. 창문은 쇠창살로 막혔다. 여긴 3층인데 쇠창살이 왜 필요하지? 이 방에 나 말고 누가 얼마나 오래 갇혀 있었던 거지? 그 사람은 지금 어디에 있지?

나는 창살을 흔들어 보지만 아무 소용이 없다. 창살 너머 유리는 손에 닿을락 말락 한다. 탈출하려면 유리라도 깨야 하는데 그럴 수도 없다.

나는 침대에 덮인 이불 위에 무릎을 꿇고 앉아 머리를 빗는다. 엉킨 머리카락을 살살 풀어 줄 엄마가 옆에 있다면 얼마나 좋을까? 나는 엉킨 머리카락에 빗이 걸릴 때마다 아파서 낑낑댄다.

이런 침대라면 평온하게 잠들 수 있어야겠지만, 침대는 너무 크고 휑하다. 나는 동그랗게 몸을 만다. 바들바들 떨리는 게 멈추지 않아서 바닥에 무릎을 꿇는 대신 웅크려 누운 채로 기도한다.

“주님, 저는 주님이 제 기도를 들으시고 저를 안전하게 지켜 주심을 늘 믿었습니다. 저들이 저를 더 해치기 전에 저를 구출할 사람을 보내 주시옵소서. 다시는 거짓말하지 않겠습니다.”

아무도 오지 않는다.

26장

아침이 되어 팽이 언니가 나를 흔들어 깨우자 나는 깜짝 놀란다. 귀가 들리는 사람은 아침을 다르게 맞는지 궁금하다. 잠결에 아침이 오는 소리를 들으며 서서히 잠에서 깰 테니까. 언니가 웃으면서 고개를 끄덕인다. 나는 언니가 내 귀를 주먹으로 치거나 설거지가 쌓인 주방으로 끌고 내려가길 기다린다. 그래서 언니가 세면대에 깨끗한 물을 부어 주자 놀라고, 귤과 토끼고기가 담긴 그릇을 내밀자 더 놀란다. 나는 얼른 음식을 먹어 치운다.

언니가 난롯불에 장작을 더 넣고 두꺼운 커튼을 젖히고는 방을 나간다. 나는 침대에서 내려온다.

이 집은 벽이 너무 두꺼워서 진동을 느낄 수 없다. 바닥에서 올라오는 진동도 두꺼운 깔개 때문에 느낄 수 없다. 가끔 어디

선가 문이 쾅 닫히면 진동이 약하게 느껴진다. 이 집에 감금된 사람이 또 있는 건가? 정신병에 걸린 사람들의 비명이 나한테만 안 들리는 건가? 나는 몸서리를 치며 숄을 더 꼭 여민다.

팽이 언니가 다시 방으로 들어오더니 내가 문밖 복도를 내다보기 전에 얼른 문을 닫고 잠근다. 언니가 침대에 새 옷을 펼쳐 놓는다. 그리고 나를 빤히 바라보며 속치마를 들어 올린다. 나는 옷을 입혀 주는 언니에게 저항하지 않기로 한다. 언니는 내 스테이스를 조여 주고, 그 위에 빨간 드레스를 입히고, 드레스와 같은 재질에 빳빳한 종이를 덧댄 신발을 신기고, 우아한 펠트 모자까지 씌워 준다.

왜 이렇게 화려하게 차려입히는 거지? 앤드루가 디파이언스 호에서 적어 준 규칙을 떠올려 보니, 이제 나는 더 많은 차가운 손에 찔리고 꼬집히고 온갖 수모를 당하려나 보다.

팽이 언니가 뒤를 돌아보더니 부리나케 방에서 나간다. 자기를 부르는 소리를 들은 모양이다. 언니는 문을 아주 조금만 열어 좁은 틈으로 빠져나간다. 문이 잠겼는지 확인하려고 문손잡이를 흔드는 게 보인다.

나는 창문으로 가서 창살 사이로 밖을 내다본다. 비컨 힐은 이름에 걸맞게 언덕으로 둘러싸였다. 군데군데 평평한 초원과 나무도 보인다. 새하얀 눈이 고운 털 이불처럼 땅을 덮었다. 이

땅도 옛날에는 목초지였을 것 같다. 도시에 와서 본 풍경 중 제일 칠마크와 비슷한 풍경이다.

저 멀리 커다란 황금 돔과 벽돌로 지어진 거대한 구조물이 보인다. 퍼네일 회관처럼 고풍스럽진 않지만 인상적이긴 마찬가지다. 우리 마을 회관의 더 웅장한 형태가 아닐까 싶다.

밤낮없이 사람들이 지나다니는 머핀 아주머니의 여관 골목과 달리, 마이넛 박사의 건물 앞 거리는 외지고 한산하다. 바쁘게 오가는 사람이 별로 보이지 않는다. 난생처음 경험하는 물리적 고립이다. 안팎 모두 적막이 흐른다.

얼굴을 창살 사이로 최대한 내밀어도 시야에 들어오지 않는 세밀한 풍경은 상상으로 채워 넣는다. 사슴이 지나간 흔적이나 다른 짐승의 발자국도 있을까?

지금 눈앞에 펼쳐진 모든 땅이 한때는 인디언의 영토였다는 생각이 문득 든다. 해먼드 선생님의 가르침에 따르면 매사추세츠 원주민은 백인 정착민이 나타나기 전까지 추장을 중심으로 여러 마을을 이루어 살았다고 한다. 그런데 천연두가 유행하면서 인구가 빠르게 줄어들었다. 그렇다면 이 평온한 겨울 풍경은 인디언들의 무덤이기도 한 걸까? 살아남은 사람들은 어디에 있을까?

나는 방 안으로 눈을 돌려 서랍장 속을 살펴본다. 스키프 아주머니가 봤다면 질투심에 불탈 만큼 침대보, 베갯잇, 이불보가 서랍마다 가득하다. 촉감은 고급스럽고 매끄럽고, 완벽하게 다림질해서 접혔다. 나는 맨 아래 서랍에 들어 있는 침대보 밑에서 나무를 깎아 만든 장난감 세트를 발견한다. 나는 조심스럽게 노아의 방주 장난감을 들어 올리며 리 목사님의 설교를 떠올린다.

나는 누군가 바퀴와 끈을 달고 밝은 노란색으로 칠한 나무 오리를 쓰다듬는다. 이렇게 뛰어난 공예술로 이렇게 정교하게 만든 장난감을 서랍에 숨겨 두기에는 너무 아깝다. 오리를 뒤집는데 무언가 내 무릎으로 떨어진다. 머리글자 'A. M.'이 자수로 새겨진 앙증맞은 손수건에 싸인 물건이다. 만져 보니 달걀만 한 크기에 납작한 타원형 물건이 느껴진다. 나는 손수건을 펼친다.

카메오•다! 이렇게 근사한 물건은 태어나서 처음 본다. 상아로 만든 한쪽 면에 나보다 조금 어린 소녀의 천사 같은 얼굴이 그려져 있다. 소녀의 뺨은 장밋빛을 띠고, 짙은 색의 머리카락은 구름처럼 얼굴을 에워싸고 있다. 내가 입고 있는 옷이 한때는 이 아이의 것이었을까? 이 방도 이 아이의 방인가?

• cameo. 바탕색과 다른 색깔로 사람의 얼굴을 돋을새김한 장신구.

조지 오빠의 방을 그대로 두는 엄마가 떠오른다. 엄마라면 그 누구도 오빠의 방을 쓰지 못하게 했을 것이다.

바로 그때 방문이 벌컥 열린다. 앤드루가 내 팔을 잡고 방에서 끌고 나간다. 나는 질질 끌려가지만 저항하지는 않는다. 문이 열려 있는 방 두 개를 지나친다. 하나는 내가 목욕했던 욕실이고 또 하나는 내 방보다 작은 방이다. 밝고 깔끔해 보인다. 3층의 나머지 방은 아무도 안 쓰는 것 같다. 어쩌면 여기는 정신병원이 아닐 수도 있겠다.

여기가 누군가의 집이라면, 우리 섬에 있는 제일 큰 집보다 더 큰 저택이다. 마이넛 박사는 명망 높은 사람인 모양이다. 그런데 여기가 마이넛 박사가 사는 집이라면, 그의 가족은 어디에 있는 거지?

우리는 구부러진 계단을 내려간다. 우리가 향하는 곳이 차가운 탁자와 기구가 있는 방이라는 것을 눈치챈 순간, 나는 발꿈치를 바닥에 붙이고 버틴다. 앤드루는 내 팔꿈치를 거칠게 잡아당겨 나를 앞세우고 계속 떠민다.

우리가 탁자가 있는 방에 들어서자 마이넛 박사는 놀란 표정으로 나를 바라본다. 날카롭던 시선이 부드러워지면서 그는 두 손을 맞잡았다가 비튼다. 내가 입은 옷 때문인가?

박사는 내게 탁자에 앉으라고 손짓한다. 나는 탁자에 걸터앉아 다리를 초조하게 흔든다. 앤드루가 한쪽으로 비켜서서 나를 노려보고 있다. 자신을 망신시키지 말라고 눈빛으로 경고하는 것 같다.

마이넛 박사가 검지와 중지로 내 입천장을 누른다. 나는 헛구역질한다. 박사의 손가락을 물어 버리는 건 아무에게도 도움이 되지 않을 것 같아 참는다. 박사는 내 성대가 지나가는 곳을 가슴 있는 데까지 만진다. 나는 얼굴을 붉히며 다른 곳을 응시한다. 박사는 손가락 두 개를 내 눈앞에서 좌우로 움직이면서 내 눈동자가 따라 움직이는지 확인한다. 그다음에는 인형을 다루듯 내 입술을 열었다 닫기를 두어 번 반복하고는 내 턱을 더듬는다.

팽이 언니가 난롯불을 때느라 바쁘게 움직이면서도 우리를 지켜본다.

마이넛 박사가 허리를 굽혀 내 눈을 들여다보자, 나는 최대한 총명한 눈빛으로 그를 응시하며 그의 얼굴을 관찰한다. 그렇게 우리는 서로를 뚫어지게 바라보다가 그가 먼저 시선을 거둔다.

마이넛 박사가 나를 일어서게 하더니 오른쪽 손가락 두 개를 빙글빙글 돌리며 내게 뒤로 돌라고 손짓한다. 그는 내 목에서부터 엉덩이까지 등을 만진다. 우리의 청각장애에 대해 대체 무슨 생각을 하는 거야? 나는 다시 돌아서서 마이넛 박사를 똑바로 바라보며 내가 특이한 건 이거 하나뿐이라는 뜻으로 내 귀를 가리킨다.

내 행동에 마이넛 박사가 자기 턱을 쓰다듬다가 껄껄 웃는다.

앤드루가 더 가까이 다가오더니 빠르게 말한다. 잘난 척하면서 자기가 관찰한 것을 설명하려고 끼어드는 것 같다. 마이넛 박사가 앤드루에게 저쪽으로 가자고 손짓한다.

마이넛 박사는 창가에 서서 팔짱을 끼고 차분하게 앤드루의 말을 듣는다. 반면 앤드루는 광견병 걸린 개처럼 입에 거품을 물고 말을 쏟아 낸다. 마이넛 박사가 앤드루의 어깨에 손을 얹고 그를 진정시키면서 단호하게 말한다. 두 사람이 무슨 말을 하는지 궁금해 미치겠다.

팽이 언니가 나를 침실로 다시 데리고 간다. 나는 계단을 오르기 전에 고개를 돌려 현관을 힐끗 본다. 미쳐 버리기 전에 탈출해야 한다. 엄마 아빠는 내가 어떻게 됐는지 알 길이 없어서 절망하고 있을 게 분명하다. 내가 집에서 보낸 마지막 밤에 엄마가 했던 말이 여전히 나를 유령처럼 괴롭히고 있지만.

나는 복잡한 생각과 감정으로 심란해진 채 까무룩 잠이 들었다 깨기를 반복한다. 팽이 언니가 고기파이 한 조각을 저녁 식사로 가져올 때까지 몇 시간이 지났는지 모르겠다. 나는 일어나 앉아 파이를 허겁지겁 먹는다. 언니는 난롯불을 더 키우면서 나를 지켜본다. 그러다 나와 눈이 마주치자 웃는다.

나도 언니를 보고 웃는다. 언니한테 도와 달라고 해 볼까?

언니가 일어난다. 나는 언니가 나가기 전에 깃펜에 잉크를 묻혀 종이에 글을 쓰는 수어를 한다. 언니가 내 수어를 따라 한다. 그런데 뜻은 이해하고 따라 하는 걸까?

언니가 아쉽다는 듯 미소를 지으며 고개를 젓는다.

나는 심장이 무겁게 가라앉는다. 앤드루가 마이넛 박사에게 내가 반푼이라고, 절대 믿으면 안 된다고 말한 건가?

언니랑 말이 통할 다른 방법이 있을 것이다.

나는 "제발, 제발."이라고 수어로 말한다. 내 절박함이 얼굴에 드러났을 것이다. 언니는 내가 한 수어를 똑같이 따라 하면서 표정까지 비슷하게 짓는다. 수어와 표정을 단어로 인식한 걸까? 나는 계속 수어로 말한다. "난 납치됐어. 가족에게 돌아가야 해." 언니는 또 내가 한 수어를 똑같이 한다. 그리고 고개를 끄덕이며 내가 또 수어로 말하길 기다린다. 하지만 내가 한 말을 전혀 못 알아들은 게 분명하다. 나는 기운이 빠져서 손을 내린다.

팽이 언니가 침대 옆 천장에 달린 작은 종을 바라본다. 누군가 종을 울린 모양이다. 언니는 무릎을 살짝 굽혔다 펴면서 서

둘러 방을 나서더니 곧바로 문을 잠근다.

나는 세면대에서 손과 얼굴을 씻는다. 창밖을 내다보며 언젠가는 우리 집으로 돌아갈 수 있을 거란 신호를 보여 달라고 기도한다.

둥근 모자를 쓴 낯선 남자가 내 방 창문을 뚫어져라 올려다보고 있다. 내 쪽을 보고 있는 게 틀림없다. 그가 나를 보길 바라는 것은 너무 큰 욕심일까?

27장

간밤에 잠이 깊게 들었나 보다. 깨어 보니 팽이 언니가 이미 커튼을 젖히고 죽과 시럽이 담긴 쟁반을 놓고 갔다. 나는 방을 가로질러 초조하게 창밖을 내다본다. 아무도 나를 올려다보지 않는다. 어젯밤 그 남자는 꿈속에서 본 거였나?

탈출할 방법이 간절해진 나는 방 안에 있는 물건이란 물건은 모두 살펴본다. 물건들은 하나같이 예쁘지만 쓸모가 없다. 나는 카메오를 꺼내서 두 손에 꼭 쥔다. 소녀의 이름이 궁금해진다. 초상화 속 그 나이까지밖에 못 살았을까? 이 집 밖의 눈 덮인 언덕 어딘가에 묻혔을까? 아니면 더 멀리 떨어진 가족묘에 묻혔을까? 나는 왜 조지 오빠의 무덤에 가 볼 용기를 내지 못했을까?

문고리가 움직이는 게 느껴지자 나는 재빨리 카메오를 다시 서랍에 넣는다. 팽이 언니가 빈 쟁반을 가지러 온 모양이다. 그런데 언니는 바로 나가지 않고 어제 보고 외운 수어를 하고는 나를 가리킨다. 수어를 해 보라는 뜻이다. 나는 지금 내 상황이 얼마나 심각한지 이해시키려고 일단 언니의 수어 어휘를 늘려 보기로 한다.

나는 천천히 과장해서 수어로 말한다. '쓰다'라는 뜻의 수어와 함께 눈썹을 치켜올리며 다시 한번 펜과 종이를 달라고 한다. 언니도 다시 고개를 젓는다. 이번에는 혹시 언니가 문맹이지 않을까 하는 생각이 든다. 아니면 앤드루가 나한테 음식 외에는 아무것도 주지 말라고 당부했나?

우리는 게임을 만든다. 내가 방에 있는 사물을 하나씩 가리키고 그 사물을 뜻하는 수어 단어를 보여 주는 식이다. 언니는 빠르게 이해한다. 얼마 지나지 않아 내가 방 안을 뛰어다니며 사물을 가리키면 언니가 수어로 표현한다. 그러다가 역할을 바꿔서 언니가 가리키고 내가 수어를 하기도 한다.

그다음에는 내가 단어를 이어서 문장을 만든다. 나는 비니어드에 있는 우리 집을 묘사하려고 '침대'와 창밖에 내리는 '비'를 합친다. 발을 앞뒤로 구르면서 숨을 참았다가 토할 것처럼 배를 움켜쥔다. 디파이언스호에 실려 고향을 떠나게 된 여정을 보여 주려는 것이다. 팽이 언니는 내가 연극을 하는 줄 알고 신이 나서 바라본다.

나는 바닥에 주저앉는다. 우린 어느 세월에 서로를 이해할 수 있을까?

종소리가 또 언니를 부르는 모양이다. 언니가 내게 손을 흔들며 인사하더니 다시 문밖으로 사라진다. 이번에는 문손잡이가 흔들거리지 않는다. 언니가 부주의해진 건가? 아니면 나에 대한 믿음이 생긴 건가? 나는 저 문턱을 넘을 용기를 낼 수 있을까?

창밖으로 앤드루가 집에서 멀어지는 게 보인다. 어깨를 움츠린 채 저벅저벅 걷는 모습이 내가 비니어드를 떠나온 날 바닷가에서 본 모습과 똑같다. 나는 불만이 가득한 그의 태도가 걱정스럽다. 앤드루의 가설을 마이넛 박사가 지지하지 않는다면, 그는 나를 다른 곳으로 데려갈지도 모른다.

지금이 기회다! 집 안에 아무 움직임도 진동도 느껴지지 않는다. 나는 살금살금 1층으로 내려가 현관문으로 간다. 문은 잠겨 있다. 나는 손잡이를 흔들어 본다. 열쇠 구멍 안에 새끼손가락을 넣어 본다. "주여, 이 문을 열어 주세요. 모세가 나일강 강기슭의 갈대숲에서 건져졌듯 저도 안전한 곳으로 도망칠 수 있게 해 주세요." 문은 꿈쩍도 하지 않는다.

나는 까치발로 마이넛 박사의 사무실로 간다. 다행히 박사는 사무실에 없다. 팽이 언니도 보이지 않는다.

나는 마이넛 박사의 책상에 높이 쌓인 서류 더미를 뒤져 본다. 책상은 내가 이 집에 온 첫날 봤던 것보다 더 어수선해 보인다. 나는 편지 몇 장에 쓰인 앤드루의 글씨체를 알아본다.

늘 다른 마을에서 낚시했고, 가축우리 같은 그들의 집에 초대받았을 때도 그들이 만든 음식은 한두 입만 먹다 말았습니다. 청각장애를 일으키는 성분에 나도 감염될지 모른다는 생각에 …….

나는 역겨움을 느끼며 편지를 내려놓는다. 바로 그때, 방 한가운데 있는 탁자 위에 놓인 조지 오빠의 지리책이 눈에 띈다! 나는 얼른 책을 펼쳐서 추억의 지도를 찾는다. 지도는 책장 사이에 안전하게 끼워져 있다. 펜으로 그린 한 획 한 획이 내 손바닥만큼 친숙한, 사랑으로 완성한 오빠만의 창조물. 나는 지도를 가슴에 꼭 품었다가 눈시울이 붉어지는 것을 느끼며 드레스 앞섶 안에 지도를 숨긴다.

빨간 가죽으로 제본한 공책에 적힌 글씨가 눈에 들어온다.

여아는 건강해 보인다.

나는 계속 읽는다.

여아의 몸에 이상한 반점이나 기형은 없다. 아이의 귀와 혀도 소리가 들리고 말할 줄 아는 사람과 다를 바 없이 정상적으로 생겼다. 성대 또한 남들과 다를 바 없고, 머리뼈 크기도 정상이다.

물론 보스턴에도 농아자들은 있다. 찾기 쉽진 않지만. 내가 직접 만나 본 몇 명은 상당히 아둔해 보였다. 그런데 흥미롭게도 이 아이는 귀가 안 들린다는 점 말고는 완벽하게 정상이다.

아이는 늘 침울한 표정이지만 멍청해 보이진 않는다. 처음 우리에게 왔을 때는 너무 상태가 안 좋았다. 거의 부랑아나 다름없었기에 사랑하는 우리 에이미의 물건들을 쓰게 해 주기 싫었다. 그동안 그 물건들을 내가 얼마나 소중하게 간직해 왔는데.

나는 카메오를 감쌌던 손수건을 떠올린다. 'A. M.'이 수놓아져 있었다. 에이미 마이넛의 머리글자였구나. 내가 입고 있는 옷과 방에 있는 물건들이 다 에이미 것이었나 보다.

누군가가 나를 지켜보고 있다는 기분이 든다. 뒤를 돌아보지만 방에는 아무도 없다. 나는 계속 읽는다.

앤드루가 아이의 부모와 어떤 식으로 합의했는지 모르겠다. 앤드루 말로는 아이의 어머니는 꽤 우호적이었다. 불쌍하게도 마차 사고로 아들을 잃었는데, 그 슬픔이 너무 커서 딸아이의 양육 부담이 버겁다고 했다. 딸이 앤드루의 과학 연구에 쓸모가 있을 거란 얘기에 좋아했다고 한다.

양육 부담이라니! 내가 비록 살림에 보탬이 되는 데 최선을 다하지는 못했지만, 그렇다고 밥만 축냈던 건 절대 아니다. 엄마와 나 사이의 감정이 어땠건, 엄마가 나를 쓸모없다고 생각하지 않았다는 것만큼은 장담할 수 있다.

나는 계속 읽는다.

그런데 앤드루의 이야기에 몇 가지 의심스러운 부분이 생겨서 걱정이다.

앤드루 말로는 마서스비니어드섬의 농아자들은 태생적으로 백치에다 지능이 낮고 무식하다고 한다. 그런데 방금 앤드루가 꽤 완결성 있는 계보를 보여 줬는데, 농아자 뱃사람이 그려 준 것이라고 했다. 백치가 어떻게 그런 상세한 계보를 그려 낸단 말인가? 앤드루가 또 어떤 잘못된 결론에 이르렀고 내게 또 어떤 거짓말을 했을까?

아까처럼 누군가가 나를 지켜본다는 기분이 든다. 사무실 문 쪽을 보지만 아무도 없다.

나는 천천히 창가로 몸을 돌리다가 목덜미의 털이 쭈뼛 선다. 진짜 누군가 있다. 몬머스 모자•를 쓴 남자가 집 앞 골목에서 나를 지켜보고 있다! 나는 얼른 창가에서 물러선다.

나는 궁금증을 참지 못하고 한 번 더 내다본다. 남자는 여전히 거기에 있다.

남자는 모자를 눈썹과 귀가 덮일 만큼 깊게 눌러썼다. 저런 모자는 비니어드를 떠난 후로는 한 번도 보지 못했다. 내 기도가 드디어 응답받은 건가?

나는 또 내다본다. 용기를 내서 남자에게 손을 흔들어 본다. 남자도 똑같이 손을 흔든다!

바로 그때, 뭔가 내 어깨에 닿는다.

나는 놀라서 펄쩍 뛰면서 나도 모르게 외마디 비명을 지른다. 나는 마이넛 박사를 올려다보고, 박사는 내 손에 들린 자기 일지를 내려다본다.

나는 몸을 돌려 내 어깨를 붙잡고 있는 마이넛 박사의 손에서 벗어난다. 일지를 떨어뜨리고 위층으로 뛰어 올라간다. 뒤도 돌아보지 않고 방으로 들어가 방문을 닫고 바닥에 주저앉는다.

아직 떨어지지 않은 눈물로 얼굴이 화끈거린다. 나는 추억의 지도를 꼭 쥐고 몸을 앞뒤로 흔들흔들 움직인다.

• monmouth cap. 15세기경 영국 웨일스의 몬머스 지역에서 처음 만들어져서 몬머스라고 불리게 된 둥근 모직 모자. 주로 군인이나 선원이 썼다.

28장

몬머스 모자를 쓴 남자는 나를 구하러 온 걸까? 다시 창밖을 내다보지만 남자는 이제 보이지 않는다. 술에 취해 캐럴을 부르는 사람들밖에 없다. 가로등 아래 모여 노래를 부르고 있다.

오늘이 크리스마스이브인가 보다.

내 마음속에 켜 두었던 불꽃이 마침내 꺼지고 만다.

나는 내 배설물에 파묻힌 채 배를 타고 보스턴까지 끌려오면서도 살아남았다. 머핀 아주머니의 주방에서 허기에 시달리다 기절하기도 했고 귀를 수도 없이 맞았다. 발가벗겨진 채 관찰도 당했다. 그래도 버텼다. 하지만 지금은 그냥 무너져 버린 느낌이다. 어둠이 내 시야를 좁혀 들어온다. 공포가 끝없는 파도처럼 나를 덮친다. 나는 숨을 헐떡인다.

내 손이 수어를 하고 있지만, 내가 뭐라고 말하는지 나도 모르겠다. 내 몸에 갇혀 나를 관찰하는 것 같다.

나는 벽난로 앞에 놓인 깔개로 기어가 토하기 시작한다. 물밖에 안 나온다. 난롯불에도 몸이 따뜻해지지 않는다. 온몸이 사시나무처럼 떨린다.

주여, 왜 나를 버리셨나요? 설마 우리 섬사람들 생각이 틀렸던 건가? 농아자는 진정 열등한 존재인가?

남은 힘을 쥐어짜서 몸을 일으킨 나는 거울 앞으로 비틀비틀 다가간다. 서랍장을 붙잡고 몸을 지탱한 채 거울에 비친 내 모습을 들여다본다. 저 눈은 누구의 눈이지? 죽은 물고기의 차갑고 멍한 눈 같다. 더는 낚싯바늘에 매달려 몸부림치지 않고 있는 것만으로도 감사한 눈. 푹 파인 뺨에 어울리지 않게 너무 물렁하고 큰 코. 흉터 같은 입.

내 뒤로 움직이는 형체가 시선에 걸린다. 팽이 언니다. 왜 왔지?

나는 침대로 간다. 침대 위에 놓인 작은 오렌지를 보며 눈물을 삼킨다.

태어나서 처음 오렌지를 먹어 본 건 작년 크리스마스였다. 아빠가 한 선원에게서 받은 오렌지를 나한테 양보했다. 나는 즙이 많은 그 오렌지를 한 조각씩 아껴 먹었다. 껍질도 엄마가 빵 구울 때 쓰라고 남겨 두었다.

같은 날 밤 저녁을 먹고 오빠가 선물 받은 망원경을 엄마랑 살펴보는 동안, 나는 엄마를 도와서 만든 푸딩을 에즈라 아저씨에게 가져다주려고 아빠가 모는 마차를 타고 아저씨네로 갔다. 스미시에게 선물할 털실 뭉치도 가지고 갔다. 그날 낮에는 엄마와 함께 낸시와 해먼드 선생님에게 선물할 빨간 벨벳 머리끈을 만들었다. 오빠는 아빠와 매슈 파이 아저씨를 따라 사냥하러 나갔다가 거위를 잡아 왔다. 제일 멋진 사냥감을 잡았다며 아저씨들이 오빠의 등을 두드려 줬다. 풍성한 만찬을 허락하신 주님께 감사 기도를 올리고 다 함께 먹었던 바삭한 거위 껍질의 환상적인 맛이 지금도 혀끝에 감도는 듯하다. 다음 날, 우리는 불우한 이웃을 위해 남은 음식을 전부 마을 회관으로 가지고 갔다.

내가 추억에 잠긴 동안 몇 시간이 흐른 것 같다.

이른 새벽, 앤드루가 또 집을 나서는 게 보인다. 아직 어두운데 어디로 가는 거지? 나는 어떻게든 여기서 나가야 한다. 마이넛 박사와 소통해야 한다.

나는 문손잡이를 흔들어 보지만 문은 잠겨 있다. 그런데 열쇠 구멍으로 빛이 들어오지 않는다. 열쇠 구멍을 들여다보니 열쇠가 바깥쪽 열쇠 구멍에 그대로 꽂혀 있는 게 보인다. 나는 연철로 만든 부지깽이를 가지고 와서 추억의 지도를 펼쳐 문

밑으로 밀어 넣은 다음 부지깽이의 뾰족한 끝을 살살 열쇠 구멍으로 밀어 넣는다. 천천히, 아주 천천히, 지도 위로 열쇠가 떨어질 때까지. 열쇠가 떨어지면서 큰 소리를 내지 않았기를 빌며 나는 다시 지도를 끌어당겨 열쇠를 집는다. 문은 쉽게 열린다.

나는 옷을 입고 지도를 다시 옷 속에 숨긴 다음 살금살금 계단을 내려간다. 1층까지 내려가는데 낯선 진동이 나를 놀라게 한다.

진동이 나는 쪽을 홱 돌아본다. 커다란 괘종시계가 5시를 알리고 있다. 종소리 때문에 사람들이 깨면 어떡하지?

마이넛 박사의 사무실 문이 반쯤 열려 있다. 나는 사무실로 들어가 얼른 창가로 뛰어가서 내다보지만, 밖에는 아무도 없다.

박사의 책상에 있던 서류 더미가 정돈되어 있다. 박사의 일지 옆에 종이와 잉크, 잉크 번짐 방지용 가루 통이 가지런히 놓여 있다. 나는 어제 읽다 만 글을 이어서 읽는다.

노라는 눈치가 빠른 친구다. 노라는 메리가 똑똑하고 반응도 잘한다고 믿는다. 그렇다고 너무 흥분하거나 메리한테 너무 많은 것을 기대하면 안 될 것 같다. 어쩌면 메리가 정말 지능이 낮을 수도 있으니까.

팽이 언니의 진짜 이름이 노라구나.

메리 같은 아이를 기르는 게 부담이 될 수도 있겠다는 짐작은 된다. 하지만 나는 여전히 앤드루가 어떻게 메리의 부모에게 허락받았는지 의문이다. 어떤 대가를 치렀을까? 자신의 연구로 유명해지면 벌게 될 돈을 나눠 주겠다고 약속했을까? 부모에게 돈을 주고 아이를 샀나?

청각장애의 원인이 불가사의하다는 앤드루의 주장에는 동의한다. 하지만 그 원인이 섬에 있는 어떤 불순물 때문이라는 가설에는 동의하기 힘들다. 그런 가설을 입증하려면 보통 수고스러운 게 아닐 테다. 나는 앤드루에게 더 확실한 증거 없이는 그의 연구를 후원할 수 없다고 말했다.

앤드루가 배신당했다며 불같이 화낸 게 마음에 걸린다. 예일대에서 왜 동료들과 잘 지내지 못했는지 알 것 같다. 그 친구는 지시나 건설적인 비판을 받아들이는 데 서툴다.

나는 일지 맨 뒷장을 조심스럽게 찢는다. 그리고 깃펜을 집어 들어 잉크통에 담근다. 평소에는 수어를 하다가 영어로 글을 쓰려면 머뭇거릴 때가 많다. 하지만 지금은 물살 급한 시냇물처럼 영어 단어가 펜 끝에서 빠르게 흘러나온다.

박사님,

우선 몇 가지 오해부터 바로잡겠습니다. 저는 자발적으로 비니어드를 떠나 앤드루 노블과 동행한 게 아닙니다. 제 부모님도 그가 저를 데려가는 걸 허락하지 않았습니다. 저를 무슨 진기한 구경거리로 쓰라고 앤드루에게 판 것도 당연히 아닙니다! 제가 사는 마을에서는 저 같은 여자아이를 짐으로 여기지 않습니다.

앤드루가 불같이 화내는 걸 봤다고 쓰셨으니 놀라지도 않으시겠지만, 저는 앤드루에게 납치당한 겁니다. 저는 이곳을 떠나 가족의 품으로 돌아가고 싶습니다.

집 밖에서 저를 지켜보는 남자를 봤습니다. 마서스비니어드에서 제가 알고 지내는 뱃사람들과 옷차림이 비슷했습니다. 우리 섬사람들이 저를 구출하려고 짠 작전의 한 부분이라고 믿고 싶습니다. 박사님은 믿으실지 모르겠지만, 저를 애타게 찾는 사람들이 있습니다.

박사님의 도움이 필요합니다. 저는 박사님 댁에 인질로 잡혀 있지만, 박사님을 나쁘게 생각하지 않습니다. 박사님도 속으신 거 알고 있습니다.

따님 에이미의 아름다운 유품을 제가 쓸 수 있게 해 주셔서 감사합니다. 제 친구 토머스의 말을 빌리자면, "사랑하는 사람을 잃는 게 제일 견디기 힘든 법"이지요.

박사님이 신의를 중시하는 분이라면 저를 도와주시리라 믿습니다.

메리 램버트 올림

쓰기를 멈추자마자 집 안 어딘가에 문이 열렸다가 쾅 닫히는 것이 느껴진다. 심장이 터질 듯이 뛴다. 마이넛 박사의 사무실 문이 서서히 열린다.

나는 숨을 곳을 찾는다. 마이넛 박사가 나타난다. 그는 날카로운 매의 눈으로 나를 본다. 나는 당황해서 들고 있던 종이를 떨어뜨리고 방에서 뛰쳐나간다. 그런데 어디로 도망쳐야 할지 모르겠다. 나는 로비에 얼어붙는다. 마이넛 박사가 내게 소리치는 것 같다. 위층으로 올라가면 다시 방에 갇혀 버릴 게 뻔하다.

나는 머리가 아득해지는 기분이 들다가 정신을 잃고 쓰러진다.

29장

눈을 떠 보니 나는 마이넛 박사의 진찰실 탁자 위에 이불을 덮은 채 누워 있다. 덥고 어지럽다. 나는 몸을 움직이면서 신음을 낸다. 노라 언니가 가까운 곳에 앉아 있다가 일어난다.

나는 옷을 입고 있는지 확인하려고 얼른 몸을 더듬는다. 그런 내 행동에 언니가 다정하게 웃는다. 언니는 일어나서 내게 글씨가 빼곡한 종이 두 장을 내민다. 내가 쓴 편지. 나는 불안해서 언니와 눈을 못 맞추겠다.

앤드루가 집으로 돌아온 건가? 마이넛 박사가 앤드루에게 내가 쓴 편지를 보여 준 건가? 앤드루는 자기를 흉봤다고 나한테 또 어떻게 복수하려 들까?

나는 절망스러운 표정으로 노라 언니를 바라본다. 언니는 자기 눈과 편지를 번갈아 가리킨다. '읽다'를 뜻하는 비니어드 수어다.

그제야 나는 손에 든 것이 내가 쓴 편지가 아님을 깨닫는다.

메리에게

편지 써 줘서 고맙다. 네가 한 번도 들은 적 없는 영어를 쓸 줄 안다는 게 참으로 놀랍구나. 나는 청각이 오감 중 가장 중요한 감각인 줄 알았다. 어쩌면 내가 틀렸을 수도 있겠구나.

지금은 내가 조금 난감하게 되었다. 나는 마서스비니어드섬에 널리 퍼진 청각장애의 원인을 밝히려는 앤드루의 의도에는 공감하고 있단다. 추구할 만한 가치가 있는 일이라고 생각한다. 물론 앤드루가 선택한 추악한 접근 방식에는 동의할 수 없지만.

나는 앤드루가 법적 처벌을 받게 할 생각은 없다. 이미 아버지와도 연을 끊은 가엾은 녀석이다. 앤드루의 아버지는 내 친구이자 코네티컷 그리니치에서 존경받는 인물이란다. 그 친구와 가족이 더는 망신당하게 하고 싶지 않구나.

문제는 너를 어떻게 하느냐다. 앤드루한테 너를 놔줬다는 것을 어떻게 설명할지 고민이다.

네가 편지에 언급한 선원은 보스턴항에 볼일이 있어서 왔다는구나. 그 사람과 이야기해 보니 선한 의도로 너에게 접근한 것으로 판단된다. 그러니 이렇게 하자. 집 밖에 그 사람이 다시 나타나면, 노라가 현관문을 열어 줄 것이다. 그럼 너는 뛰어나가 그 사람을 만나 도망치거라.

앤드루는 내가 널 풀어 준 걸 끝까지 모를 것이다. 다시 그 섬으로 돌아가려고 할 수도 있겠지만, 네 고향 사람들이 더는 그의 연구에 협조하지 않고 너를 납치하게 두지 않으리라 믿는다.

너는 농아자에 대한 내 고정관념을 흔들어 놓았다. 언젠가 다시 너를 만날 수 있다면 좋겠구나. 노라도 그 섬을 방문해 네가 하는 수어를 직접 연구하는 데 큰 관심을 보이고 있단다.

네 덕분에 우리 에이미에 대한 소중한 추억이 되살아났단다. 에이미도 네가 가족에게 돌아갈 수 있도록 이 아빠가 널 돕길 원했을 거라 믿는다.

주님의 가호를 빌며,

헨리 마이넛 박사가

나는 놀라서 순간 멍해진다. 마이넛 박사가 날 믿는다고? 노라 언니도?

나는 다급하게 외투를 챙긴다. 노라 언니는 가면서 먹을 음식을 싸 준다. 우리는 집 앞이 내다보이는 창가에 서서 몬머스 모자를 쓴 남자가 나타나기를 기다린다. 우리 둘 중 누가 더 긴장했는지 모르겠다.

노라 언니가 눈썹을 치켜올리며 지나가는 선원을 재빨리 가리킨다. 나는 고개를 젓는다. 그리고 계속 서성인다. 언니는 나와 수어를 연습하고 싶어 한다. 나는 신경이 곤두선 상태지만 언니가 원하는 대로 해 준다.

언니는 어린아이만큼 빠르게 배운다. 언니가 창문과 하늘, 나무와 새를 가리킨다. 나는 거기에 해당하는 수어를 보여 주고 전에 가르쳐 준 수어와 엮어서 문장을 만들려고 한다. 덕분에 시간 가는 줄 모르고 있는데, 언니가 갑자기 내 팔을 꽉 붙잡는다. "저기! 저기!"라고 수어로 말하며 바깥을 가리킨다.

집 앞으로 난 길로 한 남자가 걸어오고 있다. 눈발에 시야가 가려져 누군지 잘 안 보인다. 나는 제발 몬머스 모자를 쓴 남자이길 빈다.

나는 남자가 앤드루임을 알아보고는 공포에 질린다.

나는 현관으로 뛰어간다. 언니가 나를 뒤쫓아 와 재빨리 문을 열어 준다. 나는 고맙다는 인사를 할 겨를도 없이 허겁지겁 뛰쳐나가 앤드루와 반대 방향으로 달리기 시작한다. 공황 상태에서도 나는 기도한다. 몬머스 모자를 쓴 남자가 가까이 있기를, 앤드루한테 다시 붙잡히기 전에 그 남자든 다른 선원이든 날 도울 누군가를 찾을 수 있기를.

벽돌과 자갈이 깔린 거리는 얼음판 같다. 나는 화려한 구두 때문에 몇 번이나 미끄러져 넘어진다. 항구에서 불어온 강한 바람이 거리를 관통한다. 나는 그 바람을 맞고 팽그르르 돌다가 넘어질 뻔한다. 노라 언니가 싸 준 음식을 떨어뜨린다. 추위와 공포에 이가 딱딱 부딪힌다.

나는 노역하는 말처럼 헉헉대며 온 힘을 다해 달린다. 용기를 내서 뒤를 돌아보니 모퉁이를 돌아 쫓아오는 앤드루가 보인다. 나는 큰 키에 비쩍 마른 그를 한눈에 알아본다. 얼굴이 하얗게 질리는 게 느껴진다. 날 어떻게 찾은 거지? 노라 언니를 협박했나?

나는 중요한 건축물을 따라 부두로 가는 길을 기억해 내려고 애쓰지만, 방향을 잘못 잡은 것 같다. 보스턴의 인파를 헤치며 계속 달린다. 거리는 내가 방패로 삼을 만큼 몹시 붐빈다. 아무도 내가 쫓기고 있다는 것을 눈치채지 못하는 듯하다.

나는 숨을 고르려고 잠시 멈춰 선다. 바로 그때, 누군가 내 외투 뒷자락을 붙잡는다. 나는 그 자리에서 기절하면 어떡하나 걱정하며 홱 뒤를 돌아본다. 다행히 앤드루는 아니다. 몬머스 모자를 쓴 남자다!

금빛 곱슬머리에 건장한 체격의 그가 나를 위아래로 훑어보더니 끄덕인다. 나는 그에게 이름을 묻는다. 그는 고개를 젓는다. 수어를 할 줄 모르는 사람이다. 마이넛 박사에게 거짓말을 한 건가? 앤드루와 한통속인가?

남자는 내 팔을 붙잡고 끌고 간다. 내가 몸부림치자 남자는 내 저항이 의외라는 듯이 놀란다. 내가 장갑 낀 그의 손을 물려고 하는데도 그는 나를 놓지 않는다.

나를 쫓아오는 앤드루가 다시 보인다. 그의 파란 눈이 불타오르는 것 같고 턱은 굳어 있다. 한 열 걸음 만에 나를 덮칠 수 있을 만큼 가까이 있다.

나는 몬머스 모자를 쓴 남자를 올려다본다. 그는 공포에 질린 내 얼굴을 보더니 내 시선을 따라간다. 그가 나를 번쩍 들어 안는다. 내가 비명을 지르자 남자는 내 입을 손으로 막고 뛰기 시작한다. 앤드루에게서 도망쳐 부두에 도착한 남자는 나를 내려놓는다. 내가 도망치려고 하자 남자는 나를 밀친다. 그 탓에 나는 뒤로 자빠져 부두에 묶인 한 커터 위로 떨어지며 엉덩방아를 찧는다. 머리가 희끗희끗한 남자가 내게 달려온다. 에즈라 브루어 아저씨다! 내가 탄 건 그냥 커터가 아니다. 블랙도그호다!

나는 두 팔을 벌린 에즈라 아저씨에게 쓰러지듯 안긴다. 아저씨는 힘을 주면서도 부드럽게 나를 껴안는다. 나는 눈을 감고 아저씨의 어깨에 머리를 기댄 채 흐느낀다.

아저씨가 나를 놓고 남자에게 고맙다고 수어로 말한다. 남자는 모자를 살짝 기울여 답례하고는 부두의 인파 속으로 사라진다. 아저씨는 벌떡 일어나서 재빠르게 출항을 준비한다.

“앤드루가 쫓아왔어요.” 내가 수어로 말한다.

아저씨가 침착하게 대꾸한다. “봤어. 얼른 출발해야겠다.”

아저씨가 준비하는 동안, 나는 우리가 출항하기 전에 앤드루가 쫓아와 블랙도그호에 타려고 할까 봐 망을 본다.

배가 내항에서 벗어나기 시작하자 아저씨는 나를 살핀다. 아저씨의 검푸른 눈동자가 저토록 걱정으로 가득 찬 건 처음 본다. 내 몰골이 그렇게 흉한가?

아저씨가 눈을 반짝거리며 수어로 말한다. “메리, 널 다시 보니 반갑긴 한데, 그 주름 장식에 반짝이 단추는 영 별로다. 블랙도그호에 안 어울리게 너무 뻔쩍뻔쩍하잖아.”

내 안에서 폭포가 쏟아지기 시작한다.

30장

"나 지금 아저씨랑 수어로 얘기하고 있어요!"

"내가 보기에도 그런 것 같구나." 에즈라 아저씨가 대꾸한다.

"나 누구랑 대화하는 거 너무 오랜만이거든요." 내가 말한다.

"마음껏 해." 아저씨가 수어로 말한다.

나는 뒤를 돌아본다. 디파이언스호가 돛을 펄럭이며 우리를 쫓아오고 있다. 앤드루는 아까 마이넛 박사의 저택이 아니라 자기 스쿠너로 데려가려고 나를 쫓아왔던 것이다. 오늘 새벽에 저택을 나섰던 것도 출항을 준비하기 위해서였나 보다.

블랙도그호는 중형 커터다. 큰 선박보다 속도를 올리고 조정하기 쉽도록 삭구가 장착되어 있다. 앤드루의 스쿠너를 어렵지 않게 앞지를 수 있을 것이다.

대서양으로 나가자 물결이 거칠어진다.

내가 아저씨에게 수어로 말한다. "앤드루가 쫓아오고 있어요!"

아저씨가 수어로 말한다. "보스턴 남쪽으로 내려가다가 코드곶을 돌아서 갈 생각이야. 더 어려운 항로로 가는 거지." 아저씨가 내게 윙크한다. 나는 가슴이 철렁한다. 아무리 유능한 선장이 키를 잡고 있어도 코드곶 뒤쪽으로 배를 모는 것은 위험천만한 일이다. 메이플라워호•도 코드곶을 지나 버지니아로 계속 항해하지 못하고 곶의 끝에 상륙해야 했다.

우리가 다시 뒤를 돌아보자 우리를 향해 직선으로 항해하는 앤드루가 보인다. 아저씨가 나를 안심시킨다. "우리를 따라잡으려면 시간이 오래 걸릴 거다. 해류가 한동안은 빨라지지 않을 거야."

나는 수어로 말하려고 다시 손을 올리지만 할 말이 없다. 보스턴에 있을 때는 혹시라도 비니어드 사람을 만나게 되면 내가 어떻게 납치됐는지 미주알고주알 다 털어놓을 것 같았다. 지금은 차마 아무 말도 못 하겠다.

에즈라 아저씨는 내가 무슨 말을 할지 보려고 기다리고 있다. 나는 무슨 말이든 하고 싶다. 나와 관계없는 것이라면 어떤

• The Mayflower. 1620년 영국에서 출항해 대서양을 건너 북미 대륙의 플리머스에 상륙하여 최초의 뉴잉글랜드 식민지를 세운 청교도들이 타고 온 배.

말이든.

아저씨가 고개를 절레절레 흔든다. "이런 멍청이를 봤나! 너 뭐 좀 마시고 먹어야지." 아저씨는 조금씩 베어 먹기 편한 딱딱한 비스킷을 내게 준다.

"이제 집으로 가는 거죠?" 내가 수어로 말한다.

"그럼. 온 마을이 널 찾아다니고 네가 무사하길 기도하느라 바빴다. 네 엄마 아빠도 그동안 정말 힘들어했고." 아저씨는 한 눈으로는 키를 보고 다른 눈으로는 우리를 쫓는 스쿠너를 보고 있다. 그러다가 술병을 집으려고 왼손을 뻗는다. 물론 술병은 없다. 아저씨가 인상을 찌푸린다.

내가 아저씨에게 말한다. "엄마 아빠가 더는 슬퍼하지 않으면 좋겠어요. 우리 가족은 너무 오랫동안 힘들어했잖아요."

아저씨가 유쾌하게 웃으며 수어로 말한다. "그 곱슬머리 계집애가 얼마나 죽상이 돼서 땅이 꺼질 듯 한숨을 쉬며 돌아다녔는지 모르지?"

"낸시가요?" 내가 묻는다. 낸시를 다시 껴안고 싶어 근질근질해진다. 낸시는 내가 없는 동안 지루한 나날을 보냈을 게 틀림없다. "낸시 잘 있죠?"

아저씨가 수어로 대답한다. "걔 아버지가 토지권 때문에 난리를 치지만 않았어도 더 잘 지냈을 거야."

"스키프 아저씨는 아직도 고집불통인 거예요?" 내가 고개를 절레절레 흔들며 묻는다.

아저씨가 입을 움직거리다가 다시 수어로 말한다. "당연하지. 땅 한 조각 때문에 그 난리를 피우다니. 이미 땅 부자인데도 단지 그 땅이 갖고 싶단 이유로 말이야. 뭔 놈의 이유가 그렇더냐? 난 이 배랑 우리 고양이만 있으면 다른 건 필요 없는데."

아저씨는 내가 자기 말에 집중하고 있는지 확인하려고 나를 계속 바라본다. 나는 아저씨의 수어를 보고 있긴 하지만 어쩔 수 없이 뒤를 힐끔힐끔 보게 된다. 앤드루가 얼마나 가까이 왔는지 확인하지 않을 수가 없다. 그런데 앤드루가 우리를 따라잡고 있는지는 가늠하기 어렵다.

"토머스는요? 토머스도 잘 지내요? 여전히 아빠 목장에서 일해요?" 내가 묻는다.

"그렇고말고. 네 오빠가 타던 망아지 베이어드 있지? 그 녀석 얘길 해 줘야겠네. 그 악랄한 자식이 널 데리고 도망간 날, 베이어드가 성이 나서 갈기가 곤두섰더란다. 뭔가 심상치 않은 낌새를 느꼈던 거지."

그날 새벽 우리를 탈출해 고삐 없이 내달리던 베이어드의 모습이 떠오른다.

아저씨가 이야기를 이어간다. "녀석이 글쎄 울타리를 뛰어넘어 널 쫓아갔다더라. 그런데 너무 흥분한 나머지 큰길을 달리면서 나뭇가지에 맞고 긁히다가 결국 네가 있는 데까지 가지도 못했대. 녀석을 찾았을 때 깊이 파인 상처도 몇 군데 있었고 한쪽 눈은 퉁퉁 부어서 뜨지도 못했다더라."

"어떡해……." 내가 수어로 말한다.

아저씨가 계속 이야기한다. "너 속상해하라고 얘기하는 거 아니야. 네가 토머스 안부를 물으니까 말해 주는 거야. 베이어드를 낫게 해 준 게 누군지 말하면 너도 놀랄걸? 글쎄 토머스의 어린 딸이었어. 말들이 얼마나 예민한지 너도 알지? 좋아하는 사람만 좋아하고, 한번 마음 먹으면 절대 안 바꾸고. 그 아일랜드 인부는 제 몸에 손도 못 대게 하더니 인디언 계집애는 맘에 들었나 봐."

베이어드의 이야기에 기분이 좋아진다. 샐리가 끈질기게 노력한 보람이 있었나 보다.

"세라 힐먼은 어떻게 지낸대요?" 나는 칠마크 소식이라면 무엇이든 듣고 싶은 마음에 묻는다.

아저씨가 우스꽝스러운 표정으로 되묻는다. "너 열나서 정신이 이상해졌냐? 네가 언제부터 그 콧대 높은 계집애한테 관심이 있었다고?"

"나쁜 애는 아니에요." 나는 진심으로 대꾸한다.

"리 목사님은요?" 내가 또 묻는다.

"죄책감에 시달리고 계시지 뭐. 당신 초대로 그 악마 같은 놈이 우리 마을에 들어왔던 거니까."

"목사님 잘못이 아니잖아요." 내가 힘주어 말한다.

"나도 알아. 그런데 선한 기독교인이 다 그렇듯 양심의 가책 때문에 괴로우신 모양이야."

우리는 계속 가다가 난파선의 잔해를 지나간다.

"난파한 포경선." 아저씨가 수어로 설명한 뒤 애도의 표시로 모자를 벗는다.

"무슨 일이 있었던 거죠?" 내가 묻는다.

"늘 있는 일. 다친 고래가 작살에서 벗어나려고 몸부림치다가 포경선을 침몰시킨 거지. 어떨 때는 고래가 머리로 선체를 들이받아서 배가 산산조각이 나면서 가라앉기도 한단다. 그렇게 되면 공포에 질린 고래잡이들이 망망대해에서 맨몸으로 살아남으려고 발버둥을 치는 거지."

"고래도 다치는 거 아니에요?" 내가 묻는다.

"아니. 정면으로 부딪쳐야 차라리 덜 다쳐."

나는 잃어버린 목숨들을 생각하며 몸서리를 친다.

아저씨가 화제를 바꾼다. "낚싯바늘에 뭐 걸렸나 확인해야겠다." 아저씨는 배의 뒤쪽으로 가더니 오늘 잡힌 물고기를 들고 돌아온다. 어디서 많이 보던 녀석이 작은 물고기를 입에 물고 나타난다.

"스미시!" 내가 탄성을 지른다.

"이놈이 여기 아니면 어디 있겠냐? 외눈박이 해적이 따로 없다. 보물은 물고기뿐이지만."

스미시가 물고기를 입에 문 채 뱃살을 덜렁거리며 내게 다가와 인사한다. 나는 스미시가 물고기를 먹는 동안 녀석의 복슬복슬한 털을 쓰다듬는다.

나는 남은 여정이 지금만큼 유쾌하지는 않으리란 걸 안다. 앤드루 노블이 우리를 쫓고 있고, 악동 같은 우리 선장님이 그를 골탕 먹이기를 믿는 수밖에 없다.

지금 나는 자야 한다.

선실의 세면대는 낡고 금이 갔지만, 침대는 새로 깐 건초다. 나는 짚 위에 놓인 이불을 집어 든다. 엄마가 내 열 번째 생일에 만들어 준 누비이불이다. 엄마가 나한테 주라고 깨끗한 잠옷과 실내용 모자와 함께 아저씨에게 맡겼나 보다. 나는 이불에 얼굴을 묻고 익숙한 냄새를 들이마시다가 잠옷으로 갈아입고 침대에 눕는다. 스미시가 내게 온기를 나눠 주고 바다가 나를 둥개둥개 어른다. 나는 추억의 지도를 건초 밑에 고이 끼워 둔다.

31장

우리는 사흘 내내 항해한다. 나는 에즈라 아저씨의 망원경으로 디파이언스호를 감시한다. 아저씨나 나나 긴장한 상태다. 아저씨가 나보다 긴장한 기색을 더 잘 감추긴 하지만. 그래도 아저씨의 움직임에서 긴장감이 느껴진다. 한 작업을 끝내고 다음 작업으로 넘어가면서 바다를 살필 때도, 삭구를 점검할 때도, 능수능란한 뱃사람의 손놀림으로 배를 조정할 때도 긴장감이 묻어난다.

우리가 앤드루 노블보다 앞서고는 있지만, 그도 꾸준히 우리를 뒤쫓는 중이다.

나는 배 위에서 아저씨가 움직이는 데 걸리적거리지 않으려고 신경 쓰는 것 말고는 딱히 할 일이 없다. 스미시와 한동안 놀아 주지만 녀석은 이내 자기 볼일을 보러 어슬렁거리며 가

버린다.

저녁이 되자 디파이언스호가 맨눈으로는 보이지 않을 만큼 멀어진다. 나는 앤드루가 포기했을지도 모른다는 생각에 안도한다.

아저씨가 겨울 바다의 추위를 잘 견디라고 자기의 두꺼운 털 양말을 내게 준다. 나는 무릎 위까지 오는 양말을 스타킹처럼 신지만, 너무 큰 양말은 종아리를 타고 흘러내린다.

아저씨가 수어로 말한다. "그 뻔쩍뻔쩍하는 옷차림에 어울리는 양말을 주지 못해 미안하군."

내가 아저씨에게 혀를 내밀자 아저씨가 크게 웃는다.

작은 배를 타고 바다 한가운데 떠 있으니 하늘이 어마어마하게 넓어 보인다. 오늘 밤은 빨간색과 분홍색으로 물든 구름이 끝없이 뻗어 있다. 나는 몇 분이라도 더 깨어 있으려고 눈을 비빈다.

그런 나를 지켜보다가 아저씨가 말을 건다. "붉은 밤하늘은 뱃사람의 부적이지."

나는 아저씨가 날씨 얘기만 하는 게 아니라고 짐작한다. 정말 좋은 징조라면 좋겠다.

이번에는 내가 말을 건다. "엄마 말이 아저씨가 사나포선•을 몰았다는데요?"

아저씨가 되묻는다. "정말 그렇게 말했다고?"

나는 고개를 끄덕인다.

"그랬었지. 옛날 옛적에."

"얘기해 줄래요?" 잠들기 전에 수어로 멋지게 들려주는 옛날 이야기만큼 영혼의 불꽃을 다시 지펴 주는 건 없다.

아저씨가 손을 맞비빈다.

"우리가 포로로 잡은 사람은 런던에서 온 웨미스 오록 대위였어. 이름 참 거창하지 않냐? 그가 몰던 해리엇호는 런던과 자메이카를 오가며 물품을 실어 나르는 배였지.

그런데 1776년 3월 어느 날, 해리엇호가 비니어드와 낸터킷 두 섬 사이의 모래톱에 좌초된 거야. 오록 대위는 자메이카로 가던 게 아니라 보스턴에 있는 영국군에게 군수품을 수송하던 중이었던 거지.

대위는 좌초되었다가 어찌어찌 배를 빼긴 했는데, 안전한 곳에 닻을 내리고 해류가 바뀔 때까지 기다려야 했지. 그렇게 기다리는 동안 적군이 나타났다고 에드거타운에 소문이 돈 거야."

아저씨는 신이 나서 이야기를 이어간다. "우리는 무장한 다

● privateer. 교전국 정부로부터 해상에서 적국과 싸우고 적의 상선(商船)을 나포할 권한을 인정받은 민간 소유의 무장 선박. 정부의 보수를 받지 않는 대신 나포한 화물을 분배받을 권리를 갖는다.

음 범선이랑 작은 배 여러 척을 타고 몰려가서 오록 대위한테 요구했지. 해리엇호를 우리한테 넘기고 투항하라고."

"국왕 폐하의 배를요?" 나는 못 믿겠다는 표정으로 묻는다.

"그런 셈이지." 아저씨가 멋쩍게 웃으며 수어로 말한다. "총격을 주고받다가 오록 대위가 부상당했어. 우리는 대위를 생포하고 해리엇호를 나포해서 전리품처럼 에드거타운항으로 몰고 갔지!

나중에 오록 대위는 풀어 줬어. 우리가 흉악범은 아니니까. 분명히 말하지만, 옷은 제대로 입은 상태로 풀어 줬어. 누구는 우리가 그 사람 바지까지 벗겨서 오도 가도 못하는 곳에 버렸다고 하는데, 그건 아니지. 우리가 아무리 폭도였대도 그 정도로 무식하게 굴진 않았다."

나는 아저씨의 마지막 말에 살짝 눈을 흘긴다.

아저씨가 이야기를 끝맺는다. "우린 군의 지휘를 받는 게 아니었으니까 우리끼리 포획물을 나눠 가졌어. 꽤 짭짤했지. 배는 다트머스로 보내졌고. 오록 대위가 결국 영국으로 돌아갔는지는 모르겠다. 나야 그 사람이 고향으로 돌아가 잘 먹고 잘 산다고 믿고 싶지."

"그때는 사나포선 모는 게 합법이었나요?" 내가 묻는다.

아저씨가 솔직하게 말한다. "따지고 보면 합법은 아니었어.

관련법이 통과되기 전이었으니 정부가 특허장을 발급하거나 권한을 준 것도 아니었고. 당시 적군의 배를 나포하는 건 해적 정신과 애국심으로 하는 일이었단다. 결국 독립 전쟁에는 보탬이 됐지만."

"아저씨가 한 일에 죄책감을 느끼세요?" 내가 묻는다.

"별로." 아저씨가 바지에 붙은 고양이 털을 떼어 내며 대꾸한다.

내가 진지하게 말한다. "아저씨는 정말 못 말리는 악동이네요."

아저씨가 받아친다. "누가 아니래?"

아저씨가 손가락으로 계단을 내려가는 수어를 하고는 머리 아래의 베개를 부풀리는 시늉을 한다.

나는 웃으며 끄덕인다. 그리고 스미시를 따라 나무 계단을 내려가 선실로 들어간다.

내 머리는 온통 보물을 찾아다니는 사나포선의 모험으로 가득하다. 그러다 마침내 나는 엄마 품에 안긴 아기처럼 스르륵 잠이 든다.

32장

다음 날과 그다음 날은 첫날과 비슷하게 지나간다. 나는 에즈라 아저씨를 소소하게 돕는다. 아저씨는 내가 따분해지지 않도록 가벼운 심부름을 시킨다. 나는 안 쓰는 밧줄을 감아 놓거나 갑판 아래 물이 새거나 고인 곳은 없는지 살피며 하루하루를 보낸다.

여섯째 날 아침에 눈을 뜨는데, 배 주위의 물살이 거칠어진 게 느껴진다. 배가 파도에 흔들리는 게 아니라 이리저리 내동댕이쳐지는 것 같다. 선실 천장에 매달린 고래기름 램프가 흔들린다. 나는 갑판으로 올라간다. 거대한 파도가 하얀 물거품을 뿜어내며 배를 때린다. 파도가 뿌리는 물보라가 비처럼 느껴진다. 물보라를 맞은 얼굴이 얼얼해진다.

에즈라 아저씨는 여전히 몬머스 모자와 물개 가죽 외투 차림으로 키를 잡고 있다. 아저씨가 나를 보더니 고개를 끄덕이며 웃는다.

나는 저 멀리 디파이언스호를 보고 기겁한다. 내가 그쪽을 가리키자 아저씨가 보일 듯 말 듯 고개를 끄덕인다. 아저씨는 겁이 나지 않는 건가? 아니면 내 앞이라 일부러 불안한 마음을 감추는 건가?

앤드루는 어떻게 우릴 따라잡은 거지? 블랙도그호를 추월해서 아저씨를 바다에 빠뜨리면 어떡하지? 온몸이 오싹해진다.

아저씨는 배가 계속 직진할 수 있도록 갑판에 고정된 밧줄을 끌어다가 타륜에 묶는다. 그리고 내게 와서 혹시 모르니 타륜을 붙잡고 있으라고 손짓한다. 내가 앞으로 벌어질 일에 지레 겁먹을까 봐 일부러 일을 시키는 것 같다.

내가 타륜의 나무 손잡이를 꽉 붙들고 있는 동안, 아저씨는 중심 돛의 가장자리를 안으로 돌돌 말아 단단히 묶어서 돛의 폭을 좁힌다. 그다음에는 보조 돛을 폭풍이 닥칠 때 쓰는 이물 삼각돛으로 바꿔 단다. 그리고 내게 돛의 이름을 손가락으로 철자하며 용도를 설명해 준다.

"파도를 조타 장치 쪽으로 둬야 해," 아저씨가 뒤를 가리키며 설명한다.

더는 아저씨를 도울 일이 없자 나는 갑판 아래 식품 저장고에서 딱딱한 비스킷과 말린 생선을 꺼내 온다. 계속 몸을 움직여야 동상 걸리는 걸 막을 수 있다. 나는 나무통에서 물 탄 럼주를 떠서 잔에 담는다. 아저씨는 가벼운 술이 물보다 건강에 좋다는 해먼드 선생님의 이론에 동조하는 모양이다.

아저씨가 지쳐 보인다. 그동안 아저씨가 조타 장치 앞에서 졸다가 부르르 몸을 떨고 고개를 흔들면서 잠을 쫓는 걸 여러 번 봤다.

"곧 코드곶의 끄트머리가 가까워질 거다." 아저씨가 수어로 말하더니 물개 가죽 외투를 벗어서 내 어깨에 둘러 준다. 외투의 따뜻함이 고맙다.

배가 강풍을 맞을 때마다 앞뒤로 흔들린다. 나는 넘어지지 않으려고 비틀거린다. 비가 우박으로 바뀐다. 작고 하얀 덩이가 우리를 때리고 갑판 위에 떨어져 쌓이기 시작한다. 나는 우박을 손으로 퍼서 바다로 던진다. 갑판에 쌓인 우박 더미가 들이닥치는 파도에 녹으면 커다란 얼음덩어리가 되어 갑판 위를 미끄러지며 돌아다닐 것이기 때문이다.

우리를 쫓던 앤드루가 이제 더는 보이지 않는다. 배가 뒤집힌 걸까?

파도는 점점 더 높이 솟는다. 블랙도그호도 파도를 따라 오르락내리락한다. 파도를 타고 꼭대기까지 올랐다가 떨어지면

다음 파도가 다시 배를 밀어올린다. 나는 속이 몇 번 뒤집힌다.

영국 민속신앙에서 검은 개는 불운을 가져온다고 한다. 에즈라 아저씨는 악동답게 일부러 배 이름을 불운의 상징으로 지은 것이다. "최악의 상황에 맞닥뜨리면 그다음부터는 모든 게 행운이지." 언젠가 아저씨가 내게 해 준 말이다. 검은 개라고 이름 붙인 배에 검은 고양이와 여성까지 태웠으니, 아저씨는 아예 대놓고 불운을 부르는 셈이다!

배가 위로 솟구쳤다가 아래로 떨어지길 수없이 반복한다. 마치 야생마에 올라타 언덕을 달리고 돌담을 뛰어넘는 기분이다. 폭풍은 언제까지 계속될까?

번개가 줄기차게 친다. 마치 내 머리 바로 위에서 치는 것처럼 가깝게 느껴진다. 하늘이 갈라지다가 곧 전기의 이상한 윙윙거림이 느껴진다. 계속 내리치는 번개로 주위가 번쩍번쩍 환해지던 중, 우리 배 바로 옆으로 온 디파이언스호가 보인다! 디파이언스호가 블랙도그호의 옆구리를 들이받는다. 도대체 어디서 나타난 거지?

"아래로 내려가!" 아저씨가 한 손으로 타륜을 붙잡고 다른 손으로 말한다.

나는 아저씨를 혼자 두고 싶지 않다. 그래서 아저씨한테 방해되지 않도록 몸을 웅크리고 앉는다.

또 한 번 번개가 지그재그 모양으로 하늘을 가르고 천둥이 우르릉 쾅 울린다. 주위가 순간 환해지면서 블랙도그호와 반대쪽으로 급하게 뱃머리를 틀었다가 다시 돌아오는 디파이언스호가 보인다. 인정하기 싫지만 앤드루의 조종 실력은 뛰어나다. 그는 배를 밀고 당기는 파도와 폭풍에 힘겹게 맞서면서도 파도를 이용하고 있다. 앤드루가 우리를 향해 방향을 틀자 배가 앞으로 기울며 뱃머리에 튀어나온 봉이 물속에 잠긴다. 돌격하기 직전에 머리를 숙여 뿔을 내미는 숫양이 연상된다.

나는 며칠 전 지나쳐 온 고래잡이배를 떠올리며 우리를 들이받으려는 앤드루의 의도를 눈치챈다!

나는 앤드루가 우리를 들이받을 때 튕겨 나가 파도에 잡아먹힐까 봐 배에 납작 엎드려 난간을 꽉 붙잡는다. 아저씨는 이를 악물고 타륜을 빠르게 돌려서 방향을 급하게 튼다. 앤드루가 또 옆구리를 들이받는다. 나는 갑판을 가로지르며 미끄러진다.

갑자기 삭구의 매듭 하나가 풀린다. 나는 몸을 날려 풀린 밧줄을 온 힘을 다해 꽉 붙잡는다. 밧줄이 젖은 손에서 미끄러지면서 손바닥이 화끈거린다. 나는 미끄러운 갑판에 두 발을 딛고 버틴다. 아저씨가 꽉 붙잡으라고 다급하게 수어로 말한다. 나는 밧줄을 손목에 감고 있는 힘껏 당긴다.

나는 하나님께 기도한다. 노아와 그 가족, 방주에 한 쌍씩 태웠던 모든 동물을 구원하셨듯이 우리를 구원해 육지에 닿게 해 달라고. 올리브 잎을 문 비둘기를 우리에게 보내서 육지가 가까워졌음을 보여 달라고.

바다가 거세게 휘돈다. 파도가 블랙도그호보다 더 높이 솟구쳐 올랐다가 쉴 새 없이 갑판을 덮친다.

거대한 파도가 뛰어오르는 사자 무리처럼 바다에서 솟아올랐다가 디파이언스호를 덮친다. 배가 성난 바다 위에서 서서히 옆으로 기운다. 그 순간 번개가 번쩍이면서 환하게 드러난 광경에 나는 놀라서 숨이 턱 막힌다. 앤드루가 그 마른 체구로 가라앉는 배를 바로 세우려고 안간힘을 쓰는 게 보인 것이다. 끊임없이 덮치는 파도에 얻어맞는 배는 저절로 바로 설 가망이 없어 보인다.

배가 기괴하게 기울어진 채로 허공에 매달린 것처럼 보인다. 나는 파도가 또 한 번 배를 때리는 모습을 숨도 못 쉬고 지켜본다. 배가 거북이처럼 뒤집힌다. 따개비가 붙은 배 밑바닥이 하늘을 향하고 돛대는 바닷물에 처박힌다. 내가 방금 본 게 출렁이는 바닷물 위로 뻗었다가 사라지는 앤드루의 손이었을까?

우리도 폭풍과 싸우느라 앤드루를 구조할 겨를이 없다. 아저씨는 겨우 블랙도그호의 침몰을 막는다. 바다의 신 넵투누스와 거래라도 했나 보다.

마침내 폭풍이 잠잠해지기 시작하자, 나는 갑판에 힘없이 주저앉는다. 배 안에 고인 물에 흠뻑 젖은 내 치마가 뻣뻣해진 내 다리에 달라붙는다. 나는 추워서 덜덜 떨고 있지만 선실로 내려갈 힘도 없다. 아저씨가 다가와 밧줄을 쥔 채 얼어붙은 내 손가락을 밧줄에서 떼어 준다.

아저씨가 고개를 절레절레 흔들며 이 사이로 공기를 빨아들인다. 아저씨는 내게 기다리라고 하고는 갑판 아래로 내려가 화상 입은 내 손에 바를 연고와 싸맬 헝겊을 가져온다. 내 손바닥에 밧줄 모양 그대로 데인 상처가 생겼다. 손등 관절은 뒤틀린 매듭 같다. 아저씨는 감각이 돌아올 때까지 내 손을 살살 주물러 준다.

아저씨는 내 손을 치료하면서 자기 머릿속에만 있는 노래에 맞춰 고개를 까딱거린다. 뱃노래일 게 틀림없다.

아저씨가 말한다. "손이 많이 거칠어졌네."

나는 고개를 끄덕인다. 내가 슬퍼 보였는지 아저씨는 내 턱밑을 손가락으로 톡 친다. "이젠 매듭 묶는 법 좀 배우지 그래? 다음엔 빌어먹을 폭풍이 끝날 때까지 밧줄을 붙잡고 있지 않고 묶을 수 있게 말이야." 아저씨의 놀림에 나는 웃고 만다.

우리는 나란히 앉아 물 탄 럼주를 나눠 마시며 구름 사이로 희미하게 비치기 시작하는 햇살을 바라본다. 아저씨는 폭풍을 천 번은 맞은 것처럼 지쳐 보인다.

"디파이언스호의 잔해가 보이지 않네요." 내가 말한다. 다친 손에 감긴 붕대 때문에 수어로 말하기가 조금 어색하다.

"그러게. 시간이 많이 흘렀고 우린 파도에 실려 너무 멀리 왔으니까. 너무 깊이 생각하지 않는 게 좋겠다. 목사님이 코네티컷에 있는 앤드루의 가족에게 소식을 전하시겠지. 너나 네 가족은 그동안 많이 힘들었잖아."

아저씨의 말에 나는 우리 가족을 떠올리며 무언가 깨닫는다. 조지 오빠를 잃고 엄마와 아빠와 나는 슬픔을 견디면서 서로 가까워진 게 아니라 멀어졌던 것이다. 다시는 그렇게 되지 않도록 노력해야겠다.

이제 바다는 고요하다. 내 정신이 이렇게 맑은 것도 오랜만, 아니 어쩌면 처음인 것 같다. 나는 아저씨에게 가서 쉬라는 뜻으로 계단을 가리킨다. 아저씨는 웃으며 끄덕이더니 갑판 아래 망가진 곳은 없는지 살피러 내려간다. 그리고 침대로 가서 너무 오래 미뤘던 낮잠을 청한다.

이로써 나의 기나긴 시련은 정말 끝난 건가?

나는 난간 앞에 서서 사방으로 펼쳐진 망망대해를 바라본다. 다른 배는 한 척도 보이지 않는다. 파도는 잠잠해졌고, 돛을 다 올린 배는 어딘지 모르게 희망차 보인다. 하지만 내 슬픔은 여전히 출구가 필요하다. 나는 앉은 자리에서 울기 시작한다. 눈물을 닦지도 않고 다 쏟아져 나올 때까지 목 놓아 운다. 아저씨가 이런 내 모습을 보지 않아서 다행이다.

33장

아저씨는 한숨 자고 일어나자마자 다시 항해를 시작한다. 나는 집으로 돌아가고 싶어 점점 더 초조해진다.

"앤드루한테 왜 계보를 그려 줬어요?" 내가 아저씨에게 묻는다.

아저씨가 수어로 말한다. "램버트랑 스키프 가문 계보 끄적거린 거 말이냐?"

"그럼 거짓말을 했단 말이에요?" 내가 또 묻는다.

"당연히 아니지! 난 진실한 사람이라고." 아저씨는 내가 의심해서 기분 나쁜 척하며 대꾸한다.

"그럼……." 나는 아저씨가 자초지종을 다 얘기해 주길 기대하며 말끝을 흐린다.

아저씨는 턱을 긁적이며 웃는다. 아저씨의 입꼬리가 익살스럽게 올라간다.

"네 아버지의 육촌이 귀가 완전 먹통이었던 건 사실이야. 그런데 그 부인의 별명이 패티케이크였는지 뭐였는지는 사람들이 잘 모른단 말이지."

나는 웃음을 터뜨린다. "패티케이크? 패티케이크 램버트? 계보에 그렇게 적었다고요?"

"그렇게 적었지. 근데 예일대씩이나 나온 그놈은 똑똑한 척은 혼자 다 하면서 지가 속는 줄도 모르더군."

"그 사람 안 똑똑해요." 나는 수어로 냉정하게 말한다.

"알아. 메리, 아저씨가 맹세하는데, 그놈이 너한테 무슨 짓을 하려고 마음먹었는지 알았다면 그놈이 섬에 도착한 날 바로 내쫓았을 거야."

집에 도착하기 전에 속에 꾹 담아 둔 말을 꺼내야 할 것 같다.

나는 아저씨에게 그 말을 털어놓는다. "보스턴은 우리 섬이랑 달라요. 아무도 수어를 안 해요. 사람들은 우리를 깔보고 짐승 취급해요."

"나도 가 봐서 알아. 입만 나불대는 것도 다 봤고. 근데 난 그 사람들이 우리 비니어드 사람들보다 조금도 더 똑똑하다고 생각하지 않는다. 너만 봐도 그래. 아저씬 너 태어났을 때부터 봤잖아. 넌 뭔가 달라."

“어떤 사람들은 다른 걸 좋게 보지 않던데요.” 내가 수어로 말한다.

“남들이 뭐라 하든 신경 쓰지 마. 난 평생 신경 쓰지 않고 살았어.”

나는 살면서 섬에서 멀리 벗어난 적이 한 번도 없었기에 외지 사람처럼 먼바다에서 섬이 가까워지는 것을 바라본 적이 없다. 여기서 보니 우리 섬이 참 작아 보인다.

블랙도그호가 해안에 접근하는 동안 나는 뱃머리에 서서 망원경으로 섬을 살핀다. 매슈 파이 아저씨가 망원경으로 우리 쪽을 보고 있다. 아저씨는 언덕에 서서 팔을 머리 위로 올렸다가 가슴 가운데에 모으는 수어로 ‘환영한다’는 뜻을 전한다. 아저씨의 수어를 보니 가슴이 뜨거워진다.

매슈 아저씨가 말에 뛰어올라 달려가는 게 보인다. 우리가 돌아왔다는 소식을 전하려는 게 분명하다.

엄마 아빠가 바닷가로 우리를 마중하러 올까? 낸시도 오면 좋겠다.

언덕과 바닷가는 그대로다. 해안선을 따라 띄엄띄엄 정박한 낯익은 배들이 보이고, 평생 알고 지낸 어부들이 바다에서 그물을 끌어 올리는 모습도 보인다. 우리 양 목장의 아래쪽도 보인다. 양 떼가 겨울 풍경화에 유화로 찍은 점들처럼 보인다. 땅은 군데군데 눈으로 덮여 있다. 누런 잔디도 듬성듬성 보이고, 잎을 떨군 떡갈나무와 과일나무가 빽빽한 곳도 보인다. 소나무는 솔잎을 떨구지 않았다.

에즈라 아저씨가 천천히 해안으로 배를 몬다. 물이 무릎 높이 정도가 될 때까지 배를 해안 쪽으로 몰다가 뱃머리를 바다 쪽으로 돌린 다음 닻을 내린다. 겨울 작업복을 입은 어부들이 얼음 같은 바닷물로 걸어 들어와 우리 배를 안전하게 모래톱까지 끌고 간다.

나는 몸은 춥고 멍들고 머리카락은 바람에 휘날려 인어처럼 산발이고 두 볼은 햇볕에 그을린 모습으로 가만히 배 위에 서 있다. 아저씨의 물개 가죽 외투를 입고 주머니에 추억의 지도를 챙겨 넣고 스미시를 꼭 끌어안고 해변을 바라본다. 스미시가 놔 달라고 몸부림치다가 모래밭으로 먼저 뛰어내린다.

아저씨와 어부들이 배에서 짐을 내리기도 전에 아빠가 먼저 나를 마중 나온다.

아빠가 손으로 부드럽게 볼을 쓸어내리며 내 이름을 부른다. "메리! 드디어 돌아왔구나! 하나님 감사합니다."

아빠는 내 망가진 모습에 느꼈을 충격을 에즈라 아저씨보다는 더 잘 감춘다. 커다란 손으로 눈물을 훔치며 환하게 미소 짓는다. 그리고 강한 두 팔로 나를 들어서 꽉 끌어안는다. 나는 아빠의 품에 녹아든다.

아빠가 나를 모래밭까지 안고 간다. 섬사람들이 모여 있는 게 보인다. 그런데 엄마는 어디 있지?

엄마가 뛰어오는 게 보인다! 손수건으로 반짝이는 파란 눈을 닦으며. 나를 향해 두 팔을 뻗으며. 엄마가 나를 끌어안는다. 나는 엄마가 내 머리 옆쪽을 쓰다듬자 움찔한다. 엄마는 입술을 떨면서도 나를 보고 웃는다.

"정말 너야? 괜찮아?" 엄마가 수어로 말한다.

"나야. 이젠 괜찮아." 내가 수어로 말한다.

아빠가 모래 위에 나를 내려놓고 달구지에서 이불을 가져와 내게 덮어 준 뒤 에즈라 아저씨의 하나밖에 없는 외투를 돌려준다.

엄마의 품은 벨벳처럼 보드랍다. 나는 섬에서 납치되기 전에는 엄마만의 체취가 있다는 것을 몰랐다. 엄마한테서 장미수와 깨끗한 털실과 시나몬 향이 난다. 나는 엄마의 섬세한 이목구비를 손가락으로 매만지고 엄마의 머리카락을 쓰다듬는다. 엄마가 가볍게 웃는 게 느껴진다.

매슈 아저씨와 해먼드 선생님이 우리에게 다가오면서 "집에 온 걸 환영해."라고 수어로 말한다. 나를 반기는 두 사람의 얼굴을 보니 안도감이 든다. 나도 두 사람을 보고 웃으며 돌아와서 좋다고 말한다.

나는 폭풍에 찢긴 옷을 이불로 가린 채 엄마와 함께 바닷가에서 큰길로 걸어간다. 낸시가 나를 향해 뛰어온다. 낸시는 나를 위아래로 훑어본다. 마치 잃어버렸다가 되찾은 뼈다귀의 냄새를 킁킁 맡는 강아지처럼. 그리고 내 눈을 들여다본다.

내가 수어로 말한다. "이 말은 꼭 하고 싶……."

낸시가 내 말을 막는다. "아휴, 됐어, 메리! 내가 어떻게 하면 너한테 더 좋은 친구가 될 수 있을지 얼마나 고민했는지 알아? 나 이기려고 네가 먼저 사과하기만 해 봐!"

"언젠간 너한테 해 줄 얘기가 너무 많아." 내가 수어로 말한다.

낸시도 나와 나란히 걸으며 수어로 말한다. "나도 너한테 할 말 있어."

우리는 큰길에서 리 목사님과 마주친다. "아가야……." 목사님은 감정이 북받쳐서 어쩔 줄을 몰라 하신다. 목사님의 손이 적절한 말을 찾지 못해 머뭇거린다. "우리 모두 천사와 악마를 구분할 줄 알게 되기를, 그리고 네가 평생토록 네 가족과 공동체의 품 안에서 안전하게 지내기를 기도한다."

나는 목사님이 내미신 손을 잡고 목사님을 올려다보며 웃는다.

나는 엄마 아빠와 함께 달구지에 올라타면서 불타는 주황빛 석양 아래 물이 빠지고 있는 바다를 돌아본다. 고향으로 돌아오니 참 좋다.

34장

목장이 가까워지자 돌담을 수리하는 토머스와 에이먼이 보인다. 흙이 얼면서 돌담을 밀어 올린 모양이다. 우리가 지나가자 두 사람은 작업을 멈추고 모자를 벗으며 내게 손을 흔든다. 나도 웃으며 손을 흔든다.

집 안으로 들어서자 나는 감정이 북받치면서 다리에 힘이 풀린다. 여기는 잠긴 문이 없다. 손과 무릎이 닳도록 해야 할 노동도 없다. 손님이 남긴 음식으로 끼니를 때울 필요도 없다. 쿡쿡 찔리고 쑤심을 당할 일도 없다. 여기는 우리가 사랑하고 웃던 곳이다. 그리고 애도하고 싸우던 곳이다. 여기는 사람이 사는 집이다.

아빠가 나를 부엌까지 안고 간다. 이렇게 안겨 있기에는 내가 너무 커 버린 기분이다. 내가 감금되어 있는 동안 이렇게나 많이 자랐나? 아니면 내 몸집과 나이를 더 의식하게 된 건가?

아빠가 난로 옆 의자에 나를 내려놓는다. 엄마가 내 화려한 드레스를 어루만진다. 지금은 더럽혀지고 찢어졌지만. 엄마는 뭘 상상하고 있을까?

"목욕하고 차 마시자." 엄마가 수어로 말한다.

아빠가 나무 욕조를 끌고 오고 엄마가 주전자에 물을 끓이는 동안, 나는 조지 오빠의 방이 있는 쪽을 바라본다. 방문이 열려 있다. 멀리서 보면 마치 오빠가 떠나던 날 그대로인 것 같다.

아빠는 내가 목욕할 수 있게 부엌에서 나간다. 나는 엄마 앞에서는 옷을 벗는 게 조금도 부끄럽지 않다. 내 상처와 앙상한 갈비뼈를 보지 못하게 엄마의 눈을 가려 주고 싶지만. 내가 라벤더 향을 섞은 고래기름 비누로 씻는 동안, 엄마는 고래수염 솔빗으로 내 엉킨 머리카락을 빗는다. 그리고 내 아픈 귀와 손을 진정시켜 줄 연고를 발라 준다.

목욕을 마치고 식탁 앞에 앉은 나는 크림을 넣은 진한 영국산 차를 마신다. 보스턴에서 보낸 시간이 내 머릿속을 스친다. 그 장면들을 떨쳐 내기가 힘들다. 이제는 내 일부가 되어 버린 것 같다.

아빠가 현관문을 열었다가 닫는다. 샘이 달려와 내 무릎으로 뛰어오른다. 내 깨끗한 숄과 옷에 샘의 발자국이 찍힌다. 하지만

난 싫지 않다. 샘은 내 얼굴을 핥더니 재채기한다. 나는 샘의 목덜미를 붙잡고 부드러운 털에 얼굴을 묻은 채 울음을 터뜨린다.

엄마가 내 옆에 앉아 내 등을 쓸어 준다. 아빠는 담배 파이프를 톡톡 친다. 나는 한바탕 울고 나서 다시 의자에 올라앉는다.

"우리 메리를 집으로 돌려보내 주신 주님, 감사합니다." 엄마가 수어로 기도한다.

"춥고 위험한 코드곶을 두 번이나 항해해서 우리 딸을 무사히 집으로 데려와 준 우리 소중한 친구에게도 감사하자." 아빠가 덧붙인다.

엄마가 수어로 말한다. "아멘."

나는 엄마가 에즈라 브루어 아저씨를 위해 "아멘"을 할 날이 올 줄은 꿈에도 몰랐다.

엄마는 내가 제일 좋아하는 크랜베리 머핀을 만들었다. 나는 크게 한 입 베어 물고 크랜베리의 새콤함을 음미한다. 하지만 내 위장은 꾸르륵거리며 아파진다. 배를 타고 오는 동안 에즈라 아저씨의 저장고에 있던 음식은 둘째치고 물 탄 럼주를 너무 많이 마신 탓에 입맛이 잠깐 달아난 것 같다.

"잘 시간." 아빠가 두 손을 포개고 그 위에 머리를 기대는 수어로 말한다. 그리고 엄마에게 윙크한다.

내가 부엌에서 나와 계단을 오르려 하자, 엄마가 내 어깨에 손을 얹는다. 그리고 나를 돌려세우더니 오빠의 방으로 데리고 간다. 오빠의 침대 틀과 서랍장이 윤이 나도록 닦여 있다. 창문에는 새 커튼이 달려 있고 침대에는 새 이불이 깔려 있다. 오빠가 쓰던 작은 책상 위에는 오빠의 책과 서류가 치워진 자리에 빈 섬유지와 깃펜과 잉크통이 놓여 있다.

"나 주는 거야?" 내가 믿을 수 없다는 듯이 묻는다.

"해먼드 선생님 말씀이 우리 메리가 아주 드문 재주가 있고 훌륭한 선생님이 될 자질이 있다고 하시네. 해먼드 선생님이 주신 후한 선물을 훌륭하게 쓰리라 믿어." 엄마가 수어로 설명한다.

나는 가슴이 벅차오른다.

하지만 이 침대에 마음 편히 누우려면 먼저 풀어야 할 응어리가 있다.

나는 불쑥 말을 꺼낸다. "나 떠나기 전날 밤 엄마가 했던 말 있잖아."

엄마가 대답한다. "절대 해서는 안 될 말이었어. 메리, 솔직히 그 말들은 내 진심이 아니었단다. 내가 무슨 말을 했는지 나도 몰랐어. 난 소중한 걸 모두 잃은 줄 알았지. 절대 그렇지 않다는 것을 잔인한 교훈을 통해 깨달았고."

"난 좋은 딸이 되고 싶어." 내가 수어로 말한다.

"넌 좋은 딸이야." 엄마가 수어로 말한다. 눈에 눈물이 고인 엄마는 고개를 끄덕이며 내 손을 잡는다.

나는 창밖을 내다본다. 몇 달 지나면 밖에 쌓인 눈과 얼음은 녹을 것이다. 내가 겪은 끔찍한 일들도 녹아 버릴 수 있을까?

엄마가 수어로 말한다. "우리랑 가까이서 자자. 아무도 널 해치지 못할 거야." 엄마가 내 생각을 읽은 걸까?

나는 한참을 엄마를 끌어안고 있다가 침대 옆에 깔린 빨간 깔개 위에 무릎을 꿇는다. 먼저 나를 안전하게 집으로 인도해 준 주님과 에즈라 브루어 아저씨에게 감사를 올린다. 그리고 나의 제일 좋은 면을 알아봐 준 엄마 아빠에게도. 그다음에는 기도할 때마다 말하는 사람들 이름에 실눈 아저씨, 마이넛 박사, 노라 언니, 몬머스 모자를 쓴 남자를 더한다.

그리고 앤드루도 기억한다. "우리는 줌으로써 받고, 용서함으로 용서받으며, 자기를 버리고 죽음으로 영생을 얻기 때문"이다.

나는 조지 오빠의 추억 지도를 안전하게 책상에 두고 침대에 눕는다.

옆방에 있는 엄마 아빠한테서 나는 진동을 느끼려고 깨어 있고 싶다. 하지만 곧 깊은 잠에 빠진다.

35장

나는 일어나서 엄마가 크리스마스 선물로 만들어 준 드레스를 살펴본다. 드레스는 아직 고이 접혀서 벨벳 리본으로 묶여 있다. 크림색 바탕에 분홍색과 초록색 장미를 수놓은 모직 드레스다. 밑단에 꿰매 넣은 행운의 금화도 있다.

새 속치마에는 나 말고는 아무도 볼 수 없게 장미 두 송이가 수놓아져 있다. 마치 엄마와 나만 아는 비밀처럼. 나는 새로 짠 스타킹과 낡은 갈색 신발을 신는다.

엄마는 부엌에 있다. 엄마의 얼굴이 나를 보자마자 해처럼 환해진다. 나를 특별한 손님처럼 극진히 대접하려는 듯 엄마는 분주하게 움직인다.

시럽을 뿌린 옥수수빵으로 아주 맛있게 아침을 먹고 나서 엄마는 수어로 "외투 가져와."라고 말하며 웃는다. 엄마의 눈가에

행복한 잔주름이 생기는 걸 참 오랜만에 보는 것 같다.

내가 외투를 입고 모자를 쓰자, 엄마는 내 손을 잡고 밖으로 나가 아직 눈이 듬성듬성 덮인 큰길을 따라 나를 이끈다. 어디로 가는 건지 궁금해진다.

우리는 틸턴 아주머니와 캐리를 마주친다. 캐리가 나를 껴안는다. 엄마는 잠깐 걸음을 멈추고 틸턴 아주머니와 담소를 나눈다. 이웃과 어울리는 엄마를 보니 마음이 놓이고 반갑다.

목사관을 지나는데 현관에 얼어붙은 얼음을 깨고 있는 리 아저씨가 보인다. 아저씨는 하던 일을 멈추고 우리에게 손을 흔든다. 엄마도 따뜻하게 손을 흔든다. 우리는 연철로 만든 펜스를 따라 목사관을 지나 조금 더 걸어간다.

묘지의 비석들이 눈이 군데군데 녹은 설경을 비뚤배뚤 수놓고 있다. 엄마는 나를 아직 세월의 흔적이 없는 오빠의 무덤으로 데려간다. 그리고 외투 안에서 크리스마스 화환을 꺼내 내게 건넨다.

엄마가 수어로 말한다. "네가, 놔."

나는 무릎을 꿇고 조심스럽게 화환을 오빠의 무덤 위에 놓으며 수어로 주기도문을 외운다.

그런 다음 오빠에게 수어로 말한다. "사랑하는 오빠, 난 자랄 거고, 오빠는 영원히 열다섯 살에 머물겠지? 엄마 말이 앵무새는 해마다 노래를 바꾼다는데 오빠는 그럴 수가 없겠네. 내가 오빠의 모든 것을 추모하고 우리가 함께 보낸 시간을 추억한다면, 내 꿈을 좇아도 괜찮을까? 우린 앞으로 나아가야 하잖아. 절대 과거를 잊으면 안 되겠지만 살아 있는 세상을 받아들이면서. 그리고 갈수록 서로 더 많이 사랑하면서."

엄마는 내가 일어날 수 있도록 손을 잡고 부축해 준다. 집으로 돌아가는 동안 우리는 오랜만에 함께 평온함을 느낀다.

부엌으로 돌아온 나는 엄마에게 씩 웃어 보이고는 일하기 시작한다. 엄마가 시키기도 전에 집 안을 쓸고 먼지를 턴다. 우물에서 끓일 물을 길어 온다. 아무 불평 없이 '세 자매'를 다듬고 썬다. 냄비에 든 육수에 말린 허브를 더한다. 심지어 엄마 아빠의 요강까지 비우고 닦는다. 엄마는 부엌에 들소가 뛰어들었어도 지금만큼 놀라지 않았을 것이다!

엄마와 나란히 집안일을 하고 있으니 기분이 좋다. 집안일의 차분한 흐름이 새삼스럽게 만족감을 준다. 몇 달 지나면 봄맞이 대청소를 할 때가 돌아온다. 나는 엄마를 도와 힘든 일을 도맡을 생각이다. 바닥도 박박 닦고 이불도 빨고 깔개도 털 것이다.

엄마가 내 어깨를 톡톡 친다. 내가 돌아보자 엄마가 수어로 말한다. "산책하러 나가렴. 도와줘서 고맙다. 하지만 나랑 온종

일 집 안에만 있는 건 너답지 않잖니."

나는 두어 시간만 있다가 저녁 준비를 도우러 돌아오겠다고 약속한다. 그리고 이번에는 손을 등 뒤에 숨기고 손가락을 꼬지 않는다.

나는 땅에 떨어진 자작나무의 가지를 주워 농장 쪽으로 걸어간다. 최근에 편자를 단 말이 남긴 발자국을 나뭇가지로 따라 그린다. 은빛이 도는 푸른색의 홍합 껍데기를 나뭇가지로 찌른다. 조지 오빠가 목숨을 잃은 지점에 나뭇가지로 십자가를 그린다. 이곳은 언제나 내게 신성한 땅이겠지만, 오빠의 영혼은 천국으로 날아갔다는 것도 안다.

아빠와 에이먼이 저 멀리 목초지에서 이야기하는 게 보인다. 나는 헛간으로 가 토머스를 찾는다. 토머스는 자기 물건을 캘리코 천에 싸고 있다. 대낮에 집으로 돌아가는 건가? 아퀴나에 급한 일이 생겼을 수도 있겠다.

"좋은 아침." 내가 수어로 말한다.

토머스도 간결한 수어로 말한다. "다시 보니 좋구나."

"샐리 있어요?" 내가 수어로 묻는다.

토머스가 뒤돌아보며 샐리를 부른다.

반갑게도 샐리가 자기 엄마와 함께 다가온다. 세 식구가 다 같이 집으로 말을 타고 돌아가려나 보다. 왐파노아그족 행사에 참석하려는 건지도 모르겠다. 아빠는 토머스가 전통을 지키는 것을 막지 않는다. 그런데 스키프네 가족이 헬렌과 샐리가 그 집에서 일찍 나오는 것을 허락해 줬다는 것은 의외다.

"우린 네가 무사히 돌아와서 정말 기뻐." 헬렌이 다정하게 수어로 말한다. 헬렌이 내 손을 잡는다. 맞잡은 손을 놓았을 때, 나는 헬렌이 내 손에 쥐어 준 목걸이를 발견한다. 나는 쇠고둥으로 만든 하얀 구슬과 뱀의 초록빛을 닮아서 그런 이름이 붙은 사문석을 알아본다. 두 보석 모두 선물을 교환할 때 쓰는 것인데, 헬렌이 나를 위해 특별히 이 색과 질감을 선택한 것 같다.

내가 심장 위에 손을 얹고 수어로 말한다. "고마워요."

헬렌도 수어로 말한다. "천만에. 안전과 건강을 빌어."

나는 샐리에게 시선을 돌려 수어로 말한다. "베이어드를 도와줬단 얘기 들었어. 고마워. 조지 오빠도 고마워했을 거야. 아퀴나에서 말들을 데려와 베이어드를 훈련할 수 있었어?"

샐리가 수어로 대답한다. "아니. 너희 아버지가 우리 부족 사람들과 말들이 이 마을에 오면 이웃들이 위화감을 느낄 것 같다고 하셨어."

나는 시선을 떨군다. "안타깝다……."

샐리가 웃으며 말한다. "괜찮아. 대신 너희 아버지가 베이어드를 아퀴나로 데려가게 허락하셨어. 베이어드가 나를 제일 좋아하니까."

조지 오빠도 좋아했을 것 같다. 자기 말이 제대로 보살핌을 받길 원했을 것이다. 베이어드가 좋은 보금자리를 새로 찾아가는 것이기에 헤어짐은 아쉽지 않다.

내가 묻는다. "그런데 베이어드를 고칠 방법은 어떻게 알았어?"

샐리가 대답한다. "그냥 감으로 하는 거야. 찜질 약이랑 감."

토머스가 팔로 머리 뒤에 말갈기 모양을 만들며 딸을 놀린다. "말에 미쳐야 생기는 감."

샐리가 웃으며 고개를 젓는다.

"말을 제일 좋아하긴 하지만 나 요즘 아퀴나에서 다른 동물들도 돌보고 있어. 아빠가 이 목장에서 배운 것을 나한테 가르쳐 주고 있고, 엄마가 동물들이 병에 걸렸을 때 치료하는 법을 보여 주고 있거든."

아빠가 내 뒤에서 다가온다. 우리는 이제 베이어드까지 포함된 리처즈 가족을 큰길까지 배웅한다. 아빠가 토머스와 악수하고, 헬렌에게 허리를 굽히고, 샐리의 머리를 쓰다듬는다. 나는 수어로 인사한다. "안녕히 가세요."

나는 돌아서면서 아빠에게 묻는다. "3월에 양털 깎을 때 되면 토머스 돌아오는 거예요?"

"어쩌면." 아빠가 가능성을 저울질하듯 양손을 움직여 대답한다. "아니면 고래잡이배를 타고 바다로 나갈 수도 있고."

"그건 위험한 일이잖아요." 내가 에즈라 아저씨와 배를 타고 오면서 봤던 난파한 고래잡이배를 떠올리며 대꾸한다.

아빠가 설명한다. "가족을 더 넉넉하게 살 수 있게 해 줄 기회이기도 해. 토머스는 헬렌이랑 샐리가 스키프 씨 같은 사람의 집에서 허드렛일 안 해도 되길 바라거든. 고래보다 더 심각한 걱정도 있지. 이미 해방된 노예지만 여전히 다시 붙잡혀 노예로 팔릴 위험이 있거든. 게다가 영국인 선장이 왐파노아그족 선원들한테 약속한 보수를 줄지도 확신할 수 없고."

내 심란한 마음이 표정에 드러났나 보다.

아빠가 수어로 말한다. "그래도 게이헤드의 왐파노아그족은 실력이 뛰어난 고래잡이들이야. 아빠는 토머스 리처즈를 다시 볼 수 있을 거라 믿는다."

"그래야죠." 나는 한 손의 손등으로 다른 손의 손바닥을 철썩 친다.

아빠가 나와 함께 집을 향해 걸어간다. 아빠는 아직 내가 자기 시야에서 벗어나면 겁이 나는 모양이다.

내가 아빠에게 묻는다. "아빠, 낸시나 낸시 부모님이 해방된 노예나 왐파노아그족에 대해 나쁘게 말하거나 못되게 굴면 난 어떡해야 해요? 그건 잘못된 행동이잖아요. 누군가 나랑 다르다는 이유로 하찮게 대하는 건 공정하지 않잖아요. 그런데 엄마도 가끔 그런 식으로 말해서 내가 다 낯이 뜨거워요."

아빠가 수어로 말한다. "메리, 넌 좋은 딸이야, 하지만 너도 거짓말한 적 있고, 편견에 따라 말한 적도 있잖니. 남을 판단하지 않는 게 좋아. 자신을 먼저 성찰하렴. 나부터 선하고 좋은 사람이 되려고 최선을 다하는 거지. 사람들이 네 모범을 보고 좋은 영향을 받을 수 있게.

아빠의 증조할아버지를 생각해 봐. 그분이 아니었으면 우리는 이 신세계에 오지 못했을 거야. 그분 덕분에 우리는 농인이라는 이유로 충만한 삶을 사는 데 지장을 받지 않아도 되는 공동체에서 살고 있고. 그분의 모범이 사람들에게 선한 영향력을 끼친 거란다."

내가 수어로 말한다. "그건 아빠 말이 맞는데요, 우리의 신세계가 누군가에겐 오래된 세계 아닌가요? 왐파노아그족은 아주 오랫동안 여기서 살아왔잖아요. 그들은요? 우리 램버트 할아버지 때문에 왐파노아그족이 받은 영향은요?"

"그것도 사실이지. 그분도 완벽한 분은 아니셨어. 이제 너도 알 나이가 됐으니 말해 주는 거지만, 증조할아버지는 노예무역선•에서 일하신 적이 있단다."

"이런!" 내가 수어로 말한다.

"싫겠지만 사실이야. 우린 조상의 악행으로부터 도망칠 수 없단다."

내가 끼어든다. "하지만 지금은 우리에게 선택권이 있잖아요."

아빠가 고개를 끄덕인다.

나는 허리를 더 곧게 펴고 웃으면서 아빠의 손을 잡는다. 그리고 아빠와 나란히 걸으면서 아빠가 한 말을 곱씹는다. "사람들이 네 모범을 보고 좋은 영향을 받을 수 있게."

• 노예를 대량으로 태워 수송할 목적으로 개조된 대형 화물선.

36장

엄마가 현관에서 우리를 맞이한다. 엄마 아빠한테 내가 무사히 집으로 돌아왔다는 것이 실감 나려면 시간이 조금 더 걸릴 것 같다.

엄마와 나는 부엌으로 들어가고 아빠는 목장으로 돌아간다. 나는 헬렌에게 받은 목걸이를 엄마에게 보여 준다.

"고맙다고 했어?" 엄마가 창문으로 들어오는 빛에 목걸이를 비춰 보며 묻는다.

나는 고개를 끄덕인다.

엄마가 눈앞에 손으로 불꽃 모양을 만들며 말한다. "사문석이 네 눈동자를 더 돋보이게 해 주네. 목걸이 해도 돼."

나는 엄마의 말에 웃다가 덧붙인 말에는 찡그린다. "하지만 교회 갈 땐 안 돼." 나는 앞으로 엄마에게 모범이 되고 좋은 영향을 끼칠 수 있도록 노력하기로 다짐한다.

"달콤한 냄새가 나." 나는 수어로 말하며 눈을 감고 코를 치켜들며 진한 음식 냄새를 맡는다.

"친구 몇 명 초대했어. 다들 널 보고 싶어 해. 널 위한 축하 파티가 될 거야." 엄마가 수어로 말한다.

"도와줄까?" 내가 묻는다.

엄마가 고개를 젓는다. "방에 가서 쉬어."

나는 책상 앞에 앉아 추억의 지도를 펼친다. 지도도 긴 여정을 거쳤다. 예전에 없던 얼룩과 구김이 생겼다. 이제 내가 아는 세상은 이 지도보다 훨씬 넓어졌다.

나는 잠깐 누워 있다가 부엌에서 사람들이 움직이는 진동을 느낀다. 우리 집에 되살아난 활기를 잠시 만끽하다가 머리를 뒤로 묶고 목걸이를 걸고 손님을 맞으러 나간다.

아빠가 현관에서 해먼드 선생님과 매슈 아저씨를 안으로 들이고 있다. 낸시도 두 사람과 함께 왔다. 나는 낸시와 포옹한 뒤 낸시의 손을 잡고 나의 새 방으로 데리고 간다.

낸시는 조지 오빠의 방으로 들어가는 줄 알고 슬픈 얼굴을 하고 있다가 내가 새로운 이불과 커튼을 가리키고 나서야 표정이 밝아진다. 낸시가 책상으로 간다. "메리! 너 이제 글로 쓸 수 있는 거야? 만날 지어내는 이야기들을?"

내가 수어로 말한다. “글쎄, 모르겠어. 옛날에 지어내던 이야기들은 좀 시시해진 것 같아. 더 중요한 다른 주제를 찾아보려고.”

“넌 찾을 수 있을 거야. 나도 가야 할 길이 있고.” 낸시가 수어로 말한다.

“무슨 뜻이야?” 내가 묻는다.

낸시가 머뭇거리다가 말한다. “제러마이아 삼촌이 크리스마스 때 섬에 왔었어. 너희 아버지도 만났고. 너희 어머니는 삼촌을 보고 싶어 하지 않으셨지만. 삼촌이 그때 그렇게 도망친 건 잘못했다는 거 안대. 그 사고 때문에 삼촌도 상처 받았어. 몸이 아니라 마음과 영혼이. 보상하고 싶대. 아마 조지 오빠 이름으로 대학 장학금을 만들려나 봐.”

낸시가 내 모호한 표정을 살피며 계속 말한다. “삼촌이 보스턴에서 날 데리고 살겠다고 제안했어. 내가 음악 교육을 받을 수 있게 학비도 다 내 주고 보스턴 콘서트홀에도 데리고 가겠다고 약속했어!”

“잘됐다.” 내가 낸시에게 말한다. 나는 제러마이아 아저씨를 향한 분노를 잊을 수 있을 것 같다. 낸시를 신경질적인 아버지로부터 해방해 주는 거니까. 낸시 어머니는 딸을 그리워하겠지만. 조지 오빠 대신 다른 남학생이 대학에 가게 될 걸 생각하면 마음이 아프지만, 장학금은 의미 있는 일 간다.

"나도 너무 좋아." 낸시가 말한다.

나는 낸시가 추억의 지도를 찬찬히 보게 두고 다른 손님들을 맞으러 방에서 나간다.

나는 해먼드 선생님이 글씨가 새겨진 금반지를 끼고 있는 것을 알아본다. 자기가 직접 만든 반지라고 자랑하는 매슈 아저씨의 말에 나는 감탄한다. 이렇게 훌륭한 반지를 만들려면 섬세한 손길이 필요했을 것이다. 깊은 애정과 정성으로 세공한 게 분명하다.

"아름다워요." 내가 수어로 말한다.

"네 목걸이도 맘에 드는데? 메리는 사람을 끌어모으는 재능이 있어." 해먼드 선생님이 수어로 말한다.

에즈라 브루어 아저씨가 들어오자 나는 선생님 말이 맞는다는 생각이 든다. 아빠가 환하게 웃으며 내 생명의 은인과 악수한다. 엄마는 눈썹을 살짝 올리긴 하지만 불만은 없어 보인다. 심지어 아저씨가 물개 가죽 외투를 벗자 외투를 달라고 한다.

"네." 아저씨가 엉큼한 미소를 지으며 수어로 말한다. 아저씨는 한 손을 외투 밑에 숨기고 있다. 외투를 건자 왜 그랬는지가 드러난다. 아저씨 손에 자그마한 새끼 고양이가 들려 있다. 검은 바탕에 하얀 털과 잘 익은 호박색 털이 듬성듬성 무늬를 이루고 옆구리 털은 노랗다. 스미시가 최근 배가 불룩했던 게 이 녀석 때문이었나 보다. 새끼 고양이는 정말 작다. "너 주려고 제일 작고 약한 놈을 남겨 놨어, 메리." 아저씨가 내게 윙크하며 말한다. "이름은 옐로레그라고 지었지."

나는 엄마에게 애원한다. "길러도 돼?"

엄마가 수어로 말한다. "아빠랑 난 이미 동의했어. 젖 떼자마자 데려오는 걸로. 샘이 어떻게 나올지 지켜봐야겠지만."

나는 에즈라 아저씨에게 뽀뽀하려다가 마음을 고쳐먹는다. 대신 "고마워요!"라고 수어로 말한다.

엄마가 모두에게 수어로 말한다. "들어오세요, 들어오세요."

우리는 식탁에 둘러앉는다. 나는 옐로레그를 무릎에 앉힌다.

아직 생화는 없지만, 엄마는 찬장에서 제일 예쁜 식기를 꺼내 식탁을 차렸다. 엄마가 푸딩을 식탁에 올리자 우리는 손을 흔들어 박수를 보낸다. 양 기름과 당밀로 만들고 설탕에 조린 오렌지 조각이 박힌 푸딩이다. 엄마는 내가 매년 얼마나 크리스마스 푸딩을 손꼽아 기다리는지 잘 안다. 이번 크리스마스 때 푸딩을 먹지 못한 것을 이 푸딩이 보상해 주고도 남는다.

엄마가 남자들과 해먼드 선생님을 위해 맥주를 따른다. 아빠는 내가 몰래 한 모금 마실 수 있게 해 준다. 통역은 필요 없다. 우리는 조용히 서로의 얼굴을 바라보는 것만으로도 만족한다.

손을 바쁘게 움직이면서 우스꽝스러운 표정을 지어 보이고 함께 웃으며 음식을 더 달라고 하고 빠르게 그릇을 비운다. 집으로 돌아왔다는 안도감이 밀려든다.

식사를 마친 뒤 우리는 거실로 간다. 엄마 아빠가 한 소파에 같이 앉고, 해먼드 선생님과 매슈 아저씨가 다른 소파에 같이 앉는다. 에즈라 아저씨는 구석에 있는 흔들의자에 앉고, 나랑 낸시는 옐로레그를 데리고 깔개 위에 편안하게 앉는다. 대화는 활기차고 정겹다. 나는 에즈라 아저씨처럼 외지인을 무턱대고 불신하고 싶진 않지만, 앤드루가 엄청난 불화의 씨를 뿌리고 간 건 사실이다.

에즈라 아저씨는 자기가 대화를 이끌지 않는 자리를 어색해하지만, 오늘은 엄마가 초대한 손님인 만큼 얌전히 있으려고 노력하고 있다. 게다가 사람들한테 들려주고 싶은 최근 모험은 내게도 너무 생생하다. 나는 그 악몽을 재현하고 싶지 않다. 오늘은 해먼드 선생님이 들려줄 이야기가 있다고 한다.

해먼드 선생님이 수어로 말하기 시작한다. "메리, 네가 없는 동안 선생님의 형부 대니얼이 양털과 고래수염을 구하러 다녀갔어. 알다시피 선생님은 늘 형부에게 여행하면서 겪었던 일들을 얘기해 달라고 하잖아. 우리 학생들에게 들려주려고."

에즈라 아저씨가 묻는다. "설마 인어나 바다 요괴 이야기를 하려는 거 아니죠?"

"네, 에즈라처럼 공상 이야기를 하려는 거 아니에요." 해먼드 선생님이 내게 윙크하며 대꾸한다.

선생님은 일어나서 제자리에서 몇 걸음 걷는다. 청중을 위해 시각적인 무대배경을 설치하는 것처럼. 교실에서 하는 것과 그리 다르지 않다.

선생님이 이야기를 시작한다. "긴 항해 끝에 프랑스 파리에 도착한 대니얼은 육지에 두 발을 딛고 있는 게 너무 좋았대요. 산책하던 중 저 앞에 있는 프랑스 사람이 일행한테 활기차게 손짓하고 상대도 비슷한 형식으로 손짓하는 게 보였대요. 대니얼은 두 사람의 손짓에서 언어 특유의 흐름결을 알아채고 얼른 둘에게 달려갔대요. 그들이 수어를 하고 있었대요!"

"수어가 우리랑 똑같았나요?" 내가 불쑥 끼어들어 빠르게 수어로 묻는다.

"아니. 그래서 대니얼은 혼란스러웠대. 비니어드에서 본 수어랑 동작이 전혀 달랐던 거야. 두 사람이 자기 이름을 철자로 알려 줬는데, 대니얼은 처음에 못 알아봤대. 프랑스 사람들은 한 손으로 철자하더래!"

해먼드 선생님이 이야기를 이어간다. "대니얼이 두 사람을 따라갔어. 둘은 젊은 농인들을 위한 멋진 학교에서 기숙하고 있었어. 게다가 두 사람 중 한 명은 그 학교 교사였대."

에즈라 아저씨가 흔들의자에 앉아 흔들거리며 수어로 말한다. "이 몸은 자러 가야겠소." 아저씨는 머리맡에 베개를 부풀리는 시늉을 하며 연극배우처럼 과장해서 하품한다.

해먼드 선생님이 마치 제멋대로 구는 학생을 달래듯 말한다. "가지 마세요, 에즈라. 재밌는 부분이 아직 남았어요."

아저씨가 팔짱을 끼고 기다린다.

선생님이 수어를 이어간다. "대니얼은 그 농인 학교에서 서로 수어로 말하며 길과 복도를 오가는 사람을 수십 명 봤대요. 프랑스 전역에서 모여든 것 같았대요.

커다란 방에 원형극장처럼 의자가 둥그렇게 놓인 곳도 있었는데 농인 남자들, 조금 더 나이 많은 학생들, 교사들이 앞으로 나와서 수어로 대중에게 강연하고 있었대요. 학교가 얼마나 성공적으로 운영되고 있는지, 농인이 얼마나 재능이 있는지를 웅변하면서 말이죠. 강연자 모두 멋진 복장을 하고 청중을 휘어잡고 있었대요.

대니얼 얘기를 들어 보니 강연자 몇 명은 에즈라보다도 현란하게 수어를 구사하는 것 같던데요?" 해먼드 선생님이 슬쩍 에즈라 아저씨를 바라본다.

아저씨가 팔짱을 풀고 "흥!"이라고 수어로 말한다. 아저씨가 프랑스인을 뜻하는 수어 단어를 왼손으로 화려하게 보여 준다. 많은 미국인이 그렇듯 아저씨도 자기가 프랑스인보다는 한 수 위라고 자부한다.

해먼드 선생님이 수어로 계속 말한다. "대니얼은 로랑이라는 강연자에게 특히 깊은 감명을 받았대요. 수어뿐만 아니라 표정 때문에요. 그 사람은 프랑스혁명 당시 바스티유 습격 사건 같은 유명한 역사적 장면을 수어 몇 마디와 온갖 감정이 다 드러나는 얼굴로 연출했어요. 수어를 전혀 못 하는 관객도 그 사람이 무슨 말을 하는지 짐작할 수 있었대요."

내가 보스턴에 있을 때 알게 된 사실들을 생각하면 프랑스 각지, 아니 어쩌면 전 세계 각지에서 농인들을 모아 교육하는 학교가 있다는 게 놀라울 따름이다. 그 많은 농인이 나와는 전혀 다른 사연을 가지고 한자리에 모이다니. 그들의 이야기를 듣고 내 이야기도 들려주고 싶은 욕심이 생긴다!

선생님이 수어로 말한다. "대니얼은 그렇게 여행을 많이 다니면서도 우리 섬과 파리의 그 학교 말고는 수어가 사용되는 걸 본 적이 없대요. 귀가 들리지 않는 가족과 대화하려고 단순한 수신호 몇 가지를 만들어서 식구끼리 쓰는 가정은 봤지만, 우리처럼 한 지역의 모든 주민이 같은 수어를 쓰는 곳은 못 봤대요.

크로족이나 샤이엔족 같은 초원의 인디언 부족 중에 복잡한 수어 체계를 개발한 부족이 있다는 글을 읽은 적은 있어요. 부족 간에 교역할 때만이 아니라 일상적인 대화를 할 때도 수어로 한 대요."

"정말이에요?" 내가 아빠에게 묻는다.

"아마도." 아빠가 대답한다.

해먼드 선생님이 웃으며 수어로 말한다. "교사의 명예를 걸고 맹세해."

나는 엄마를 보며 묻는다. "미국에도 농인학교가 생길까?"

"생기겠지." 엄마가 대답한다.

나는 또 묻는다. "비니어드에서 태어난 아이들이 그 학교에 가면 우리 섬의 수어를 잊어버리려나?"

"그렇게 되진 않을 거야." 아빠가 수어로 말한다.

벽난로 선반 위에 놓인 하모니 할머니의 시계가 울렸어도 내 귀에는 들리지 않았겠지만, 시간이 점점 늦어지고 있는 건 보인다. 엄마가 자리에서 일어나는 게 모두에게 신호가 된다.

매슈 아저씨와 해먼드 선생님이 함께 우리 집을 나선다. 둘은 에즈라 아저씨에게 집까지 태워다 주겠다고 하지만, 아저씨는 걷는 게 더 좋다고 한다. 아저씨가 옐로레그를 외투 속에 넣으며 수어로 말한다. "내 걱정은 마쇼. 난 별을 따라가면 되니까."

냅시는 아빠가 집에 데려다줄 것이다. 아빠가 내 어깨를 톡 친다. 나는 뒤를 돌아 아빠와 냅시를 바라본다.

아빠가 내게 말한다. "친구에게 작별 인사를 하렴. 냅시는 내일 아침 일찍 여길 떠난다는구나."

나는 금방 돌아오겠다는 뜻으로 손을 들어 보인다. 그리고 얼른 내 방 책상으로 뛰어간다. 책상에서 추억의 지도를 꺼내와 냅시의 손에 쥐어 준다.

냅시를 태운 아빠의 달구지가 멀어지는 모습을 지켜보며 나는 큼직한 동작으로 말한다. "잊지 마!"

"절대!" 냅시가 뒤돌아보며 대꾸한다. 그리고 곧 시야에서 사라진다.

냅시에게 이디스 할머니의 찻주전자를 어디에 숨겼는지 물어본다고 해 놓고 깜빡한 게 뒤늦게 생각난다. 하지만 냅시도 언젠가는 비니어드로 돌아오겠지. 누구도 영원히 떠나서 있을 수는 없으니까.

37장

나는 침대에 눕기 전에 거울을 보며 표정만으로 보스턴 학살• 을 이야기하려 해 본다. 내 눈은 광기로 번득이고 표정은 우스꽝스럽기만 하다. 해먼드 선생님이 말한 그 프랑스 교사는 마법사인가 보다.

새 이불을 덮고 누운 나는 떠오르는 아이디어로 머리가 터질 것 같다.

언젠가 로랑 같은 사람들이 파리의 수어를 가지고 미국으로 건너올 거란 희망을 품어 본다. 보스턴과 다른 식민지들이 그 사람들을 교사로, 위대한 사상가로 받아들인다면, 더는 농인을 멸시하지 않을지도 모른다. 나 혼자서도 농인에 대한 마이넛

• 1770년 보스턴 부두에서 영국 주둔군과 식민지 노동자 사이에 벌어진 유혈 충돌 사건.

박사의 생각을 바꿨는데, 농인 학자들이 나서면 얼마나 더 많은 변화가 일어날지 상상해 본다.

그런 변화가 칠마크의 긴밀한 공동체에는 또 어떤 의미로 다가올까?

밤이 깊어진다. 나는 하품하며 이불 속으로 더 파고든다. 그러면서 잠들기 전 동화가 떠오른다…….

옛날 옛적에, 나는 밤낮없이 추위와 더위를 이겨 내며 엄청난 속도로 대륙을 가로질러 어디론가 간다. 거기가 어디인지는 알 수 없지만, 도착해 보니 낯익은 곳이다.

수어를 하는 사람들이 보인다. 몇몇 수어는 알아보지만 다른 수어는 쉽게 이해할 수 없다. 처음에는 그저 혼란스러운 손의 횡설수설로 보인다. 그러다 우리는 서로를 가르치기 시작한다.

우리의 수어가 섞이면서 하나의 수어로 통일된다. 각자 고향의 수어는 그대로 간직한 채. 우리는 등대의 불을 밝힌다.

소리를 듣지 못하는 아이들, 자기 가족과도 말이 통하지 않아 자기 같은 사람은 세상에 없다고 믿던 아이들이 우리를 찾아온다. 우리는 아이들이 어디서 왔든 다 받아 준다. 분노와 상처가 가득한 아이도 모두 보듬는다.

높다란 돌 건물 안 교실에서 창밖을 내다보는 내 모습이 보인다. 안뜰에 놓인 돌 벤치를 덮은 낙엽이 가루눈으로 바뀌었다가 층층나무가 떨군 꽃으로 바뀐다. 나는 농인학교의 학생이었다가 교사가 된다.

나는 머리가 하얗게 세고 늙어간다. 책에 끼운 낙엽처럼. 다른 사람들이 내 자리로 들어와 자기들만의 이야기를 쓴다. 그들은 내가 쓴 책을 읽고 말한다. "그 섬에서는 그랬었군요. 지금은 달라졌지만. 그래도 그들은 우리보다 먼저 살았고, 오늘날의 우리를 있게 해 준 선조입니다. 그들을 절대 잊지 않겠습니다."

부록

언어에 관한 참고 사항

저는 농인입니다. 마서스비니어드 수어(MVSL)를 구사하지는 못합니다. 그동안 이 언어를 보존하려는 노력은 있었지만, 완전한 기록은 없다고 합니다. MVSL의 마지막 원어민인 케이티 웨스트는 1952년에 세상을 떠났습니다.

저는 미국 수어(ASL)는 유창하게 하는데, MVSL이 ASL 개발에 영향을 미쳤기에 ASL의 단어를 변형해서 소설에 등장하는 MVSL을 묘사했습니다. 유년 시절에는 저도 가족이 만들어 낸 수어나 손짓을 사용했습니다. 이 가족 수어도 소설에 등장하는 수어를 묘사하는 데 영향을 주었습니다. 다시 말해 저는 제가 아는 수어를 동원해서 소설에 나오는 수어를 창조한 것입니다.

이야기 전반에 걸쳐 저는 수어와 구어의 차이를 드러내려고 노력했습니다. 몇몇 장면에서는 영어와는 다른 수어만의 고유한 구조를 독자에게 보여 주려고 했습니다. 독자가 서사에 집중하는 것을 방해하지 않으면서 수어의 묘미를 느끼게 해 주고 싶었습니다. 이 장면들은 현대 ASL을 정확히 해설하거나 해석하려는 게 아닙니다. 수어가 지닌 친밀감과 복잡성, 풍부한 표현력이 독자에게 전달되면 좋겠습니다.

마서스비니어드섬의 유전성 난청

고립된 지역에서 유전성 난청이 발생하는 것은 완전히 이례적이진 않습니다. 이런 공동체들은 많은 경우 자기들만의 수어를 개발하기도 했습니다. 이를 '마을 수어'라고 부릅니다. 1640년부터 1800년대 후반까지 마서스비니어드섬, 특히 칠마크 마을에는 유전성 난청이 흔했습니다. 칠마크 주민 25명 중 한 명이 선천적 청각장애를 가지고 태어나던 때도 있었습니다. 스퀴브노켓이라는 동네에서는 심지어 주민 네 명 중 한 명꼴로 청각장애가 있었습니다. 당시 미국 나머지 지역의 평균은 6,000명 중 한 명이었습니다.

난청은 백인 정착민 모두에게 똑같이 영향을 미치는 열성 형질이었습니다. 이 유전적 돌연변이가 일어난 사람은 별다른 관련 이상 없이 청각만 없는 상태로 태어났습니다.

난청 유전자가 영국 켄트, 그중 특히 윌드라는 지방에서 램버트, 스키프, 틸턴 같은 명문가를 통해 미국으로 건너온 것은 사실입니다. 그들은 난청 유전자뿐만 아니라 올드 켄트 수어도 함께 가져왔을 것으로 추정됩니다. 지금도 영국 수어는 알파벳을 양손으로 표기합니다.

칠마크는 섬에 있는 작은 농어촌 마을이었고, 마을의 몇 안 되는 가문은 여러 세대에 걸쳐 서로 혼맥을 유지했기 때문에 난청은 오래도록 강한 유전적 형질로 남아 있었습니다. 그러다가 주민들이 점차 섬 밖으로 이주하고 외지인과 결혼하면서 유전성 난청은 사라지기 시작했습니다.

당시 과학자들은 멘델의 유전법칙을 전혀 몰랐기 때문에 한 가문에서 청각장애가 있는 친족과 없는 친족이 무작위로 태어날 수 있다는 사실에 의아해했습니다. 저는 당시 과학자들이 생각해 낸 가설 중 일부를 소설에 소개했습니다. 예를 들어 환경적 요인, 임신부가 겪은 충격, 심지어 임신 중 입은 꽉 끼는 코르셋도 선천적 난청의 원인으로 등장합니다!

이 주제에 관한 중요한 연구로는 노라 엘렌 그로스의 민족지학 연구가 있습니다.《마서스비니어드섬 사람들은 수어로 말한다》•라는 책입니다. 그 연구서를 읽지 않았다면 저는 이 소설을 쓰지 못했을 겁니다.

• Nora Ellen Groce, *Everyone Here Spoke Sign Language*, Harvard University Press, 1985. (한국어판: 노라 엘렌 그로스 지음,《마서즈 비니어드 섬 사람들은 수화로 말한다》, 박승희 옮김, 한길사, 2003)

청각장애인 교육과 미국 수어

1817년 코네티컷주 하트퍼드에 미국 농인학교가 문을 열면서 미국 수어 창제의 토대가 마련되었습니다. 초창기에는 학교 내에서 여러 수어가 혼용되었습니다. 어떤 학생들은 마을 수어가 있는 지역 출신이었는데, 그 대표적인 사례가 바로 마서스비니어드섬이었습니다. 또 어떤 학생들은 자기 가족만 이해할 수 있는 가족 수어를 사용했습니다. 미국 농인학교는 백인 전용 학교였습니다. 청각장애인 교육은 20세기 중반까지 대체로 인종 분리 정책을 따랐습니다.

학교의 공동 설립자이자 초대 교사였던 로랑 클레르는 1670년에 설립된 세계 최초의 청각장애인을 위한 프리스쿨(free school)인 파리 농인학교 출신이었습니다. 고대 프랑스 수어와 한 손으로 쓰는 알파벳을 미국에 전파한 사람도 로랑 클레르입니다. 클레르는 토머스 갤러뎃•보다는 일반 대중에게 덜 알려졌지만, 농인 공동체 안에서는 여전히 깊은 존경을 받고 있습니다.

결국 미국 수어(ASL)는 MVSL, 가족 수어, 프랑스 수어가 합쳐지면서 탄생한 것입니다.

오늘날 많은 가정에서 여전히 가족 수어를 쓰고 있고, 마찬가지로 많은 국가에 여전히 마을 수어를 쓰는 지역이 있습니다. 현대 미국 수어에는 지역과 문화에 따라 다양한 방언이 존재합니다. 생생한 예로는 흑인 미국 수어(BASL)와 아메리칸 인디언 수어(AISL)가 있습니다. 후자는 평원 인디언 수어(PISL)와는 구별되는 방언입니다. 각각의 수어는 저마다 풍부한 전통과 역사를 자랑합니다.

세계 모든 국가는 고유한 수어가 있으며, 한 개 이상의 수어를 사용하는 국가도 있습니다.

- Thomas Hopkins Gallaudet(1787~1851). 미국 농인 교육의 선구자이자 미국 농인학교의 공동 설립자. 전 세계 최초 농인 고등교육기관인 갤러뎃 대학이 그의 이름을 따 만들어졌다.

마서스비니어드 지명의 유래

소설의 배경이 되는 섬이 '마서스비니어드'라고 불리게 된 사연에는 여러 가지 설이 있습니다. 저는 1602년 영국 선장 바르톨로뮤 고스널드가 자신의 어린 딸의 이름을 따서 지었다는 이야기를 택했습니다. 작가 아서 R. 레일턴에 따르면, 고스널드는 조반니 데 베라차노가 프랑스 국왕 프랑수아 1세에게 보낸 편지에 묘사한 "행복하고 아름다운 만"을 찾고 있었다고 합니다. 그 이야기가 담긴 레일턴의 저서 《마서스비니어드의 역사: 우리는 어떻게 여기에 이르렀나》•는 아주 유용한 참고서가 되었습니다.

• Arthur R. Railton, *The History of Martha's Vineyard; How We Got to Where We Are*, Commonwealth Editions, 2006.

게이헤드(아퀴나)의 왐파노아그족

게이헤드(아퀴나)의 왐파노아그 부족은 마서스비니어드에 있는 아퀴나('높은 땅'이라는 뜻) 마을에 거주하는 북미 원주민 부족으로, 연방 정부가 공인한 주권 민족입니다. 왐파노아그족의 조상은 노에페('물 가운데 있는 땅'이라는 뜻)에서 적어도 1만 년 전부터 살았습니다.

1800년대 초, 많은 왐파노아그 남성이 영국 정착민들과 함께 들어온 질병에 걸려 사망하거나 일자리를 찾아 섬을 떠났습니다. 왐파노아그 여성들은 해방된 노예를 남편으로 맞이했습니다. 왐파노아그 여성과 노예 출신 흑인 사이에서 태어난 자녀는 아퀴나의 왐파노아그 부족의 일원이 되었습니다.

그러나 영국 정착민들은 혈통과 관계없이 다른 인종도 부족의 구성원으로 받아 주고, 그들과 결혼하여 낳은 자식을 인정하며, 토지를 공동으로 소유하는 왐파노아그족의 관습을 잘못된 것으로 여겼습니다. 이러한 차이는 왐파노아그족에 대한 더 심각한 편견과 차별로 이어졌습니다.

게이헤드의 왐파노아그족은 1972년 부족 협의회를 결성했습니다. 목표는 부족의 자결권 증진, 부족의 역사 및 문화의 보존 및 존속, 부족에 대한 국가의 인정 획득, 부족 소유의 토지 반환이었습니다. 게이헤드(아퀴나)의 왐파노아그 부족은 1987년 4월 10일, 미국 인디언사무국(BIA)을 통해 국가가 공인한 북미 원주민 부족이 되었습니다.

허먼 멜빌의 소설 《모비 딕》에 등장하는 전형적인 인물 타슈테고는 아퀴나 왐파노아그족입니다. 아퀴나 출신 고래잡이 아모스 스몰리는 1902년 거대한 흰 향유고래를 작살로 포획한 세계 최초이자 지금도 유일한 사람으로 기록되고 있습니다. 노에페 해안이나 해안 근처에서 발견된 모든 표류 고래에 대한 선주민의 권리는 오늘날까지 왐파노아그족에게 귀속됩니다.

왐파노아그 아이들은 왐파노아그 언어 재건 프로젝트를 통해 모국어를 배우고 있습니다.

다음 두 권의 책이 제 취재에 큰 도움이 되었습니다. 헬렌 매닝이 쓴 《모셔프의 발자취: 왐파노아그 민족, 게이헤드/아퀴나; 태초의 빛의 민족》•과 토머스 드레서가 쓴 《마서스비니어

• Helen Manning, *Moshup's Footsteps: The Wampanoag Nation, Gay Head/Aquinnah; The People of First Light*, Blue Cloud Across the Moon Publishing, 2003.

드의 왐파노아그 부족: 식민 지배에서 인정까지》• 입니다. 마지막으로 최고의 자료는 왐파노아그 부족의 공식 웹사이트 〈wampanoagtribe.org〉입니다.

• Thomas Dresser, *The Wampanoag Tribe of Martha's Vineyard; Colonization to Recognition*, The History Press, 2011.

왐파노아그 민족의 채퍼퀴딕 부족

—페니 갬블-윌리엄스
(왐파노아그 민족의 채퍼퀴딕 부족 출신 활동가이자 영적 지도자)

매사추세츠에 있는 왐파노아그 민족의 채퍼퀴딕 부족의 역사는 약 1만 4,000년 전까지 거슬러 올라간다. 우리의 조상은 '따로 있는 땅'이라는 뜻의 체피-아퀴데넷섬에 거주했다. 우리 섬에 붙은 '채퍼퀴딕'이라는 이름은 백인 정착민이 만든 것이다. 우리 부족이 처음 영국 정착민과 접촉한 1642년부터 토지 사용은 채퍼퀴딕 부족에게 끊임없는 문제가 되었다. 영국인이 기르던 소와 돼지가 우리가 사는 마을을 헤집고 돌아다니는 게 허용되었다. 돼지들은 우리의 텃밭을 짓밟고 우리가 키우는 옥수수를 먹어 치웠다. 1726년에서 1788년까지 우리 부족은 주지사와 주 의회에 무단 침입에 대한 우려를 표명한 청원서를 보냈다. 매사추세츠 연방은 우리 부족을 감독하고 분쟁을 해결할 후견인을 임명했다. 1788년, 백인 정착민과 채퍼퀴딕 선주민은 토지를 나눠 갖게 되었다. 이때 채퍼퀴딕족은 노스넥에 있는 개간지인 클리어드랜드 보호구역과 숲이 있는 우드랜드 보호구역에 대해 소유권을 받았다. 그러나 불행히도 후견인은 정착민에게 토지를 불법 매도하는 일을 주도했다. 결국 섬의 토지 중 5분의 1만 채퍼퀴딕족의 소유로 남게 되었고, 작물을 기르기 힘든 척박한 모래밭이 대부분이었다. 이것이 우리 부족이 맞게 된 슬픈 현실이었다.

채퍼퀴딕족은 매사추세츠 연방 내의 관료들뿐만 아니라 영국 정부에도 불법 토지 매매를 규탄하는 서한을 보냈다. 그러나 1820년대까지 토지를 계속 빼앗기면서 부족의 삶은 계속 힘들어졌다. 1826년, 채퍼퀴딕 부족 여성 여섯 명과 원로 한 명은 백인과 선주민 사이의 토지 분쟁에 대한 우려를 담은 서한을 작성하여 에드거타운의 조지프 택스터 목사에게 보냈다. 이들은 서한에서 채퍼퀴딕족이 빈곤으로 인해 당하는 고통을 호소했다. 채퍼퀴딕족이 생계를 유지할 수 있는 유일한 방법은 섬을 떠나 본토에서 하인으로 일하는 것이었다. 여성들은 답답함을 토로하며 아이와 노인을 위한 개선책을 요구했다. 조지프 택스터 목사의 주도에 따라 채퍼퀴딕 부족이 소유한 보호구역 토지에 관한 대화가 시작되었다. 1828년에 후견인들은 또다시 토지를 쪼개어 우리 부족의 가족들에게 소유권을 주었다. 그러나 부족 일부는 빚을 갚으려고 소유권을 인정받은 필지를 팔 수밖에 없었다. 1828년의 토지 분할 조치는 문제를 오히려 더 복잡하게 만들었고 채퍼퀴딕 부족에게는 아무런 도움이 되지 않았다! 결국 우리 부족 대부분은 살아남기 위해 고향을 등져야 했다.

우리 섬에 들어와 식민지를 세운 백인 정착민과 처음 만난 순간부터 문화 간의 충돌은 시작되었다. 채퍼퀴딕 부족은 1990년대 초반에 320명의 부족 구성원을 규합해 명부에 올리며 채퍼퀴딕 정부를 재수립했다. 우리는 매년 7월에 채퍼퀴딕의 섬에서 의례를 치르며 섬 주민과 좋은 관계를 유지하고 있다.

저자 소개

앤 클레어 르조트(Ann Clare LeZotte)는 뉴욕주 롱아일랜드의 오이스터 베이에 위치한 사이오싯이라는 작은 마을에서 태어났다. 오빠와 여동생은 있었지만, 부모 둘 다 외동이었기 때문에 이모나 고모, 삼촌, 사촌은 없었다. 20세기 초 튀르키예의 흑해 지역에서 태어난 앤의 외할머니는 의사였다. 외할머니의 가족은 반체제 인사라서 아르메니아인 대학살 때 아르메니아인이 아닌데도 튀르키예를 탈출해야 했다. 앤의 어머니는 그리스 아테네가 나치에 점령당했을 때 그곳에서 태어나 세쌍둥이 중 유일하게 생존했다. 앤의 아버지는 영국과 캐나다 혈통이었다.

앤은 선천적 청각장애와 폐 장애를 가지고 태어나 입원과 전학을 여러 차례 반복하며 자란 탓에 학업 성취도와 자존감 모두 낮은 초등학생이었다. 어린 앤이 제일 좋아하는 계절은 여름이었고, 제일 좋아하는 장소는 바닷가였다. 바다의 광활함과 거대한 파도의 속삭임이 무섭지 않았다. 바닷가를 거닐면서 해수욕하는 사람들을 구경하는 것보다 저 멀리 펼쳐진 수평선을 바라보는 게 더 익숙했다. 앤이 찾은 또 다른 비언어적 자기표현 방식은 체조였다. 당시 그의 우상은 나디아 코마네치였다.

고등학생이 된 앤은 인생에서 길을 잃지 않으려면 세상 밖으로 나와 자신이 설 자리를 찾아야 한다는 것을 깨달았다. 친하게 지내는 무리가 생겼고, 성적도 올라 대학 과목 선이수제도로 영문학을 공부했다. 책에 관심이 생기면서 세라 로런스 대학에 성적을 유지하는 조건으로 입학하게 되었다. 대학에서 운좋게도 전미 도서상 수상자인 진 밸런타인과 마크 도티에게 가르침을 받았다. 두 교수는 앤을 제자로 받아 주고 가슴속에 열정의 불을 지펴 주었다. 앤은 졸업 후 몇 년 동안 구어 사용을 중단했다. 돌이켜보면 앤은 자신의 소통 방식을 스스로 선택하고 싶었던 것이다. 현재 앤은 가족 수어, 미국 수어(ASL), 구어, 독화, 문자 메시지, 음성인식 애플리케이션을 복합적으로 사용해 세상과 소통하고 있다.

청각장애인과 난청인, 소외된 지역의 청소년을 열정적으로 대변하는 앤은 플로리다 개인즈빌에서 여러 해 동안 청소년 전담 도서관 사서로 일했다. 다음은 앤이 한 말이다. "코로나19 팬데믹 기간에 저는 도서관의 청소년 회원 중 수어를 못 하는 가족과 살면서 집에서 원격으로 수업받는 청각장애인과 연락하며 지냈습니다. 이 친구들은 실제로 고립되고 있어요. 코로나로 인한 학업 공백은 오래갈 겁니다. 이들에게 꿈을 이룰 수 있다고 설득하기가 점점 어려워지고 있습니다. 하지만 빛과 어둠이 모두 담긴 메리 램버트의 이야기를 계속 이어간다면, 이들도 소속감을 느낄 수 있으리라 믿습니다."

슈나이더 가족 도서상에 빛나는 앤의 소설《너의 목소리를 보여 줘》는 미국 공영 라디오방송,《커커스 리뷰》,《스쿨라이브러리저널》, 뉴욕 공공도서관, 시카고 공공도서관, 아동문학 속 북미 인디언(AICL) 등에서 올해의 책으로 선정되었다. 또한 뉴잉글랜드 도서상과 제인 애덤스 아동도서상 최종 후보에 올랐다. 앤은 자유 시간에 요가를 하거나 반려견 퍼킨스를 산책시키는 것을 즐긴다.

Q. 작가가 되겠다는 결심을 언제 하셨나요?

저는 글을 늦게 깨쳤기 때문에 작가가 된다는 것은 허황한 꿈인 줄 알았어요! 제가 작가가 된 것은 아마 유전 때문인 듯해요. 제 아버지는 작가의 꿈을 이루지 못하고 《뉴스위크》 같은 잡지사에서 일했거든요. 아버지의 글쓰기에 대한 사랑을 제가 물려받은 것 같아요. 어린 시절에 대한 첫 기억 중 하나가 책이 어디에 쓰는 물건인지 몰랐던 때의 일이에요. 엄마가 앨릭스 헤일리의 《뿌리》를 읽고 있었어요. 몇 시간씩 자세를 바꾸지도 않고 책을 붙들고 있곤 했죠. 해가 지고 저녁을 준비할 시간이 되었는데도 말이죠. 책이 가진 힘을 처음으로 느끼게 해 준 기억이에요. 그러다가 고등학생이 되어서는 왜 그랬는지는 모르겠는데 사람들한테 내가 시인이라고 말하고 다니기 시작했어요! 나중에 실제로 자작시 몇 편을 발표하긴 했어요. 창작의 첫 결실이었죠. 시는 규칙이 유연하다는 게 매력이에요. 소설에 대해서는 아직도 배우는 중이에요.

Q. 어린 시절에 어떤 책을 제일 좋아했나요?

어렸을 때는 글을 읽지 못하는데도 사람들한테 책을 선물 받는 게 그렇게 좋더라고요. 당시 저는 외할머니를 ('grandma'의 철자를 몰라서) "G-ma"라고 불렀는데, 할머니가 저에게 성경 이야기와 이솝의 우화가 담긴 그림책 두 권을 선물하셨어요. 싸구려 잡화점에서 사 온 책이라 고급스럽진 않았지만, 그 책은 제 상상력에 날개를 달아 줬어요. 저는 용기를 쥐어짜서 예수님이 갈보리에서 십자가에 못 박히는 그림을 한 번 보고 후다닥 책을 덮곤 했죠. 이솝의 우화도 저에게 커다란 영향을 끼쳤어요. 그림책에 등장하는 동물들로 저만의 이야기를 지어내곤 했는데 줄거리가 이솝의 우화에 근접한 경우가 많았어요. 아버지는 뉴욕시에서 그림책을 사 와서 제가 자기 전에 저와 함께 들여다봤어요. 그림을 가리키면서 다양한 표정과 몸짓으로 저와 소통했어요. 로버트 맥클로스키의 그림을 제일 좋아했어요. 《렌틸》에 등장하는 레몬을 빨아먹는 투덜쟁이 올드스닙을 아직도 기억해요. 어쩌면 에즈라 브루어는 올드스닙을 약간 본떠 만든 인물인지도 모르겠네요.

Q. 책에 나오는 등장인물 중 좋아하는 인물이 있나요? 그 인물을 왜 좋아하세요?

제가 도서관 사서로 일하기 시작할 무렵, 제리 핑크니가 번안한 이솝 우화를 발견했어요. 핑크니의 삽화가 제가 어렸을 때 상상하던 장면들과 너무 똑같아서 깜짝 놀랐죠. 우화 속 인물들을 제가 바라던 만큼 멋지게 그려 낸 거예요. 저는 특히 사자와 쥐, 거북이와 토끼한테 끌렸어요. 글 없이 삽화만 있는 그 책은 모든 나이의 독자에게 수어로 전달하기 안성맞춤이죠. 핑크니도 어릴 적에 난독증으로 고생했다는 이야기를 접한 뒤로는 동질감까지 느끼게 되었어요.

또 공감이 가는 소설 속 등장인물은 《클로디아의 비밀》•의 클로디아 킨케이드예요. 소설 속의 자유분방함은 제가 자라던 1970년대의 시대정신이었죠. 당시 저는 가족과 함께 롱아일랜드 철도를 달리는 기차를 타고 뉴욕시로 가서 메트로폴리탄 미술관을 여러 번 방문했어요. 저도 그 미술관이 문 닫을 때까지 숨어 있다가 밤에 미술관 안을 돌아다니면 어떨까 상상하곤 했거든요. 메트로폴리탄 미술관에서 모험을 펼치는 또 다른 멋진 인물은 브라이언 셀즈닉의 《원더스트럭》••에 나오는 로즈예요.

• E. L. Konisburg, *From the Mixed-Up Files of Mrs. Basil E. Frankweiler*, Atheneum Publishers, 1967. (한국어판: E. L. 코닉스버그 지음, 《클로디아의 비밀》, 햇살과 나무꾼 옮김, 비룡소, 2000)

•• Brian Selznick, *Wonderstruck*, Scholastic Press, 2011.

그 책은 청각장애인을 주인공으로 내세우고 그 주인공의 개인사를 이야기하는 소설도 독자의 관심을 끌 수 있겠다는 생각을 처음 갖게 해 주었죠.

Q. 어릴 적 좇던 꿈 중 아직도 이루고 싶은 꿈이 있나요?

솔직히 어릴 적엔 제대로 생활하는 것만으로도 바빴어요. 제 주변에서 일어나는 일들을 이해하지 못하는 경우도 많았거든요. 아주 어린 나이부터 머리가 좋은 애는 아니라는 꼬리표가 붙었고요. 그런 꼬리표는 전학을 가도 따라다니죠. 실제로 전학도 여러 번 갔고요. 어쩌면 어릴 적 제일 큰 꿈은 저에 대해 늘 판에 박힌 생각을 하는 사람들이 없는 곳을 찾는 거였어요. 초등학교 3학년 때 제일 친한 친구 낸시와 함께 인형을 가지고 장래 희망을 재연하며 놀던 기억이 나요. 우리는 인형에게 대학생 연기를 시켰어요! 낸시도 저처럼 다른 환경을 꿈꿨던 것 같아요. 우리 오빠 피터는 신동이었어요. 자기만의 내적 흐름결에 맞춰 움직이는 천재적인 화가였죠. 저는 오빠한테 전혀 질투심을 느끼지 않았어요. 자랑스럽기만 했죠. 저도 오빠처럼 나만의 무언가를 찾고 싶었어요. 남들에게 선망의 대상이 되고 싶어서가 아니라 자신을 표현할 흥미로운 방식을 갖고 싶었던 거죠. 지금도 노력 중이에요.

Q. 어떻게 《너의 목소리를 보여 줘》를 쓸 생각을 하게 되었나요?

1990년대에 코드곶에 살 때 마서스비니어드섬을 처음 찾아갔어요. 그 섬에서 활발한 공동체를 이루었던 식민지 개척자들이 1600년대에 영국에서 건너오면서 난청의 유전적 형질을 함께 가져왔다는 이야기를 그때 처음 접했죠. 섬에 정착한 몇 안 되는 가문끼리 혼맥을 맺으면서 평균보다 높은 난청 자녀 출산율을 기록했고요. 섬 주민들은 마서스비니어드 수어라는 자기들만의 수어를 개발해서 사용했어요. 1800년대 미국 본토와 달리 섬에 사는 농인은 청인과 동등한 대우를 받았고요. 저는 이곳이 자신감과 호기심이 넘치는 청각장애 소녀를 주인공으로 한 이야기의 배경으로 제격이라고 생각했어요. 농인에게도 자랑스러운 문화와 역사가 있음을 보여 줄 좋은 방법이기도 했고요.

Q. 언제 어디서 집필하시나요? 작가님만의 규칙이나 절차가 있나요?

공원을 산책하다가 아이디어가 떠오르면 메모하거나 카페에 앉아 노트북으로 작업하는 작가도 있겠죠? 하루에 채울 단어 수를 정해 놓고 작업하는 작가도 있대요. 제 작업 방식은 세월이 흐르면서 변했어요. 2008년 3월부터 2020년 코로나에 걸리기 전까지 저는 공공도서관에서 청소년 담당 사서로 일했어요. 소외된 계층의 참여를 장려하려고 정말 많은 열정을 이 일에 쏟았죠. 도서관에서 수어로 동화책을 읽어 주는 일부터 가정 폭력 보호소 직원들에게 기초적인 수어를 가르치는 일까지 정말 바쁘게 일했어요. 그때도 지금도 저는 여동생과 살고 있어요. 퇴근 후 집으로 돌아오면 저녁을 준비하고 여동생과 이야기를 나누다가 우리 강아지 퍼킨스를 산책시켰어요. 그다음에는 너무 피곤해서 잠자리에 들기 전까지 신간 청소년 소설 한 장이나 주말에 제가 쓴 글 한 쪽도 겨우 읽었죠. 그 시절 글쓰기는 거의 매번 잠들기 전 침대에서 이루어졌어요. 지금은 은퇴했기 때문에 오랫동안 상상 속에만 머물던 모든 일을 실제로 기획하고 있고, 추진할 준비가 됐어요!

Q. 작가님이 청각장애인으로서 겪은 일들이 창작 과정에 어떤 영향을 끼치나요?

저는 태어날 때부터 청각이 없었기 때문에 갓난아기 때부터 청인 어른들이 구어로 말하는 것을 들을 기회가 없었어요. 긴 영어 문장으로 사고하지 않았어요.《너의 목소리를 보여 줘》의 메리처럼 저도 수어와 이미지와 단어, 음악과 비슷한 감정의 흐름이 뒤섞인 방식으로 사고하거든요. 소설 장면의 초안을 미국 수어로 잡는 경우도 많고요. 침대에 누워서 수어로 장면을 떠올리게 되면 일어나서 연필로 메모지에 전반적인 인상과 핵심 이미지를 적어 둬요. 드물기는 하지만 어떨 때는 영어 문장이 머릿속에서 스크롤처럼 올라가요. 미국 수어로 떠올랐는데 아직 영어로 옮기지 못한 아이디어들도 있어요. 그런 아이디어들은 시 한 구절처럼 요점만 적어서 상자에 보관하죠. 이런 작업 방식이 집필에 유용할 때가 있어요. 대화 장면을 쓸 때 농인, 청인, 통역사 등등 같이 등장하는 인물에 따라 저는 저자로서 누가 어떤 역할을 해야 할지 설정만 해 주면 되니까요. 예를 들어 토머스와 메리가 단둘이 대화할 때는 메리에게 수어로 말할 수 있도록 토머스가 나무통을 내려놓아야 해요.

Q. 농인이나 농문화에 대한 상투적인 수식어나 특히 고질적인 고정관념 중 없애고 싶은 게 있나요?

도서관에서 오랫동안 청각장애 청소년과 함께해 온 경력 때문이겠지만, 제가 전하고 싶은 주요 메시지는 그 어떤 청각장애인/농인도 똑같은 사람은 없다는 거예요. 선천적으로 청각장애가 있는 사람도 있지만 대부분은 그렇지 않습니다. 수어를 쓰는 사람도 있고 안 쓰는 사람도 있어요. 구어를 쓰는 사람도 있지만 상대방의 말을 입술만 보고 정확하게 알아듣는 독화술은 정말 희귀한 재능이죠. 그리고 청각장애인을 위한 학교와 대학에 다니는 사람도 소수일 뿐이고요. 여기서 얻을 수 있는 교훈은 두 가지예요. 첫 번째는 청각장애인 한 명을 만났다고 모든 청각장애인을 안다고 생각하면 안 된다는 점이에요. 제가 'd/Deaf(청각장애인/농인)'를 쓸 때 대문자 'D'와 소문자 'd'를 구분해서 쓰는 거 보이시죠? 이건 제 개인적인 선택이에요. 'd'를 쓸 때는 귀가 전혀 안 들리는 신체적 특징을 나타내는 것이고, 'D'를 쓸 때는 청각장애인 공동체의 일원이자 수어를 쓰는 사람을 지칭하는 것이죠. 두 번째 교훈이 제일 중요한데, 사실 친한 청각장애 성인끼리도 의견이 엇갈려 다투는 지점이에요. 청각장애인으로 존재하는 올바른 또는 더 나은 방식이란 없어요. 우리는 모두 각자의 가족과 교육과 경험이 만들어 낸 아름다운 콜라주랍니다.

Q. 새로운 이야기를 쓸 때 어떻게 그처럼 여러 겹이 있는 인물을 만들어 내고, 그 인물을 독자에게 깊이 이해시키면서 동시에 이야기를 전개해 나갈 수 있나요? 작가님은 그걸 참 잘하시는 것 같아요!

저는 제가 만든 등장인물을 알아 가는 과정이 즐거워요. 상투적인 말처럼 들리겠지만, 저에게는 정말 아는 사람처럼 느껴지거든요! 저는 모든 등장인물을 이해하고 싶어요. 아무리 비중이 적거나 제가 싫어하는 인물이어도 말이죠. 낸시의 아버지는 괴물 같은 사람이죠. 인종차별주의자일 뿐만 아니라 아동 학대범이니까요. 제 가족 중에도 알코올 중독자가 있어서 알코올 중독 때문에 얼마나 흉악한 일들이 일어나는지 직접 목격했어요. 개인적인 경험을 바탕으로 인물을 만든 거죠. 그리고 학교에 다닐 때 괴롭힘을 당했지만, 책에 등장하는 세라 힐먼을 나쁜 아이라고 생각하지 않아요. 그저 잘난 척하기 좋아하고 하필 제일 곤란한 순간에 메리를 귀찮게 할 뿐이죠. 제가 아는 흑인 세미놀족 지도자는 수공예 작업을 잠깐 멈추고 수어로 말하다가 다시 작업에 집중하는 습관이 있는데, 그 습관을 토머스에게 심었어요. 친구가 좋아하더라고요. 때로는 인물을 묘사할 때 균형을 잡는 게 중요해요. 등장인물을 통해 무언가를 설명해야 하는 장면이 있으면, 저는 그 인물이 설명을 어떻게 할지, 또 설명하는 내용에 관해 어떻게 생각하는지를 고민해요. 등장인물의 모든 언행에 그 인물의 성격이 녹아 있어야 한다고 생각하거든요.

Q. 작가로 활동하면서 알게 된 것 중 조금 더 일찍 알았다면 좋았겠다 싶은 게 있나요?

나만의 때가 올 거라는 거요. 청소년에게 인내심을 가르치는 건 너무 어려운 (또는 불가능한) 일이죠. 저도 꿈꿔 온 모든 일이

당장 이루어지길 바라고, 아직도 소설을 출판은커녕 쓰지도 못했다는 절망감에 빠졌던 때가 있었고, 지금도 그때의 기억이 생생해요. 독자 한 명이 내 책을 좋아하지 않는다고 큰일 나는 거 아니에요. 언젠가는 내 이야기를 받아 줄 적합한 상대를 찾을 거니까. 우리의 이야기가 들려질 기회가 별로 없던 때는 많이들 힘들어했죠. 우리를 위해서나 우리의 자녀를 위해서나 우리 이야기를 하는 책이 없다는 게 절망스러웠어요. 우리가 설 자리가 없는 것 같아 힘들었고요. 그런데 지금은 달라지기 시작했어요! 이제는 흑인이나 선주민 출신 농인 작가들이 쓴 책이 나오길 기대하고 있어요. 이들의 역사를 부분적으로나마 접하긴 했는데, 제가 잘 쓸 수 있는 이야기는 아닌 것 같아요.

감사 인사

다음 분들께 감사를 전하고 싶습니다.

브라이언 셀즈닉은 농인의 문화, 역사, 언어에 관한 탁월한 저서 《원더스트럭》을 집필했고, 저를 스콜라스틱 출판사의 편집자인 트레이시 맥에게 소개해 주었습니다.

트레이시는 훌륭한 파트너이자 멘토였습니다. 제가 이 책을 통해 무엇을 하려는지 제 의도를 저보다 먼저 파악했습니다. 트레이시의 깐깐한 수정 작업과 이 프로젝트에 대한 열정에 고마움을 표합니다. 무엇보다 모든 작가가 같은 방향에서 영어에 접근하지는 않는다는 점을 이해해 줘서 고맙습니다. 저는 트레이시의 인내심과 지도력에 빚진 사람입니다. 트레이시는 직접 겪은 문화적 경험을 넘어선 본능적 직감으로 가장 효과적인 방법을 찾아내는 사람입니다. 트레이시와의 우정 덕분에 제 삶은 풍요로워졌습니다.

트레이시의 안식년 동안 편집자로 저와 함께한 레슬리 버드닉의 친절한 이메일은 언제 받아도 기분이 좋아집니다. 레슬리는 이 소설에 자신만의 독창적인 흔적을 남겼습니다.

부편집자인 벤저민 가턴버그는 박학다식하고 통찰력이 뛰어나며 시종일관 큰 도움이 되었습니다. 한마디로 없어서는 안 될 팀원이었습니다.

줄리 모스태드가 표지 아트를 맡게 된 것은 기쁨이자 영광입니다. 아트 디렉터 마리카 코스티프와 프로덕션 편집자 멀리사 시머에게 특별히 감사드립니다.

이 책의 민감도 검토자•에게도 감사드립니다. 니프묵 민족의 하사나미스코 밴드의 수장이자 청각장애인인 셰릴 토니 홀리는 중요한 역사적 정보를 제공해 줬습니다. 페니 갬블-윌리엄스는 왐파노아그족과 아프리카계 미국인의 후예로, 선주민 토지, 종교의 자유, 성지 문제, 선주민 및 환경권 문제를 다루는 활동가입니다. 왐파노아그 민족에 속한 채퍼퀴딕 부족의 일원이기도 합니다. 페니의 관대하고 깊이 있는 조언과 이 프로젝트에 대한 열정은 저에게 이루 말할 수 없는 힘이 되었습니다. 예술가로서 페니의 작품과 페니가 탄생시킨 박물관 전시에 무

• sensitivity reader. 작가가 소수 문화, 인종, 성 정체성, 성적 지향, 장애 등의 민감한 주제를 다루는 작품을 쓸 때 이러한 주제에 대한 전문성을 토대로 원고를 검토하여 편견, 과장, 모순, 오류 등 문제가 되는 언어나 표현은 없는지 확인하고 의견을 제시하는 사람.

한한 존경을 표합니다. 톰 L. 험프리스는 미국의 청각장애인 문화와 소통 방식에 관해 연구, 집필, 강연하는 학자입니다. 톰의 조언과 기여에 감사드립니다.

앨라추아 카운티 도서관 지부에도 감사드립니다. 아동문학을 중심으로 소외된 지역사회를 위해 헌신하는 동료들로부터 많은 것을 배웠습니다. 특히 다음 분들께 감사드립니다. 로스 우드브리지, 데비 루이스, 솔 허수, 필리스 필러, 알 마틴, 섀넌 키친, 캐릴 맥켈러, J. T. 휫필드, 제시카 재거, 사브리나 스투젠베커, 토미코 쿠티나, 헤더 소스트롬, 재키 시캠프, 로렌 브로스니핸, 로버트 프라일링, 에린 페메스터, 오데트 힌슨, 티나 부슈널, 케리 다우드, 가브리엘라 셰러메트, 에밀리 영, 린다 스테파넬리, 빌 주니퍼, 조디 패터슨, 일레인 니덜먼, 크리스 컬프.

앨라추아 카운티 교육청에서 일하면서 제 친구가 되어 준 청각장애 및 난청 전문가 티나 케르체발, 미국 수어 교사 레이철 라콤, 미디어 전문가 바트 버드솔과 주디스 위버에게 고마움을 전합니다.

제 시누이 카트리나 구드리치에게 특별한 감사 인사를 전합니다. 알렉시스 레드호스 블렌들과 샐리 포드에게도.

여동생 진 마리 르조트에게 제 모든 고마움과 사랑을 전합니다. 진은 이 책의 모든 초고를 읽고 논평을 달아 주었습니다. 진의 편집과 질문과 의견 덕분에 이 이야기는 더욱 풍성해졌습니다. 도깨비불의 전설이나 범선을 비롯한 다양한 주제에 관한 진의 해박함은 마르지 않는 지식의 샘과 같았습니다. 청각장애인이라는 이유로 세상이 저를 대하는 태도에 대한 진의 타고난 공감 능력은 제가 원고를 고치면서 한창 힘들어할 때 버팀목이 되어 주었습니다. 진은 가족을 넘어 저의 마법사이자 동료 작가입니다. 우리의 반려견 퍼킨스는 제 삶에 따뜻함과 웃음이 깃들게 해 줍니다.

베스 조지 르조트(1942~2004)와 에드워드 해리슨 르조트(1935~2004)의 딸로 태어난 저는 행운아입니다. 지병이나 장애를 가지고 자라는 아이는 자신을 온전한 사람으로 바라봐 주고 무엇이든 할 수 있다고 믿어 주는 사람이 필요합니다. 저에게는 아버지가 그런 존재셨습니다.

그리고 1990년대 제가 코드곶에 살면서 마서스비니어드를 처음 찾아갔을 때 이 섬의 농인 역사에 관해 처음으로 알려 주신 택시 기사님께도 감사드립니다!

앤 클레어 르조트

책을 옮기며

"사람의 진짜 능력은 공감 능력이야. 다른 사람의 마음을 이해하는 능력. 그게 가장 중요한 능력이야."

웹툰이 원작인 한 드라마에서 초능력을 숨기고 사는 퇴역(?) 히어로 엄마가 어린 아들에게 한 말입니다. 영웅 놀이로 잘난 척하는 친구가 얄미워서 엄마의 말을 거역하고 부모에게 물려받은 초능력을 과시한 아들을 나무라는 장면이었는데, 저는 이 대목에서 무릎을 탁 쳤습니다. 공감 능력은 사람의 진짜 능력일 뿐만 아니라 모든 창작의 밑거름이자 결실이 아닐까요?

《너의 목소리를 보여 줘》의 저자가 이 책을 쓰게 된 동기도 공감 능력이라고 생각합니다. 물론 일차적으로는 자신과 같은 청각장애인을 위해 소설을 썼을 겁니다. 저자는 "청각장애인을 주인공으로 내세우고 그 주인공의 개인사를 이야기하는 소설도 독자들이 관심을 끌 수 있겠다는 생각"으로 이 소설을 썼습니다. 그리고 코로나19가 유행하며 더욱 고립된 청각장애 청소년들의 꿈을 지켜야겠다는 사명감으로 연작을 기획했다고 합니다. 하지만 저자는 청각장애 청소년뿐 아니라 최대한 많은 독자가 주인공에게 공감하길 바랐을 겁니다. 모든 청소년의 공감 능력이 커져야 청각장애 청소년도 또래와 똑같이 꿈을 꾸고 성장할 기회를 누릴 수 있을 테니까요.

공감의 시작은 역지사지입니다. 그런데 인간사는 대부분 내가 직접 겪거나 정말 가까운 사람이 겪기 전에는 완벽히 그 처지를 이해하기 쉽지 않습니다. 저도 엄마가 되기 전에는 엄마의 마음을 잘 몰랐고, 엄마가 돌아가시기 전에는 모친상을 당한 지인들의 슬픔을 잘 헤아리지 못했습니다. 인류 보편의 희로애락도 이처럼 이해하기가 어려운데, 소수자의 삶을 경험해 보지 않은 사람이 그 입장에 공감하는 것은 더더욱 어렵겠지요. 그래서 동서고금을 막론하고 인류에게는 문학이 필요한가 봅니다. 작가가 글로 창조한 세계를 독자는 글로 곱씹으며 상상 속에 재현합니다. 그렇게 독자는 주인공의 삶과 마음속으로 들어가 주인공과 함께 호흡하고 생각하고 느낍니다. 이야기에 몰입하면서 자연스럽게 역지사지를 연습하는 거지요.

《너의 목소리를 보여 줘》 역시 뛰어난 몰입감으로 역지사지를 이끌어 냅니다. 특히 청소년 문학에서 이보다 더 소중한 성과는 없을 겁니다. 청소년의 공감 능력이야말로 이 세상의 희망이니까요. 저도 책을 번역하면서 어찌나 몰입했는지 주인공

메리와 같은 나이였던, 거의 40년 전의 제 청소년기를 다시 겪는 기분이었습니다. 몰입도를 높이는 문학적 장치는 여러 가지가 있겠지만, 이 소설에서는 특히 일인칭과 현재형 시제가 큰 몫을 하는 것 같습니다. 그래서 작가가 고심 끝에 택했으리라 짐작되는 시제를 그대로 살려 옮기는 데 신경을 썼습니다.

요즘 이 책 말고도 저를 추억 열차에 태워 청소년기로 돌려보내는 또 다른 '장치'가 있습니다. 바로 한창 사춘기를 통과 중인 아들입니다. 아이의 표정과 몸짓과 말대꾸 하나하나가 어쩌면 그렇게 그 나이 때의 저와 똑같은지 소름이 돋을 지경입니다. 덕분에 아이가 느낄 감정에 저절로 공감하고 있습니다. 그뿐만 아니라 돌아가신 엄마가 저를 키우면서 느꼈을 감정에도 격하게 공감하는 중입니다. 하지만 아직은 저만 공감 능력 특훈을 받고 있는 것 같아 막막하기도 한 요즘입니다.

그러다가 역시 문학에서 희망을 찾았습니다. 이 글을 쓰는 지금, 저는 이 책의 후속편을 번역하는 중입니다. 본편에서 주인공은 목숨까지 위태로웠던 모험을 끝내고 해피 엔딩을 맞는데, 속편에서는 그 모험 덕에 한층 더 성숙해진 모습으로 또 다른 해피 엔딩을 스스로 만들어 냅니다. 그것도 제 아이와 비슷한 열네 살의 나이로. 그래서 저는 믿기로 했습니다. 엄마를 닮아 똑같은 사춘기를 보내고 있는 제 아이도 정말 저를 닮았다면 언젠가는 (아니, 제발 빨리) 사춘기를 해피 엔딩으로 끝낼 거라고. 나아가 적어도 '사람의 진짜 능력은 공감 능력'이라는 진리를 아는 어른으로 성장할 거라고.

아이의 사춘기와 저의 갱년기의 해피엔드뿐만 아니라 우리가 살아가는 이 시대의 해피엔드는, 결국 모두가 공감 능력을 얼마나 열심히 키우느냐에 달려 있다고 믿습니다. 그런 의미에서 사춘기라는 안개 속에서 해피 엔딩이 과연 있긴 한지 답답해하는 이 땅의 모든 청소년에게, 그리고 이들의 해피 엔딩을 알고 계시는 하나님께 한국어판을 바칩니다.

조응주

너의 목소리를 보여 줘 1 **수어의 섬, 마서스비니어드**

1판 1쇄 발행일 2023년 9월 11일
1판 2쇄 발행일 2024년 6월 3일

지은이 앤 클레어 르조트
옮긴이 조응주

발행인 김학원
발행처 (주)휴머니스트출판그룹
출판등록 제313-2007-000007호(2007년 1월 5일)
주소 (03991) 서울시 마포구 동교로23길 76(연남동)
전화 02-335-4422 **팩스** 02-334-3427
저자·독자 서비스 humanist@humanistbooks.com
홈페이지 www.humanistbooks.com
유튜브 youtube.com/user/humanistma **포스트** post.naver.com/hmcv
페이스북 facebook.com/hmcv2001 **인스타그램** @humanist_insta

편집주간 황서현 **편집** 이여경 김선경 임미영 **디자인** 유주현
조판 아틀리에 **용지** 화인페이퍼 **인쇄·제본** 정민문화사

ISBN 979-11-7087-042-5 44840
ISBN 979-11-7087-041-8 44840(세트)